위대한 개츠비

●

벤저민 버튼의 기이한 사건

위대한 개츠비
벤저민 버튼의 기이한 사건

초판 1쇄 인쇄일 | 2019년 3월 25일   초판 1쇄 발행일 | 2019년 4월 10일

지은이 | F. 스콧 피츠제럴드
옮긴이 | 강미경
펴낸이 | 강창용
기획편집 | 이유희
디자인 | 가혜순
책임영업 | 최대현

펴낸곳 | 느낌이있는책
출판등록 | 1998년 5월 16일 제10-1588
주 소 | 경기도 고양시 일산동구 중앙로 1233(현대타운빌) 1210호
전 화 | (代)031-932-7474
팩 스 | 031-932-5962
이메일 | feelbooks@naver.com
포스트 | http://post.naver.com/feelbooksplus
페이스북 | http://www.facebook.com/feelbooksss

ISBN 979-11-6195-082-2 03840

이 도서의 국립중앙도서관 출판예정도서목록(CIP)은 서지정보유통지
원시스템 홈페이지(http://seoji.nl.go.kr)와 국가자료종합목록시스템
(http://www.nl.go.kr/kolisnet)에서 이용하실 수 있습니다.
(CIP제어번호 : CIP2019001872)

위대한 개츠비

벤저민 버튼의 기이한 사건

F. 스콧 피츠제럴드 지음
강미경 옮김

차례

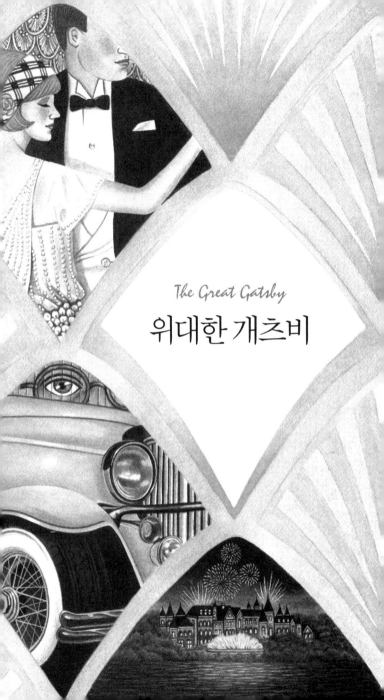

The Great Gatsby

위대한 개츠비

1
The Great Gatsby

내가 어렸을 때, 그러니까 지금보다 훨씬 마음이 여리고 예민했던 시절에 아버지가 해주신 충고가 있다.

"누군가를 비판하고 싶어질 때면, 이 세상 그 누구도 너만큼 복을 받은 것은 아니라는 걸 명심해라."

세월이 흘렀지만 나는 아직도 그 충고를 잊지 않고 있다. 아버지는 더 이상의 설명은 하지 않았지만 우리 두 사람은 통하는 구석이 많았다. 어린 나이에도 나는 아버지의 짧은 충고 속에 그 이상의 의미가 숨어 있다는 것을 알 수 있었다. 그 덕분에 나는 어떤 일을 하든 섣부르게 판단을 내리기보다 일단 유보하는 버릇이 생겼는데 이러한 태도 때문에 남의 일을 캐묻기 좋아하는 사람들의 집요한 공략 대상이 되기도 했다. 대학 시절에는 정치적이라는 비난까지 받았는데 그것은 순전히 내가 다소 거칠고 껄렁한 친구들의 비밀스럽고도 슬픈 사연을 잘 알고 있었기 때문이었다. 그 사연들은 대부분 내가 원하지도 않았는데 찾아와 고백한 것들이다. 그들은 나와 친한 사이가 아님에도 내게 자신들의 속마음을 털어놓곤 했다. 젊은이들의 은밀한 고백이란 아직은 치기 어린 것들이 많아서 그들의 고백에 나는 대체로 무뚝뚝한 반응을 보였다.

나의 관대한 태도에 대해 나 스스로도 자랑스러운 생각을 하지 않은 것은 아니지만 그 관대함에도 한계는 있었다. 작년 가을 동부에서 돌아왔을 때 나는 이 세상이 제복을 입은 것처럼 일종의 도덕적 부동자세를 취해주길 원했다. 이제 더 이상은 특권을 누리는 자의 시선으로 다른 사람의 마음속을 들여다보고 싶지 않았기 때문이다. 하지만 이 책에 자기 이름을 제목으로 빌려준 개츠비만은 예외다.

개츠비는 내가 노골적으로 경멸하는 모든 것이 집약된 인물이다. 인간의 개성이라는 것이 일련의 멋진 몸가짐을 말하는 것이라면, 그는 정말 대단한 것을 지니고 있었다. 마치 수만 킬로미터 밖에서 일어나는 지진도 감지하는 성능 좋은 기계처럼 뛰어난 수준으로 희망을 감지했다. 그것은 흔히 '창조적 기질'이라고 부르는 위엄있지만 무기력한 감수성과는 전혀 다른 차원이었다. 그에게는 실낱같은 희망도 감지할 수 있는 탁월한 능력이 있었고, 일찍이 어떤 사람에게서도 발견된 적 없고 앞으로도 다시는 발견할 수 없을 것 같은 낭만적 준비성이 있었다.

내가 다른 사람들의 가치 없는 슬픔이나 숨 가쁜 환희에 동요하지 않고 심지어 시시하게까지 생각하게 된 까닭은 개츠비를 희생물로 만든 것들, 그의 꿈이 지나간 자리에 떠도는 더러운 먼지 때문이었다.

우리 집안은 이곳 중서부 도시에서 3대째 살아왔으며 꽤나 이름이 알려진 가문이다. 캐러웨이 가문은 제법 큰 문중이었고, 버클루 공작(영국 왕 찰스 2세의 서자. 왕위 계승권을 주장하며 1685년 제임스 2세의 왕위 계승에 반대하는 반란을 주도했으나 실패했다)의 후예라는 말이 나돌기도 했다. 그러나 우리 가문의 실제 창시자는 할아버지의 형님으로, 1851년에 이곳으로 건너와 자기 대신 다른 사람을 남북전쟁에 내보내고는 철물 도매업을 시작했다. 지금은 아버지가 이 사업을 이어가고 있다.

할아버지를 뵌 적은 없지만 아버지 사무실에 걸려 있는 초상화를 보면 나는 그분을 닮았다. 나는 1915년, 그러니까 아버지보다 25년 뒤에 뉴헤이븐의 예일 대학교를 졸업했고, 얼마 뒤 발발한 1차 세계대전에 미국이 참전하면서

나 역시 게르만 민족의 대이동 사건에 합류했다. 전쟁이 끝난 후 고향으로 돌아오긴 했지만 마음은 안정을 찾지 못했다. 중서부 지방은 이제 더 이상 활기찬 도시가 아니라 초라한 변두리에 불과했다. 그래서 나는 동부로 가서 증권업을 배우기로 결심했다. 내가 아는 사람들이 이미 증권업에 종사하고 있었던 터라 나 같은 독신 남자 하나쯤은 비집고 들어가 일할 수 있지 않을까 생각했던 것이다. 가족들은 매우 엄숙한 분위기에서 이 일을 논의했고 결국 아버지가 1년 동안 생활비를 지원해주기로 하셨다.

1922년 봄, 나는 아주 영원히 머물러 살 작정으로 동부로 건너왔다. 시내에 방을 구할 수도 있었지만 이제 막 잔디밭과 숲이 있는 시골을 떠나온 참이라, 같은 사무실에서 근무하는 친구가 베드타운에 집을 얻어 함께 사는 게 어떠냐고 제안했을 때 흔쾌히 받아들였다.

그는 월세 80달러짜리 허름한 단층의 판잣집을 찾아냈다. 그러나 그 집으로 이사하기 직전 친구가 워싱턴으로 발령이 나는 바람에 결국 나 혼자서 이사할 수밖에 없었다. 나는 그 집에서 개 한 마리 — 며칠 후 도망가 버렸지만 — 와 구형 닷지 자동차, 핀란드 출신 가정부와 함께 지냈다.

며칠 외로운 시간을 만끽하며 지내던 어느 날 아침, 나보다 늦게 이곳으로 이사 온 낯선 사람이 길을 물었다.

"웨스트에그 마을은 어떻게 가야 하지요?"

그의 표정에는 막막한 빛이 역력했다. 그에게 길을 알려 준 뒤 계속해서 길을 걷던 나는 이제 더 이상 외롭지 않다는 사실을 알게 되었다. 그러니까 나는 그에게 안내자이자 길잡이고 초기 정착자인 셈이었다. 그가 무심코 나에게 이 동네 사람이라는 인식을 주게 된 것이다. 그리고 빠른 속도로 흘러가는 영화 속 시간처럼 나날이 무럭무럭 자라는 나뭇잎을 바라보며 나는 여름과 함께 나의 일상이 새롭게 시작되고 있다는 확신을 갖게 되었다.

우선은 읽을 책도 많았고 상쾌한 공기를 마시며 건강도 돌봐야 했다. 나는 은행 경영과 신용, 그리고 증권에 관한 책을 10여 권 샀는데 그것들은 조폐국에서 금방 나온 새 지폐처럼 붉은빛과 황금빛으로 서가에 꽂혀 있었다. 이 책들은 마이더스와 모건과 마에케나스만이 알고 있는 찬란한 비밀을 나에게 털어놓을 것을 약속하고 있었다. 나에게는 이 밖에도 다른 많은 책을 읽겠다는 지적 욕구가 있었다. 나는 대학 시절에 제법 글을 쓰는 편이었다. 1년간 〈예일 뉴스〉 지에 아주 신중한 필치로, 하지만 알기 쉽게 논설을 연재한 적도 있었다. 어쨌든 지금 내 생활에 그 모든 것을 다시 끌어들여 모든 전문가 중에서도 가장 희귀한 '인격이 원만한 사람'이 되어 보려는 참이었다. 이것은 단순한 경구가 아니다. 인생을 단 하나의 창문으로 바라보면 성공하기가 훨씬 쉽다는 생각에서였다.

우연이지만 나는 북미 대륙에서 가장 특이한 동네에 살게 되었다. 우리 집은 뉴욕에서 동쪽으로 길게 뻗은 섬에 자리 잡고 있는데, 그곳의 두 군데 지형은 독특한 모양을 띠고 있었다. 뉴욕 시내에서 32킬로미터가량 더 가면 쌍둥이처럼 똑같이 생긴 거대한 달걀 모양의 섬이 있다. 이 두 개의 섬은 만(灣)이라고 하기에는 간신히 지나갈 수 있는 좁은 만으로 분리되어 있다. 완벽한 타원형이라기보다는 콜럼버스의 달걀처럼 서로 접해 있는 양면이 평평하게 깎인 두 개의 달걀은 너무나도 비슷하게 생겨서 갈매기들도 헷갈릴 지경이지만, 날개가 없는 인간에게 흥미롭게 보이는 이유는 모양과 크기를 제외하면 두 지역이 너무도 다르다는 사실이다.

나는 웨스트에그에 살고 있었는데 이스트에그에 비하면 생활 수준이 많이 떨어지는 편이었다. 우리 집은 그 달걀 모양 끝 지점의 꼭대기, 한철에 1만 2천 달러에서 1만 5천 달러를 줘야 빌릴 수 있는 거대한 두 저택 사이에 위치해 있었으며 해협에서는 약 45미터밖에 떨어져 있지 않았다.

내가 사는 집과 이웃해 있는 오른쪽의 저택은 그야말로 엄청나게 웅장했다. 노르망디 시청을 그대로 본뜬 형태의 그 집은 저택 전체가 담쟁이덩굴로 뒤덮여 있고, 한쪽에는 대리석 수영장과 담쟁이덩굴 사이로 새로 세운 지 얼마 되지 않은 탑이 자리하고 있었으며, 저택 앞으로는 무려 40에이커가 넘는 잔디밭과 정원이 펼쳐져 있었다.

바로 개츠비의 저택이었다. 그때는 개츠비의 존재를 알기 전이었으니까 그런 이름을 가진 신사가 사는 저택이었다고 해야 옳을 것이다. 그에 비하면 내가 살고 있는 집은 눈에 거슬릴 만도 했지만 워낙 작아서 그냥 무시되었다. 그 호화로운 저택보다 약간 위쪽에 자리한 덕에 나는 바다 경치와 더불어 이웃의 잔디밭까지 구경할 수 있었고, 가끔은 백만장자가 내 이웃이라는 위안을 가져보기도 했다. 단돈 80달러로 이 모든 것을 누리고 있었던 것이다.

좁은 만의 건너편 이스트에그에는 해변을 따라 상류층들이 사는 하얀 호화 저택들이 늘어서 있었다. 이제부터 내가 하려는 그해 여름 이야기는 내가 톰 뷰캐넌 부부의 초대를 받고 저녁식사를 하러 그 집을 방문했던 때부터 시작된다. 톰은 대학 시절부터 알던 친구였고, 그의 아내 데이지는 나와는 먼 친척뻘 되는 동생이었다. 전쟁이 끝난 후 나는 그들과 함께 이틀 동안 시카고에서 지내기도 했다.

톰은 여러 가지 운동에 재능이 있었는데 특히 예일 대학교 시절 풋볼 선수로 뛸 때는, 일찍이 그 전례를 찾아볼 수 없을 정도로 뛰어난 실력을 자랑하기도 했다. 그러나 이미

스물한 살 때 탁월한 재능으로 성공의 정점에 이르렀기 때문인지 그 뒤로는 모든 일이 내리막길을 향해 가는 것처럼 보였다.

그의 집안은 대단한 부자여서 대학 시절 그의 돈 씀씀이는 비난의 대상이 되기도 했다. 하지만 그는 이제 시카고를 떠나 사람들이 놀라워할 만큼 화려한 모습으로 동부에 나타났다. 이를테면 폴로 경기를 하기 위해 경주용 조랑말을 한 떼나 끌고 온 것이다. 내 또래의 사람이 그토록 부유할 수 있다는 것은 좀처럼 이해할 수 없는 일이었다.

톰 부부가 왜 동부로 오게 되었는지는 알지 못한다. 그들은 딱히 내세울 만한 뚜렷한 이유도 없이 프랑스에서 1년을 보냈고, 그 후로는 폴로 경기를 즐기는 부유한 사람들이 모이는 곳이라면 어디든 찾아다녔다. 데이지는 장소를 옮길 때마다 전화를 걸어 이번엔 아주 머물러 살 거라고 말했지만 나는 믿지 않았다. 데이지의 진심은 알 수 없었지만, 톰은 다시는 돌아갈 수 없는 시절을 그리워하며 영원히 떠돌 것 같은 느낌이었다.

그들의 저택은 예상했던 것보다 훨씬 호화로웠다. 붉은색과 흰색이 조화롭게 어우러진 조지 왕조 시대풍의 저택은 바다가 내려다보이는 곳에 자리 잡고 있었고, 해변에서 현관에 이르기까지 거의 400미터는 돼 보이는 드넓은 잔디가 펼쳐져 있었다. 잔디는 해시계와 보도블록이 깔린 산책로가 갖춰진 정원을 따라 이어져 있고 집을 따라 밝은색 덩굴이 뒤덮여 있었다. 집 정면은 양쪽으로 프랑스풍 창문이 따스한 바람이 부는 오후를 향해 활짝 열려 있었다. 그리고 승마복을 입은 톰이 다리를 떡 벌린 채 현관에 서 있었다.

그는 대학 시절과는 많이 달라 보였다. 이제 서른 살이었는데 굳게 다문 입과 다소 교만해 보이는 태도에 번뜩이는 두 눈이 그를 더욱 거만하게 느껴지게 했다. 승마복이 주는 여성스러운 우아함에도 불구하고 그의 우람한 힘은 감춰지지 않았고, 얇은 외투를 입고 있었지만 그가 어깨를 움직일 때면 근육이 꿈틀거리는 것을 알아볼 수 있었다. 반들거리는 부츠는 맨 위쪽 끈이 팽팽하게 부풀어 올라 있었다. 거대한 지렛대에 비할 정도로 대단한 체격이었다.

무뚝뚝하면서도 톤이 높고 허스키한 그의 음성은 그러지 않아도 신경질적인 인상에 더욱 강렬한 느낌을 더해주고 있었다. 그의 목소리에는 가부장적인 우월의식이 배어 있었고 자기가 좋아하는 사람에게도 예외가 없었다. 우리는 같은 사교 클럽에 속해 있기는 했지만 친하게 지내지는 않았다. 하지만 그는 나를 인정했으며 자신이 비록 거칠고 도전적이기는 하지만 나에게만큼은 호감을 주는 인상이기를 바라는 것 같았다.

우리는 햇살이 따스하게 내리쬐는 현관 테라스에서 잠시
이야기를 나누었다.

"이 집 근사하지."

그는 쉴 새 없이 눈을 두리번거리며 말했다.

한 팔로 나를 돌려놓더니 그 넓적하고 큰 손을 들어 눈앞
의 경치를 가리켰다. 그 손이 가리키며 지나간 곳에는 주위
보다 한층 낮게 만든 이탈리아식 정원과 향기로운 짙은 색
장미 화원, 그리고 앞바다에는 들창코처럼 뱃머리가 튀어
나온 모터보트 한 척이 조수에 부딪혀 흔들거리고 있었다.

"이 집은 전에 석유 재벌 드메인의 것이었다네. 그만 안으
로 들어가지."

우리는 천장이 높은 복도를 지나 화사한 장밋빛 방으로
들어갔다. 열려 있는 창문 너머에는 푸른 잔디가 반짝이고
있었고, 불어오는 산들바람에 하얀 깃발 같은 커튼 자락이
쉼 없이 펄럭이다가 웨딩케이크 모양의 천장 장식을 향해
치솟고 있었다. 방 안의 물건 중 정지된 것은 커다란 소파
뿐이었다. 소파에는 젊은 여자 두 명이 마치 붙잡아둔 기구
를 탄 것처럼 둥실 뜬 모습으로 앉아 있었다.

두 여자 중 젊은 쪽은 처음 보는 얼굴이었다. 그녀는 긴
소파 한쪽에 몸을 쭉 뻗은 채 미동도 없이 앉아 있었는데,
턱을 살짝 쳐들고 있는 모습이 금방이라도 떨어질 것 같은

물건을 올려놓고 행여라도 떨어질까 걱정되어 애쓰고 있는 것처럼 보였다. 옆에 앉아 있던 데이지가 나를 발견하고 급히 몸을 일으켰다. 그녀는 상냥한 표정으로 인사를 건네고는 매력적인 웃음을 지어 보였다. 나도 따라 웃으며 방 안으로 들어섰다.

"너무 행복해서 온몸이 마비되는 것 같아요."

데이지는 아주 재치 있는 말이라도 뱉은 것 같은 표정으로 미소를 짓더니 내 손을 잡고는 이 세상에 나만큼 보고 싶은 사람은 없었다는 표정으로 내 얼굴을 응시했다. 잠시 후 그녀는 귓속말로 균형을 잡느라 애쓰고 있는 여자의 이름이 조던 베이커라고 일러주었다. 나는 언젠가 데이지가 귓속말을 하는 이유가 상대방으로 하여금 그녀 쪽으로 몸을 기울이게 하기 위해서라는 말을 들은 적이 있다. 얼토당토않은 험담이지만 그렇다고 그녀의 매력이 줄어드는 것은 아니었다.

베이커 양은 입술을 약간 움직이며 살짝 고개를 숙여 인사를 건네고는 재빨리 다시 고개를 뒤쪽으로 돌렸다. 균형을 잡고 있던 것이 흔들리자 놀라서 움찔하는 것 같은 모습이었다. 나도 모르게 죄송하다는 말이 입안에서 맴돌았다. 이렇게 완벽한 자부심으로 무장한 사람을 만나면 나는 경의를 표하는 버릇이 있다.

데이지는 내게 이런저런 질문을 던지기 시작했다. 그녀의 음성은 다시는 되풀이해 연주될 수 없는 음악처럼 오르락내리락했다. 반짝이는 눈과 빛나는 입술 때문에 그녀의 얼굴은 청순가련하게 보였지만 그녀의 음성에는 그녀를 좋아하는 남자라면 결코 잊을 수 없을 흥분 같은 것이 배어 있었다. "자, 들어봐요"라고 속삭이면 노래를 듣는 것 같은 설렘이 느껴지고, 지금까지도 즐거웠지만 여전히 즐겁고 흥분되는 일이 우리를 기다리고 있을 것이라는 약속이 내포되어 있는 것 같았다.

나는 동부로 이사 오는 길에 시카고에서 하룻밤 머물렀는데, 십여 명의 남자가 그녀에게 안부를 전해달라고 부탁하더라는 말을 전했다. 그녀가 황홀한 듯이 외쳤다.

"그 사람들이 저를 그리워하던가요?"

"네가 없으니까 거리조차도 황량해. 차들도 모두 애통해하고 노스쇼어 거리에서는 통곡 소리마저 들리더구나."

"어머나 정말요! 톰, 우리 돌아가요, 내일 당장!"

불안하게 방 안을 왔다 갔다 하던 톰은 발을 멈추고 내 어깨 위에 손을 얹었다.

"닉, 자넨 무슨 일을 하고 있나?"

"증권 일을 하고 있어."

"어느 회사에서?"

나는 회사 이름을 말해주었다.

"들어본 적이 없는 회사인데."

그의 단호한 목소리에 나는 잠시 기분이 언짢아졌다.

"곧 알게 될 거야. 자네가 계속 이곳에 머문다면."

"아, 난 계속 동부에 머물 거니까 염려할 것 없네."

그는 마치 경계해야 할 대상인 양 데이지를 힐끗 쳐다보더니 나에게로 다시 시선을 돌리며 말했다.

"바보라면 몰라도 다른 데서 살 리가 있나?"

그때 베이커가 "당연하죠!" 하고 맞장구를 치는 바람에 나는 깜짝 놀랐다. 내가 이 방에 들어온 뒤 그녀가 처음으로 입을 연 것이다. 자기 목소리에 그녀도 좀 놀란 모양이었다. 자리에서 일어선 그녀가 투덜거렸다.

"몸이 뻣뻣하게 굳어버렸어요. 너무 오래 앉아 있었어요."

"내 탓은 아니야. 내가 오후 내내 뉴욕에 가자고 했잖아."

"안 마실래요. 난 지금 최상의 컨디션이거든요."

톰이 가져온 넉 잔의 칵테일을 바라보며 그녀가 거절했다.

"그렇군! 당신이 어떻게 그런 일을 해내는지 이해할 수가 없어."

톰이 믿지 못하겠다는 듯 그녀를 바라보더니 잔을 들어 한 방울도 남김없이 들이켰다. 나는 베이커가 '해내는' 일이 무엇일까 궁금했다. 이상하게도 그녀에게 마음이 끌렸다.

작은 몸매에 가슴도 작았는데, 마치 사관생도처럼 어깨를 쫙 펴고 있어서 꼿꼿한 자세가 더욱 돋보였다. 햇빛 때문에 눈을 살짝 찌푸린 채 그녀는 창백하면서도 호기심과 불만 어린 표정으로 나를 바라보았다. 나는 그제야 이전에 어디선가 그녀를 본 적이 있거나 사진이라도 본 것 같은 생각이 들었다. 그녀가 퉁명스러운 목소리로 물었다.

"웨스트에그에 사신다고요? 아는 사람이 거기 살아요."

"전 아는 사람이 한 명도…."

"개츠비란 사람은 아실 텐데요."

"개츠비라고?"

그 순간 데이지가 물었다.

"어떤 개츠비?"

내가 이웃에 사는 사람이라고 대답하려는데 저녁식사가 준비되었다는 전갈이 왔다. 톰은 건장한 팔을 내 팔 안쪽에 끼워 넣고는 체스판에서 말을 옮기듯 나를 데리고 나갔다. 두 여자는 팔을 엉덩이에 가볍게 얹은 채 장밋빛 현관을 향해 우리 앞에서 걸어나갔다. 테라스에 준비된 탁자 위에서는 촛불 네 자루가 바람에 흔들리고 있었다.

"촛불은 왜 켠 거지?"

데이지가 얼굴을 찌푸리며 손가락으로 비벼서 촛불을 껐다.

"이제 두 주일만 있으면 1년 중 낮이 가장 길어져요. 줄곧 그날을 기다리다가 막상 그날이 되면 잊고 그냥 지나치지 않나요? 나는 언제나 잊어버리곤 해요."

그녀는 밝은 얼굴로 우리를 바라보았다.

"뭔가 계획을 세워야겠어."

베이커는 마치 잠자리에라도 들어가는 듯한 몸짓으로 하품을 하며 말했다.

"좋아, 무슨 계획을 세울까? 다른 사람들은 그날 어떤 계획을 세우나요?"

데이지가 도움을 청하듯 내 쪽을 바라보았다. 내가 뭐라 대답도 하기 전에 그녀는 겁먹은 표정으로 자기 새끼손가락을 쳐다보았다.

"이런, 이것 좀 봐요! 멍이 들었어요."

모두의 시선이 그녀를 향했다. 아닌 게 아니라 그녀의 새끼손가락 마디 하나가 푸르스름하게 멍들어 있었다. 그녀가 원망 섞인 목소리로 말했다.

"톰, 당신 때문이에요. 일부러 한 짓은 아닌 줄 알지만, 야수 같은 남자와 결혼한 탓이야. 거인 남자랑 결혼했으니…"

"제발 거인이라는 표현은 삼가줘. 농담으로라도…"

톰이 언짢은 표정으로 언성을 높이며 말했지만 데이지는 물러서지 않았다.

"틀린 얘기는 아니잖아요."

이따금 베이커와 데이지는 잡담이라고 하기에도 수준이 안되는 시시하고도 비논리적이고 조용한 대화를 주고받았다. 그들이 입고 있는 하얀 옷처럼 욕망도 감정도 느껴지지 않는 냉랭한 대화였다. 그녀들은 다만 정중하고 유쾌하게 이 자리를 즐기기 위해 톰과 나를 받아들였다. 그렇게 저녁 식사가 끝나고, 저녁 시간도 끝나고, 그날 하루가 그렇게 지나간다는 것을 두 사람은 잘 알고 있었다. 서부와는 다른 모습이었다. 서부에서의 저녁 시간은 하루의 끝을 향해 정신없이 장면들이 지나가거나 계속해서 예측이 어긋나거나 팽팽한 긴장감 속에서 지나가는 시간이었다.

"데이지, 너하고 있으니까 내가 미개인이 된 것 같아. 꽃이나 나무 가꾸는 이야기는 어떨까?"

나는 코르크 냄새가 풍기기는 하지만 꽤 훌륭한 적포도주를 두 잔째 들이켜며 말했다.

특별한 의도를 가지고 한 말은 아니었는데 톰에게는 다소 엉뚱하게 들린 모양이었다.

"이제 문명이 붕괴될 거야."

갑자기 톰이 사나운 투로 내뱉었다.

"그래서 난 비관주의자가 되었어. 자네 고다드라는 사람이 쓴 《유색인 제국의 융성》(책과 저자 모두 허구다. 당시 로스롭 스터더

24

드와 메디슨 그랜트가 쓴 비슷한 책이 있었다)이라는 책 읽어봤나?"

"아니, 못 읽어봤는데."

나는 그의 말투에 약간 당황스러웠다.

"좋은 책이야. 모두 읽어볼 필요가 있어. 우리 백인종이 조심하지 않으면 언젠가 완전히 침몰하고 만다는 얘기지. 과학적 근거도 있어. 증거가 있단 말이지."

"톰이 요즘 점점 심각해지고 있어요. 제목이 길고 심각한 책만 읽어요. 그게 무슨 단어였더라…."

데이지가 측은한 표정으로 말했다. 그러자 톰이 조바심이 나는 듯 다시 힘주어 말했다.

"글쎄, 충분히 과학적인 이야기라니까. 모든 것을 예리하게 분석하고 있다고. 지금 세계를 지배하고 있는 우리 백인들이 긴장하지 않으면 언젠가 다른 인종이 이 세계를 지배하게 되는 날이 오고야 말 거라는 거지."

"그 인종들을 타도해야겠군요."

"당신들은 캘리포니아에 살아야 하는 건데…."

베이커가 입을 열었지만 톰이 의자에서 힘들게 고쳐 앉으면서 말을 가로챘다.

"그 책의 취지는 우리가 북유럽 인종이라는 거야. 내가 그렇고 자네가 그렇고 베이커가 그렇고 또…."

그는 한동안 망설이더니 고개를 약간 까닥거리며 데이지

도 거기에 포함시켜 주었다.

데이지는 햇빛이 눈부신지 눈을 깜빡거렸다.

"세상의 문명은 모두 우리가 만들어낸 거야. 과학이든 예술이든 모두 다 말이야. 이해하겠지?"

지나치게 열을 올리는 그의 모습을 보자니 현재의 삶에 무언가 만족스럽지 못한 구석이 있음을 엿본 것 같은 서글픈 생각이 들었다. 그때 집 안에서 전화벨 소리가 들려왔다. 집사가 테라스에서 사라지자 데이지가 재빨리 내 쪽으로 몸을 기울였다.

"비밀 한 가지 알려줄게요. 저 집사가 우리 집에 오기 전에 뉴욕에서 은그릇 닦는 일을 했는데, 은그릇이 2백 개도 넘었대요. 아침부터 밤까지 은그릇만 닦다 보니 코가…."

"상태가 점점 나빠졌군."

베이커 양이 끼어들었다.

"그런 셈이지. 결국에는 그 일을 그만두었대요."

석양빛에 붉게 물든 그녀의 얼굴은 낭만적인 매력이 물씬 풍겼고 그녀에게 귀 기울이고 있는 나를 더욱 숨 가쁘게 끌어당겼다. 해가 지면 집으로 돌아가는 아이들처럼 그녀의 얼굴에서 석양의 마지막 빛이 아쉬움을 남기며 사라지고 있었다.

전화를 받고 돌아온 집사가 톰의 귀에 대고 무슨 말인가를 속삭였다. 톰은 얼굴을 살짝 찡그리더니 의자를 뒤로 밀어내고 일어나면서 뭐라 말도 없이 집 안으로 들어갔다. 그가 자리를 비우자 데이지는 무언가 자극이라도 받은 듯 다시 내 쪽으로 몸을 기울이며 말했다.

"우리 집에서 함께 식사하게 되어 정말 기뻐요. 닉 오빠를 보면 전 한 송이 순수한 장미가 생각나요."

그녀는 동의를 구하려는 듯 베이커를 향해 몸을 돌리며 질문을 던졌다.

"그렇지 않아, 조던? 순수한 장미 말야!"

그건 전혀 사실이 아니었다. 내게 장미 같은 면이라고는 티끌만큼도 없다. 단지 즉흥적인 표현이기는 했지만 그녀에게는 그렇게 사람을 흥분시키는 따뜻함 같은 것이 있었다. 그러더니 데이지는 돌연 태도를 바꾸어 갑자기 냅킨을 식탁 위로 던지고는 실례한다는 말과 함께 황급히 집 안으로 들어갔다.

둘만 남게 된 베이커와 나는 의식적이면서도 의미 없는 시선을 주고받았다. 그러다가 내가 입을 떼려는 순간 그녀가 자리에서 벌떡 일어나더니 경계하듯 "쉿!" 하고 입을 막았다. 방에서 격앙된 감정을 억누르는 듯한 목소리가 들려오자 그녀는 대담하게도 그 말을 엿듣기 위해 몸을 기울였다. 떨리는 목소리가 오르락내리락하는가 싶더니 이윽고 목소리가 사라졌다.

"당신이 말한 개츠비 씨는 제 이웃입니다."

내가 먼저 입을 열었다.

"조용! 무슨 일이 있는지 들어봐야겠어요."

"무슨 일이라도 있는 건가요?"

영문을 모르는 나의 질문에 베이커는 놀란 표정으로 오히려 되물었다.

"아직도 모르신단 말예요? 다들 아는 줄 알았는데…."

"전 모릅니다."

"저런…."

그녀는 잠시 머뭇거렸다.

"실은 톰에게 여자가 있어요. 뉴욕에…."

"여자가 있다고요?"

나는 좀 멍한 표정으로 되물었다. 베이커는 고개를 끄덕였다.

"저녁식사 시간에 전화하지 않는 정도의 예의는 있어야 하는 거 아닌가요?"

그녀의 말뜻을 미처 헤아릴 틈도 없이 옷자락이 펄럭이는 소리와 가죽 부츠가 저벅거리는 소리가 들리더니 톰과 데이지가 식탁으로 돌아왔다.

"어쩔 수 없었어요!"

데이지는 표정은 굳어 있는 채로 짐짓 명랑한 척하며 잠시 나와 베이커의 눈치를 살피더니 다시 말을 이었다.

"잠시 바깥 풍경을 내다보았는데 얼마나 낭만적인지 몰라요. 잔디밭에 새 한 마리가 앉아 있는데 틀림없이 커나드나 화이트스타 해운회사 편에 날아온 나이팅게일일 거예요. 아주 낭만적이었어요. 그렇죠, 톰?"

"음, 아주 낭만적이더군."

톰은 대답과 함께 괴로운 표정으로 나를 바라보며 말을 이었다.

"식사를 마친 뒤 날이 많이 어둡지 않으면 마구간을 구경시켜 주지."

그때 집 안에서 다시 전화벨이 울렸다. 그러자 데이지가 톰을 향해 단호하게 고개를 흔들었고 마구간 이야기뿐 아니라 모든 대화가 허공으로 사라졌다. 그날 저녁식사의 마지막 5분 동안 일어난 일 가운데 지금도 기억에 선명한 것은 의미 없이 촛불을 다시 켜놓았던 장면이다.

사실 나는 그들을 똑바로 쳐다보고 싶었지만 그렇게 하지 못했다. 대단한 회의론자인 것 같은 베이커도 다섯 번째로 시끄럽게 울려대는 금속성의 발신음을 기억에서 완전히 지워버리지는 못했을 것이다. 이런 상황을 즐길 수 있는 사람도 있는지 모르겠지만 나는 그때 경찰에 도움을 청하고 싶은 심정이었다.

얼마 후 톰과 베이커는 마치 시체와 함께 밤을 새워야 하는 사람들 같은 표정으로, 몇 걸음 정도 간격을 유지하며 집 안으로 들어갔다. 나는 마치 전화벨 소리 같은 건 듣지 못한 것처럼 즐거운 표정을 지으려 애쓰며 데이지와 함께 현관 쪽으로 갔다. 어둠 속에서 우리는 고리버들을 엮어 만든 의자에 나란히 앉았다.

데이지는 새삼 자신의 예쁜 얼굴 하나하나를 느껴보려는 듯 두 손으로 얼굴을 감쌌다. 그러고는 벨벳같이 내려앉고 있는 어둠을 향해 시선을 던졌다. 보이지는 않았지만 그녀가 격한 감정에 사로잡혀 있다는 것을 알아챌 수 있었다. 나는 그녀의 마음을 진정시켜 주기 위해 몇 가지 질문을 던졌다. 그러나 그녀는 내 질문과는 상관없이 엉뚱한 얘기를 꺼냈다.

"닉, 우리는 서로 잘 알지 못해요. 친척이라고는 하지만 제 결혼식에도 오지 않았잖아요."

"그땐 전쟁터에 있었으니까."

"그렇긴 하죠. 전 그동안 몹시 힘든 시간을 보냈어요. 그래서 모든 일에 아주 냉소적인 사람이 되어버렸어요."

그녀가 그렇게 변한 데는 분명히 이유가 있을 것이다. 그녀의 설명을 기다렸지만 그녀는 더 이상 아무 말도 하지 않았다. 어색한 분위기를 바꾸기 위해 나는 그녀의 딸 이야기를 꺼냈다.

"이젠 제법 말도 하겠군. 밥도 먹고 여러 가지 하겠지?"

"맞아요."

그녀는 멍한 눈빛으로 나를 바라보았다.

"그 아이가 태어났을 때 내가 뭐라고 했는지 들어볼래요? 그 얘기를 들으면 내 기분이 어땠는지 아실 거예요. 글쎄 아이를 낳은 지 한 시간도 되지 않았는데 톰이 보이지 않는 거예요. 마취에서 깨어났을 때 난 완전히 버려진 듯한 기분이었어요. 간호사에게 아들인지 딸인지 물어봤어요. 딸이라고 하더군요. 저는 고개를 돌리고 울었어요. 그리곤 중얼거렸죠. '괜찮아, 딸이라서 다행이야. 이 아이가 커서 바보가 되었으면 좋겠어. 아름답고 귀여운 바보. 이런 세상에선 바보가 되는 게 속 편한 것이니까.' 내가 모든 일을 끔찍하게 생각한다는 거 이제 아시겠지요?"

그녀는 다시 확신에 찬 목소리로 말을 이었다.

"모두 그렇게 생각하죠. 아무리 진보적인 사람들이라도 말예요. 난 알아요. 어디든 가봤고 별별 것들을 다 보았고 안 해본 일도 없거든요."

그녀는 어딘지 톰을 닮은 듯한 태도로 경멸 섞인 웃음을 지었다.

"아, 난 이제 닳고 닳은 여자야!"

그녀는 더 이상 내 주의를 끌거나 신뢰를 얻으려 하지 않았지만 나는 그녀의 말 전부가 진실은 아니라고 생각했다. 어쩌면 저녁식사 시간 전부가 내게서 자신에게 유리한 감정을 이끌어내기 위한 속임수였는지도 모른다는 생각에 마음이 편치 않았다. 역시나 그녀는 이내 그 귀여운 얼굴에 어색하기 짝이 없는 미소를 지으며 나를 바라보았다. 마치 자기와 톰이 대단한 비밀조직에 가입되어 있다고 말하는 것처럼 보였다.

집 안으로 들어서자 마치 꽃이라도 핀 것처럼 응접실은 진홍빛 불빛이 가득했다. 톰과 베이커는 기다란 소파의 양 끝에 앉아 있었는데, 베이커는 〈새터데이 이브닝 포스트〉를 큰 소리로 읽어주고 있었다. 속삭이듯 높낮이의 변화가 없는 목소리가 마치 아이를 달래는 듯한 느낌이었다.

우리가 들어서자 베이커는 손을 들어 보이며 잠시 조용히 해달라고 신호를 보냈다.

"다음 호에 계속됩니다"라는 말과 함께 그녀는 신문을 탁자 위로 던지더니 무릎을 들썩이며 자리에서 일어났다. 그러더니 천장에 매달린 시계라도 본 것처럼 말했다.

"벌써 10시군요. 이 착한 아가씨는 잠자리에 들 시간이에요."

"조던은 내일 경기가 있대요. 웨스트체스터에서요."

데이지가 설명했다.

"아, 당신이 바로 그 조던 베이커로군요."

나는 그제야 그녀의 얼굴이 낯익었던 이유를 알 수 있었다. 쾌활한 듯하면서도 어쩐지 남을 내려다보는 듯한 그녀 특유의 표정이 비로소 떠올랐다. 애쉬빌과 핫스프링스, 팜 비치에서 선수 생활을 하던 그녀의 사진을 본 기억이 있었다. 그녀에 관한 유쾌하지 못한 소문도 들은 적이 있었지만 자세히 기억나지는 않았다.

"잘 자요. 8시에 깨워줘요. 알았죠?"

"깨워서 일어난다면."

"일어날게. 캐러웨이 씨, 또 만나죠."

"또 만나게 될 거야."

데이지가 자신감 넘치는 투로 나 대신 대답했다.

"실은 제가 두 사람을 맺어주려고 해요. 그러니까 닉, 자주 들러주세요. 음… 뭐랄까… 전 두 사람을 잘 엮어볼 생각이에요. 옷장에 함께 넣고 문을 잠가버린다든가, 보트에 태워 바다로 띄워 보낸다든가…"

"잘 자요. 나는 한마디도 못 들은 걸로 하겠어요."

베이커가 계단을 오르며 소리쳤다. 잠시 후 톰이 말했다.

"훌륭한 아가씨라네. 이런 식으로 시골로 떠돌게 해서는 안 되는데."

"누가 그렇게 해서는 안 된다는 거죠?"

데이지의 목소리가 쌀쌀맞았다.

"그녀의 가족들 말이야."

"가족이라야 천 살쯤 먹은 숙모밖에 없어요. 닉, 앞으로 조던을 돌봐주세요. 올여름 주말은 거의 우리 집에서 지내게 될 거예요. 전 우리 가정이 그 애에게 좋은 영향을 줄 거라고 생각해요."

데이지와 톰은 잠시 말이 없었다. 잠시 후 내가 입을 열었다.

"뉴욕 출신인가?"

"루이빌 출신이에요. 우린 소녀 시절을 그곳에서 함께 보냈어요. 아름답고 순수했던 시간이었죠."

"당신, 닉에게 할 얘기 못 할 얘기 전부 다 한 거야?"

톰이 느닷없는 질문을 던졌다.

"내가요? 잘 기억나진 않지만 우리는 북유럽 인종에 관해 얘기한 것 같은데요. 맞아요, 분명히."

"닉, 어떤 이야기를 들었건 다 믿지는 말게."

톰이 내게 충고했다. 나는 아무 얘기도 듣지 못했다고 대답하고는 집으로 돌아가기 위해 자리에서 일어섰다. 그들은 함께 문까지 따라 나와 불빛 아래 나란히 섰다. 내가 자동차에 오르려는 순간 데이지가 갑자기 "잠깐만 기다려요!" 하고 소리쳤다.

"물어보고 싶은 게 있었는데 잊고 있었어요. 서부에서 닉이 어떤 아가씨와 약혼했다고 들었어요."

"그래, 맞아. 자네가 약혼했다고 들었네."

톰도 그녀의 말을 거들었다.

"그런 일 없네. 그럴 돈도 없고."

"하지만 우린 그렇게 들었는걸요. 세 사람이나 같은 말을 했으니 엉터리는 아닐 거예요."

그들이 무슨 얘기를 하는지 잘 알고 있었지만 나는 결단코 약혼 같은 것을 한 적이 없다. 사실 그 소문은 내가 이곳 동부로 오게 된 이유이기도 했다. 소문 때문에 오래된 친구를 만나지 않을 수는 없었고, 소문 때문에 결혼할 생각은 더더욱 없었다.

그들이 내게 베푼 호의에 나는 충분히 감동했고 그들이 누리고 있는 부가 그렇게 대단한 것은 아니라는 생각도 들었다. 하지만 차를 몰고 돌아오는 내내 혼란스럽고 불쾌한 생각이 머리를 떠나지 않았다. 내 생각에 데이지가 당장 해야 할 일은 아이를 데리고 그 집에서 뛰쳐나오는 것이었다. 하지만 그녀는 그럴 생각이 전혀 없어 보였다.

톰에게 느꼈던 놀라운 사실은 '뉴욕에 여자가 있다'는 것보다는 오히려 책 한 권 때문에 그가 그토록 우울해질 수 있다는 것이었다. 육체적 자만심이 더 이상 그의 독선적인 마음에 힘이 되어주지 못한 것처럼, 그 무엇인가가 그의 진부한 사고방식의 한 귀퉁이를 갉아먹고 있었다.

웨스트에그의 집에 도착한 나는 차고에 차를 세우고 마당에 아무렇게나 놓여 있는 제초기 위에 얼마 동안 앉아 있었다. 바람은 불지 않았고 새들이 푸드덕거리는 소리가 들려왔다. 대지의 충만한 기운에 어울리게 개구리들이 오르간 소리처럼 여름밤을 연주하고 있었다. 바로 그때 고양이의 그림자가 달빛에 어른거렸다. 그놈을 보기 위해 고개를 돌린 순간, 나는 내가 혼자가 아니라는 사실을 깨달았다.

15미터 정도 떨어진 이웃 저택의 그림자 속에서 한 사람이 두 손을 주머니에 찌른 채 은빛 후춧가루를 뿌려놓은 듯한 밤하늘을 바라보고 있었다. 개츠비였다. 잔디를 밟고 서 있는 자세와 여유로운 몸짓은 마치 자기 몫의 하늘이 어디까지인지 살펴보고 있는 것 같았다.

갑자기 그에게 말을 걸고 싶은 충동이 일었다. 저녁식사때 베이커가 그의 이야기를 들려준 것으로 소개는 충분할 것 같았다. 하지만 나는 결국 말을 건네지는 못했다. 그에게서 혼자 있고 싶어 하는 암시가 전해졌기 때문이다. 그는 어두운 바다를 향해 두 팔을 뻗었다. 멀리 떨어져 있기는 했지만 그가 온몸을 떨고 있다는 것을 확신할 수 있었다. 무심결에 나도 바다 쪽을 바라보았다. 부두 끝자락에서 희미하게 반짝이는 초록색 불빛 외에는 아무것도 보이지 않았다.

내가 다시 개츠비 쪽을 돌아다보았을 때, 그는 이미 사라지고 난 뒤였다. 나는 어수선한 어둠 속에 다시 혼자가 되었다.

2
The Great Gatsby

웨스트에그에서 뉴욕으로 가는 중간 지점에 도로와 철
로가 만나 400미터가량 나란히 달리는 길이 있다. 어느 황
량한 지역을 피하기 위해 차도가 꺾여지다 보니 길이 그렇
게 만들어지게 된 것이다. 재의 골짜기라고 부르는 그곳은
밀처럼 자란 재가 언덕과 산마루를 기이한 형태의 정원 모
양으로 바꾸어놓은 농장이었다. 이곳의 재는 굴뚝에서 피
어오르는 연기 모양을 하고 있다가 회색빛 사람 형상이 되
어 부연 공기 속을 떠돌다 공기가 속으로 사라져버린다.

잿빛 대지 위를 요동치며 떠도는 먼지 너머에는 안과 의
사 T. J. 에클버그의 눈이 보였다. 에클버그의 두 눈은 푸
르고 거대하며 망막의 높이가 무려 1미터 가까이 된다. 얼

굴은 없고 눈만 그려져 있는데 보이지 않는 코에 걸린 거대한 노란색 안경 너머로 이쪽을 바라보고 있다. 어떤 익살맞은 안과 의사가 퀸스에서 장사를 좀 해볼 생각으로 걸어놓은 뒤, 자신의 눈이 멀게 되었거나 이 광고판 생각은 잊은 채 떠나버린 게 확실했다. 세월이 흐르면서 햇볕과 비바람에 바래고 페인트칠도 다 벗겨졌지만 여전히 그 두 눈은 재의 골짜기를 굽어보고 있었다.

재의 골짜기 한쪽으로는 작고 더러운 강이 흐르고 있는데 개폐교가 화물선을 통과시키기 위해 위로 올라갈 때는 기차가 잠시 멈춰서야 했기 때문에 승객들은 30분 동안 그 음침한 풍경을 바라볼 수 있었다. 꼭 그런 경우가 아니더라도 기차는 1분 정도 정지해야 했는데, 내가 톰 뷰캐넌의 정부를 만난 것도 바로 그 때문이었다.

톰에게 정부가 있다는 것은 그의 이름이 알려진 곳이라면 어디에서나 얘깃거리가 되었다. 사람들은 그가 카페에 여자를 데리고 와서 자리에 앉혀둔 채 어슬렁거리다 아는 사람을 만나면 누구든 붙잡고 잡담을 늘어놓는다며 못마땅하게 생각했다. 나는 그 여자가 어떻게 생겼는지 궁금하기는 했지만 만나고 싶은 생각은 없었다. 하지만 나는 그녀를 만나고야 말았다.

어느 날 오후 나는 톰과 함께 기차를 타고 뉴욕에 가게 되

있는데 기차가 재의 골짜기에서 멈추자 그가 갑자기 자리에서 일어나더니 내 팔을 붙잡고 강제로 기차에서 끌어내렸다.

"여기에서 내리지. 자네에게 내 애인을 소개시켜 줄 테니까."

나는 그가 점심때 마신 술 때문에 취한 것이 아닌지 의심스러웠는데, 나를 데려가겠다는 그의 결심은 폭력이라도 불사할 것처럼 확고했다. 그는 오만하게도 내가 일요일 오후에 딱히 일이 없을 것이라고 생각한 것이다.

하얗게 석회도료를 바른 나지막한 철로변 담장을 넘어 우리는 에클버그 의사의 시선을 받으며 길을 따라 90미터쯤 뒤쪽으로 걸어갔다. 보이는 건물이라고는 오직 황무지 끝에 서 있는 작고 노란 벽돌 건물뿐이었다. 주변에 아무것도 없이 그 벽돌 건물은 중심가 구실을 하고 있었다. 건물에는 상점이 셋 있었는데, 하나는 세입자를 구하는 중이었고, 재의 골짜기와 맞닿아 있는 다른 하나는 밤새도록 영업을 하는 음식점이었으며, 세 번째 상점은 자동차 정비소였다. 거기에는 '정비소. 조지 B. 윌슨. 자동차 사고팝니다'라는 팻말이 붙어 있었다. 나는 톰을 따라 정비소 안으로 들어갔다.

장사가 잘 안되는지 실내는 썰렁했다. 자동차라고는 먼지를 뒤집어쓴 채 어두침침한 구석에 서 있는 고물 포드 한 대뿐이었다. 문득 내 머릿속에 정비소의 이 어두운 그늘은 눈속임에 지나지 않으며 2층에는 호화롭고 낭만적인 방들이 숨어 있을지도 모른다는 생각이 스쳤다. 그때 주인이 헝겊 조각에 손을 닦으며 사무실 문 앞에 나타났다. 금발머리에 잘생긴 얼굴이었지만 빈혈기가 있는지 안색이 그다지 좋지 않았고 생기가 없어 보였다. 우리를 보자 그의 푸른색 눈에 어렴풋한 생기가 돌았다. 톰은 반갑다는 듯이 그의 어깨를 툭 치면서 말했다.

"잘 있었나, 윌슨. 장사는 잘되나?"

"그저 그래요. 그 차는 언제 저한테 파실 건가요?"

윌슨은 시큰둥하게 대답했다.

"다음 주에, 지금 우리 정비사가 손을 보는 중일세."

"꽤나 뜸을 들이네요. 안 그래요?"

"아니, 그렇지 않네."

톰이 냉담한 목소리로 대답했다.

"그렇게 생각한다면 다른 곳에 팔아버리겠네."

"그게 아니라…"

윌슨이 재빨리 변명했다.

"전, 다만…"

그는 말끝을 흐렸다. 톰은 조바심이 나는 듯 정비소 안을 둘러보았다. 그때 계단을 내려오는 발소리가 들리더니 꽤 몸집이 큰 여자 하나가 사무실 문으로 들어오는 빛을 가로

막고 섰다. 삼십대 중반쯤 돼 보이는 여자는 작은 키에 풍만한 몸매가 육감적이었다. 물방울무늬가 있는 검푸른 비단 드레스를 입은 여자는 예쁜 구석은 없었지만 온몸에서 발산되고 있는 생기를 한눈에 알아챌 수 있었다.

그녀는 미소를 머금은 채 마치 유령이라도 되는 듯 남편을 무심히 지나치고는 톰과 악수를 하며 그의 눈을 응시했다. 그러고는 남편 쪽은 쳐다보지도 않은 채 퉁명스런 목소리로 말했다.

"의자 좀 가져와요. 앉으시게 해야죠."

"아, 그렇군."

윌슨은 황급히 회색 벽에 연결되어 있는 작은 사무실로 들어갔다. 재의 골짜기 근처에 있는 무엇이든 그렇듯 그의 검은 양복과 윤기 없는 머리카락에도 먼지가 뽀얗게 앉아 있었다. 하지만 그의 아내만은 예외였다. 톰이 그녀의 귀에 대고 속삭였다.

"보고 싶었어. 다음 기차를 타."

"알았어요."

"지하의 신문 가판대에서 기다릴게."

그녀는 고개를 끄덕였고 그때 마침 조지 윌슨이 의자를 들고 나타나자 톰에게서 떨어졌다.

우리는 길 아래쪽으로 내려가 그녀를 기다렸다. 독립기념

일이 며칠 남지 않은 때인지라 창백하고 깡마른 이탈리아계 아이들이 철로를 따라 폭죽을 늘어놓고 있는 중이었다.

"끔찍한 곳이야."

톰이 에클버그 의사를 향해 얼굴을 찡그리며 말했다.

"이곳을 떠나는 게 그 여자에게도 좋아."

"남편이 반대하지 않을까?"

"윌슨? 그자는 아내가 뉴욕에 사는 여동생을 만나러 가는 줄 알고 있어. 얼마나 우둔한지 자기가 살아 있다는 사실조차 잊고 사는 친구지."

그렇게 해서 톰과 그의 정부, 그리고 나는 함께 뉴욕으로 갔다. 엄밀하게 말하자면 '함께'라고 할 수는 없었다. 윌슨 부인이 눈치껏 다른 칸에 탔기 때문이다. 같은 기차를 탔을지도 모를 이스트에그 사람들의 시선을 의식한 톰의 배려였다.

그녀는 갈색 무늬가 있는 모슬린 드레스로 갈아입고 나왔다. 톰이 뉴욕의 플랫폼에서 그녀를 부축해 내릴 때 그 옷은 그녀의 풍만한 엉덩이에 착 달라붙어 있었다. 신문 가판대에서 그녀는 〈타운 태틀〉 한 권과 영화 잡지를 사고, 매점에 들러 콜드크림과 작은 향수 한 병을 샀다.

지상으로 올라온 뒤 요란스러운 소음이 울려대는 차도에서 그녀는 택시를 넉 대나 그냥 보낸 뒤에야 회색 시트로 장식된 라벤더색 새 택시를 골랐다. 택시는 사람들로 붐비는 역을 빠져나와 햇빛이 반짝이는 거리로 들어섰다. 창에서 서둘러 눈길을 돌린 그녀가 앞 유리를 두드리더니 진지한 어투로 말했다.

"강아지를 한 마리 갖고 싶어요. 아파트에서 기르고 싶어요. 좋잖아요. 개를 기르면."

놀랍게도 잠시 후 톰은 록펠러를 닮은 백발의 노인 옆에 차를 세우게 했다. 노인의 목에 걸려 있는 바구니에는 갓 태어난 강아지가 열두어 마리쯤 웅크리고 있었다. 노인이 택시 창문 쪽으로 다가오자 윌슨 부인이 진지하게 물었다.

"무슨 종이에요?"

"종류별로 다 있습니다. 부인께서는 어떤 종을 원하시는데요?"

"경찰견 한 마리를 갖고 싶은데요. 그런 개는 없나요?"

노인은 자신 없는 표정으로 바구니 안을 들여보다가 발버둥치는 강아지 한 마리를 들어 올렸다.

"그건 경찰견이 아니잖소?"

톰이 말했다.

"네, 경찰견이라고 할 수는 없죠."

노인은 개의 등허리를 쓰다듬으며 실망한 듯한 목소리로 말했다.

44

"에어데일테리어에 가깝지요. 하지만 이 털을 좀 보세요. 감기에 걸리거나 해서 주인을 귀찮게 할 놈이 아닙니다."

"예뻐요. 얼마죠?"

윌슨 부인이 들뜬 목소리로 말했다. 노인은 강아지를 감탄스러운 눈길로 바라보았다.

"10달러는 주셔야죠."

그 에어데일테리어는 이내 새 주인의 무릎 사이로 파고들었다. 윌슨 부인은 추위를 타지 않는다는 녀석의 털을 황홀한 눈빛으로 바라보며 쓰다듬었다.

"수컷이에요? 암컷이에요?"

그녀가 물었다.

"그놈은 수컷입니다."

"암컷이야."

톰이 단호하게 말했다.

"자, 돈 여기 있소. 그 돈이면 열 마리는 더 살 거요."

택시는 5번가를 향해 달렸다. 한여름 일요일 오후의 공기가 얼마나 따뜻하고 부드러운지 양 떼 한 무리가 모퉁이를 돌아 거리에 나타나더라도 전혀 놀랍지 않을 것 같았다.

"차를 세워주게. 난 여기서 내리겠네."

잠시 후 내가 말했다.

"안 돼."

톰이 재빨리 내 말을 가로막았다.

"자네가 아파트까지 함께 가지 않으면 머틀이 섭섭해할 거야. 안 그래, 머틀?"

"함께 가요."

그녀가 애원하듯 말했다.

"동생 캐서린을 부를게요. 굉장한 미인이라고 칭찬이 자자하답니다."

택시는 센트럴 공원을 지나 웨스트 100번가 쪽으로 달렸다. 158번가에 이르자 택시는 흰 케이크처럼 늘어서 있는 아파트 한쪽에 멈춰 섰다. 윌슨 부인은 마치 왕궁에 들어선 여왕처럼 당당한 시선으로 이웃을 훑어보더니 강아지와 다른 물건들을 들고 안으로 들어갔다.

"맥키 부부를 부를게요. 물론 동생에게도 오라고 전화를 걸고요."

엘리베이터 안에서 그녀가 말했다.

그녀의 집은 아파트 맨 위층에 있었다. 작은 거실과 부엌, 그리고 욕실이 딸린 작은 침실이 있는 집이었다. 거실에는 태피스트리를 씌운 가구가 자리를 너무 많이 차지하고 있어서 태피스트리에 짜 넣은 베르사유 궁전의 정원에서 그네를 타고 있는 부인들 그림에 걸려 넘어질 지경이었다. 벽에는 사진이 하나 걸려 있었는데 너무 크게 확대해서 사진 속 형상은 희미하게 보이는 바위 위에 앉아 있는 암탉 같았다. 그러나 좀 떨어져서 보면 그 수탉은 모자 같고, 통통한 노부인의 얼굴이 방 안을 향해 웃고 있는 것처럼 보였다. 탁자 위에는 《베드로라 불리는 시몬》 한 권과 낡은 〈타운 태틀〉 몇 권, 브로드웨이의 스캔들 기사가 실린 그저 그런 잡지 몇 권이 널려 있었다.

월슨 부인은 강아지한테 온통 정신이 팔려 있었다. 엘리베이터 안내원은 짚을 가득 채운 상자와 우유를 사 오면서 주문하지도 않은 개 비스킷까지 사 왔다. 그중 한 조각은 오후 내내 우유 접시에 버려진 채 조금씩 흐물흐물해져 갔다. 톰은 잠겨 있는 옷장을 열고 위스키 한 병을 꺼내왔다.

나는 지금까지 살면서 술에 취한 적이 딱 두 번 있는데, 그 두 번째가 바로 그날 오후였다. 8시가 지났는데도 방 안에는 햇살이 가득했지만 거기서 일어난 일들은 그저 몽롱한 기억으로 남아 있다. 월슨 부인은 톰의 무릎에 앉아서 몇 사람에게 전화를 했다. 나는 담배가 떨어져 길모퉁이에 있는 가게로 담배를 사러 나갔다. 돌아와 보니 두 사람은 보이지 않았고, 나는 조용히 거실에 앉아 《베드로라 불리는 시몬》을 읽기 시작했다. 내용이 형편없어서였는지 아니면 위스키 때문에 머리가 맑지 못해서였는지는 모르겠지만 무슨 얘기인지 이해가 되지 않았다.

톰과 머틀이 — 한잔하고 난 뒤부터 윌슨 부인과 나는 서로 이름을 불렀다 — 다시 나타나고 뒤이어 손님들이 하나 둘씩 도착하기 시작했다.

머틀의 여동생 캐서린은 서른 살쯤 돼 보이고 속물스러움을 풍기는 여자였다. 날씬한 몸매에 숱이 많은 붉은 단발머리와 우윳빛 분을 바른 얼굴, 눈썹을 뽑고 그 위에 세련되어 보이도록 새로 그리기는 했지만 다시 돋아나고 있는 옛 눈썹의 흔적 때문에 보기에 흉했다. 그녀가 움직일 때면 두 팔에 달린 도기 팔찌들이 흔들리며 끊임없이 짤랑거리는 소리를 냈다. 방에 들어온 그녀는 마치 자기 것인 양 가구를 둘러보았는데 그 태도가 어찌나 자연스러운지 마치 이 집이 그녀의 것이 아닐까 하는 착각이 들 정도였다. 내가 여기서 사느냐고 물었더니 그녀는 호들갑스럽게 웃으면서, 내 질문을 큰 소리로 되풀이하고는 자기는 여자 친구와 함께 호텔에 산다고 대답했다.

맥키라는 사람은 아래층에 사는 남자였는데 창백한 얼굴 때문에 여성스러운 느낌이었다. 광대뼈에 남아 있는 흰 거품 자국으로 보아 방금 면도를 한 모양이었다. 그는 방에 있는 사람들에게 깍듯하게 예의를 갖춰 인사를 했다. '예술적 작업'에 종사하고 있노라고 자신을 소개했는데, 나중에야 그가 사진사라는 것을 알고 벽에 걸려 있는 머틀 어머니의 사진을 만든 장본인임을 짐작할 수 있었다. 그의 아내는 예쁘기는 했지만 그다지 호감이 가는 인상은 아니었는데 찢어질 것 같은 날카로운 목소리에 기운이 없어 보였다. 그녀는 남편이 결혼 후 127번이나 사진을 찍어주었다고 자랑스러운 듯 떠벌렸다.

언제 갈아입었는지 윌슨 부인은 이제 크림색 시폰으로 만든 야회복을 입고 있었다. 그녀가 방 안을 이리저리 쓸고 다니는 동안 드레스 자락이 바닥에 끌리면서 계속 바스락거리는 소리가 따라다녔다. 옷 때문인지 사람이 달라 보였다. 자동차 정비소에서 두드러져 보이던 활기찬 기운은 이제 거만함으로 바뀌어 있었다. 그녀의 웃음과 몸짓 하나, 말투까지도 시간이 지날수록 점점 더 가식적으로 변했고, 그녀가 그렇게 부풀어 오를수록 방은 점점 더 비좁아 보였다. 마침내 그녀는 요란하게 삐걱거리는 회전축을 타고 담배 연기 자욱한 공기 속을 맴돌고 있는 듯 보였다. 그녀는 뽐내는 듯한 고음으로 동생에게 말했다.

"캐서린, 그런 사람들은 늘 너를 속여먹으려 할 거야. 그저 돈 생각밖에 없는 사람들이지. 지난주에 발 마사지를 받으려고 어떤 여자를 불렀는데, 청구서를 보고 내가 맹장수술이라도 받은 줄 알았다니까."

"그 여자 이름이 뭔데요?"

맥키 부인이 물었다.

"에버하트 부인이에요. 집집마다 찾아다니면서 발 마사지를 해주죠."

"옷이 참 멋지네요. 정말 훌륭해요."

윌슨 부인은 경멸하듯 눈썹을 치켜올리며 그 말을 무시하더니 말했다.

"오래된 옷이에요. 아무렇게나 입어도 좋을 날에나 가끔 걸치죠."

"그래도 당신이 입으니까 아주 멋있어 보이는데요. 제 남편이 당신의 그런 자태를 찍는다면 아마 훌륭한 작품이 나올 거예요."

우리는 말 없이 윌슨 부인을 바라보았다. 그녀는 눈을 가리고 있는 머리카락을 쓸어 올리고는 미소를 지으며 우리를 쳐다보았다. 맥키 씨는 한쪽으로 고개를 기울인 채 그녀를 주시하더니 손을 눈앞에서 앞뒤로 천천히 움직였다. 잠시 후 그가 말을 꺼냈다.

"조명을 바꿔야겠어요. 얼굴의 입체감을 살리고 싶거든요. 뒤쪽 머리카락도 모두 살리면서 말이죠."

"조명은 지금 이대로가 좋을 것 같아요."

맥키 부인이 외치듯 말했다.

"제 생각에는…"

그때 그녀의 남편이 "쉿!" 하고 말을 끊자 우리는 모두 다시 모델을 쳐다보았다. 그러자 톰이 소리 내어 하품을 하더니 자리에서 일어섰다.

"맥키 부부가 마실 만한 게 있을 텐데. 머틀, 얼음하고 탄산수를 더 가져오지. 모두 자러 가겠다고 하기 전에."

"급사한테 가져오라고 시켰어요."

머틀은 하류층 사람들의 게으름이 실망스럽다는 듯 눈썹을 치켜올렸다.

"그런 사람들은 다그쳐야만 일을 한다니까요."

그녀는 나를 보더니 멋쩍은지 살짝 미소를 지어 보이더니 강아지에게 달려가 열렬히 입을 맞추고는 열두 명의 요리사가 자기 명령을 기다리고 있다는 듯한 거만한 기세로 부엌을 향했다.

"롱 아일랜드에서 멋진 사진을 찍었습니다. 그중 둘은 액자에 끼워 아래층에 걸어놓았지요."

맥키 씨가 자랑스럽게 말했다.

"뭐가 둘이라는 거요?"

톰이 물었다.

"하나는 '몬턱포인트 – 갈매기', 다른 하나는 '몬턱포인트 – 바다'라고 이름을 붙였지요."

머틀의 동생 캐서린은 내 옆의 긴 소파에 앉았다.

"당신도 롱아일랜드에 사세요?"

그녀가 물었다.

"웨스트에그에 살고 있습니다."

"그래요? 한 달 전쯤 거기서 열린 파티에 갔었죠. 개츠비라는 사람의 집에요. 혹시 그분을 아세요?"

"바로 옆집에 살고 있지요."

"그분이 빌헬름 황제의 조카인가 사촌인가 된다더군요. 그분이 쓰는 돈이 다 거기서 나온대요."

"그래요?"

"전 그 사람이 무서워요. 그런 사람한테는 신세 지고 싶은 마음이 털끝만큼도 없어요."

그녀가 고개를 끄덕이며 말했다. 그때 맥키 부인이 갑자기 손가락으로 캐서린을 가리키며 뭐라 말하는 바람에, 내 이웃에 관한 흥미로운 정보는 중단되고 말았다.

"여보, 내 생각엔 당신이 괜찮은 작품을 만들 수 있을 것 같아요."

그러나 맥키 씨는 귀찮다는 듯이 고개를 끄덕이고는 톰을 향해 이렇게 말했다.

"전 롱아일랜드에서 좀 더 일하고 싶습니다. 할 수만 있다면요. 기회를 기다리고 있습니다."

"머틀한테 한번 부탁해보시죠."

톰은 이렇게 말하고는 머틀이 쟁반을 들고 들어오자 큰 소리로 웃기 시작했다.

"이 사람이 소개장을 써줄 거요. 그렇지, 머틀?"

"뭘 써준다고요?"

그녀가 어리둥절한 표정으로 되물었다.

"당신 남편을 모델로 작품을 만들 수 있도록 남편에게 맥키를 소개하는 편지를 써주라고. '정비소의 조지 B. 윌슨'이나 뭐 그 비슷한 제목으로 말야"

"두 사람 다 자기 배우자를 못마땅하게 생각하죠. 참을 수가 없대요."

캐서린이 내 쪽으로 몸을 기울이더니 귓속말로 속삭였다. 그녀는 머틀과 톰을 번갈아 바라보았다.

"참을 수 없는데 왜 계속 살고 있는지 모르겠어요. 나 같으면 당장 이혼하고 둘이 결혼할 텐데."

"머틀 씨도 윌슨을 안 좋아하나요?"

무심코 이렇게 질문했다가 나는 깜짝 놀라 말문이 막혀버렸다. 우리의 대화를 엿듣고 있던 머틀이 직접 나서서 그렇다고 대답한 것이다. 난폭하고 음탕한 대답이었다.

캐서린은 의기양양하고 낮은 목소리로 말했다.

"그것 보세요. 두 사람을 떼어놓고 있는 건 톰의 부인이에요. 그 여자는 가톨릭 신자라는데 그래서 이혼을 해주지 않는다는군요."

데이지는 가톨릭 신자가 아니었으므로 이 그럴듯한 거짓
말은 약간 충격적이었다. 캐서린이 말을 이었다.

"두 사람이 결혼하면 소문이 잠잠해질 때까지 서부로 가
서 살 거예요."

"유럽이 더 나을 텐데요."

"어머, 유럽을 좋아하세요? 전 몬테카를로에서 돌아온
지 얼마 안 돼요. 작년이에요. 친구들과 함께 갔었지요."

"그랬군요. 오래 있었나요?"

"아뇨. 그냥 몬테카를로에만 갔다가 곧장 돌아왔어요. 마
르세유를 경유해서 갔지요. 1천2백 달러도 넘게 가져갔는
데 도박장에서 이틀 만에 몽땅 날렸어요. 돌아올 때 얼마
나 고생했는지 그놈의 도시라면 이제 진절머리가 나!"

늦은 오후의 하늘이 지중해의 푸른 바다처럼 창문에 화
려한 빛을 던지고 있었다. 그때 맥키 부인의 날카로운 목소
리가 귓전을 때리는 바람에 나는 깜짝 놀라 시선을 돌렸다.

"저도 실수할 뻔했어요. 몇 년 동안이나 저를 따라다니던
키 작은 유대인과 결혼할 뻔했죠. 저보다 못한 사람이라는
것도 잘 알고 있었는데 말이죠. 모두 그러더군요. '루실, 넌
그 남자에게 너무 아까워!' 만약 제가 체스터를 만나지 못했
더라면 분명히 그 남자와 결혼했을 거예요."

"그래요. 하지만 그 남자와 결혼하지는 않았잖아요."

머틀이 고개를 끄덕이면서 말했다.

"그래요. 안 했지요."

"그런데 난 결혼을 했어요. 그게 당신과 나의 차이죠."

그때 캐서린이 물었다.

"언니는 왜 그 사람과 결혼한 거야? 강요한 사람도 없었는데 말이야."

머틀은 잠시 생각에 잠기더니 입을 열었다.

"그 사람이 신사라고 착각했거든. 교양 있는 사람인 줄 알았어. 알고 보니 내 신발을 핥을 자격도 없는 사람이었어."

"그래도 언니는 한동안 그 사람에게 미쳐 있었잖아."

"내가 미쳐 있었다고?"

캐서린의 말에 머틀은 도저히 믿어지지 않는다는 듯 소리를 질렀다.

"내가 그 인간에게 미쳐 있었다고 누가 그래? 저기 있는 저 사람에게 미쳐본 적이 없는 것처럼 그에게도 미쳐본 적은 없어."

그녀가 갑자기 나를 가리키는 바람에 모두 비난하는 듯한 눈초리로 나를 바라보았다. 그녀의 과거와 아무 관계도 없다는 사실을 보여주기 위해 나는 표정으로 애썼다.

"내가 미쳐 있었던 건 결혼식을 올리던 그 순간뿐이었어.

하지만 곧 실수라는 걸 깨달았지. 그 인간은 결혼 예복을 빌려 입고도 나한테 아무 말도 하지 않았어. 어느 날 옷 주인이 찾으러 왔지 않았겠니? 양복을 그 사람에게 돌려주고 나서 오후 내내 얼마나 울었는지 몰라."

"그때 형부를 차버렸어야 했는데…. 두 사람은 자동차 정비소에서 11년이나 살았어요. 톰이 언니의 첫 애인인 거죠."

캐서린이 내게 말을 걸었다.

사람들은 계속해서 위스키 병을 비워댔다. '한 잔도 마시지 않아도 마신 것이나 다름없이 즐길 수 있다'는 캐서린만 예외였다. 톰은 초인종을 눌러 심부름꾼을 부르더니 만족스러운 저녁식사가 될 만한 이름 난 샌드위치를 사오라고 일렀다.

나는 밖으로 나가 동쪽의 공원을 향해 부드러운 황혼이 내려앉은 길을 산책하고 싶었지만 그때마다 꺼림칙한 이야기가 밧줄처럼 내 발목을 잡아당겼다. 도시의 하늘 위로 줄지어 선 창문들은 어둠이 내려앉는 골목에서 무심히 고개를 드는 사람에게 비밀을 속삭이고 있었다. 나 역시 창문을 올려다보며 궁금하게 생각하는 사람 중 하나였다. 변화무쌍한 삶에 매력을 느끼기도 하고 혐오스러움을 느끼기도 하면서 나는 집 안에 있으면서도 집 밖에 있는 기분이었다.

머틀이 내 쪽으로 의자를 끌어당기더니 더운 입김을 내

뽐으며 톰과 처음 만났을 때의 이야기를 들려주었다.

"기차를 타면 언제나 마지막까지 비어 있는 자리가 있죠. 서로 마주 보고 앉는 자리 말예요. 일은 거기서 생긴 거예요. 나는 동생과 함께 밤을 보낼 생각으로 뉴욕에 가는 길이었어요. 그이는 말쑥한 옷차림에 번쩍이는 에나멜 구두를 신고 있었는데, 눈을 뗄 수가 없었어요. 하지만 그가 나를 쳐다볼 때마다 그의 머리 위쪽에 있는 광고를 보는 척했지요. 역에 도착했을 때 그이가 내 옆에 있었는데 흰 와이셔츠 앞가슴으로 내 팔을 누르더군요. 나는 경찰관을 부르겠다고 협박했지만 거짓말이라는 걸 그는 알고 있었죠. 어찌나 흥분을 했던지 그와 함께 택시를 타고 가면서도 지하철 안이 아니라는 걸 깨닫지 못할 정도였어요. 머릿속에는 '그래, 인생은 영원한 게 아니야. 인생은 영원하지 않아'라는 말만 끊임없이 맴돌았어요."

머틀은 맥키 부인 쪽으로 몸을 돌렸다. 방 안 가득 그녀의 어색한 웃음이 넘쳤다.

"이봐요. 오늘 이 옷을 벗자마자 당신에게 줄게요. 나는 내일 또 사면 되거든요. 사야 할 물건들을 적어봐야겠어요. 마사지 기계, 파마 기계, 개 목걸이, 스프링 달린 작고 예쁜 재떨이랑 여름 내내 시들지 않고 어머니 무덤을 장식할 까만 비단 매듭의 화환…. 잊어버리지 않으려면 적어둬야 해요."

머틀이 소리쳤다.

벌써 9시가 되었다. 그리고 다시 시계를 보았을 때는 어느새 10시였다. 맥키 씨는 두 주먹을 꽉 쥔 채 무릎에 올려놓고 잠들어 있었다. 강아지는 탁자 위에 앉아 거의 감긴 눈으로 담배 연기 자욱한 방 안을 둘러보면서 이따금 작은 소리로 낑낑거렸다. 사람들은 사라졌다가 다시 나타나고, 어디론가 갈 계획을 세우고, 그러다가 대화를 나누던 상대가 어디로 갔는지 찾아다니고 멀지 않은 곳에서 다시 찾아냈다. 자정이 가까워질 무렵 톰과 윌슨 부인은 얼굴을 맞대고 윌슨 부인이 데이지 이름을 언급할 자격이 있느냐를 두고 말다툼을 벌이고 있었다. 갑자기 윌슨 부인이 소리쳤다.

"데이지! 데이지! 데이지! 내가 부르고 싶으면 언제든지 부를 거예요! 데이지! 데이…"

그때였다. 톰 뷰캐넌이 망설임도 없는 동작으로 그녀의 코를 세게 후려쳤다.

잠시 후 목욕탕 바닥에 피 묻은 수건들이 널리고, 여자들의 아우성이 들렸으며, 이런 소란보다 더 큰 소리로 아프다며 울부짖는 소리가 방 안을 가득 채웠다. 정적을 깨뜨린 소란에 잠에서 깨어난 맥키 씨는 멍한 상태로 문 쪽으로 가다 말고 돌아서서 방 안의 광경을 둘러보았다. 그의 눈에는 구급약을 들고 비좁은 가구 사이를 뛰어다니며 화를 내기도 하고 위로를 건네기도 하는 자신의 아내와 캐서린, 상심한 표정으로 긴 소파에 누워 피를 흘리며 베르사유 풍경의 태피스트리가 망가지지 않도록 그 위에 〈타운태틀〉을 펼치고 있는 머틀의 모습이 보였다. 맥키 씨는 다시 돌아서 문 쪽으로 나갔다. 샹들리에에 걸어두었던 모자를 집어 들고 나도 그의 뒤를 따랐다. 엘리베이터 안에서 그가 제안했다.

"언제 점심이나 하러 오세요."

"어디로요?"

"어디든지요."

"좋습니다."

나는 그의 초대에 응했다.

"기꺼이."

… 그다음에 나는 그의 침대 옆에 서 있었고, 그는 속옷 차림으로 침대에 앉아 두 손에 커다란 포트폴리오를 들고 있었다. "〈미녀와 야수〉〈고독〉〈식료품 가게의 늙은 말〉〈브루클린 다리〉…" 그러고 나서 나는 펜실베이니아역의 추운 지하 대합실에 누운 채 졸면서 조간신문 〈트리뷴〉을 보며 새벽 4시 기차를 기다리고 있었다.

3
The Great Gatsby

여름 내내 이웃에서는 밤마다 음악 소리가 들려왔다. 개츠비의 푸른 정원에서는 남자들과 여자들이 샴페인을 주고받으며 속삭이거나 별빛 아래서 불나방처럼 이리저리 돌아다녔다. 오후 밀물 때가 되면 손님들이 리프트 꼭대기에서 다이빙을 하거나 해변의 뜨거운 모래 위에서 일광욕을 하는 모습을 볼 수 있었다. 수상비행기를 끄는 두 대의 모터보트가 거품을 일으키며 바다의 물살을 가르기도 했다. 주말이면 그의 롤스로이스는 아침 9시부터 자정이 넘도록 시내에서 파티에 오가는 사람들을 실어 날랐고, 노란 딱정벌레처럼 생긴 그의 스테이션왜건은 기차로 오는 손님들을 위해 부지런히 달렸다. 월요일에는 특별히 고용된 정원사를 포함한 8명의 하인이 걸레와 바닥 닦는 솔, 망치, 정원용 가위 등을 들고 다니며 지난밤에 파손된 곳을 하루 종일 수리했다.

매주 금요일에는 뉴욕에 있는 과일 가게에서 오렌지와 레몬이 다섯 상자씩 배달되었다. 그리고 월요일이면 오렌지와 레몬은 반으로 잘린 껍질만 남아 뒷문 밖에 피라미드처럼 쌓였다. 식당에는 주스 만드는 기계가 있었는데, 집사가 엄지손가락으로 작은 단추를 2백 번만 누르면 30분 안에 2백 잔의 오렌지 주스를 만들어낼 수 있었다.

2주일에 한번씩 연회를 준비하는 담당자들이 수백 피트에 달하는 야회용 천막과 갖가지 색깔의 전구를 가져와 거대한 정원을 크리스마스트리처럼 장식했다. 뷔페 테이블에는 화려한 전채요리와 양념을 곁들여 구운 햄, 알록달록한 색깔의 샐러드, 밀가루를 고르게 발라 튀긴 돼지고기, 거무스름하면서도 금빛이 도는 칠면조 요리들이 차려져 있었다. 중앙 홀의 청동 가로대에는 진과 음료, 코디얼 주가 준비되어 있었다.

7시 무렵이면 오케스트라가 도착했다. 조촐한 5인조 악단 수준이 아니라 오보에, 트롬본, 색소폰, 비올라, 코넷, 피콜로, 저음과 고음의 드럼까지 갖춘 완벽한 오케스트라였다. 해변에서 늦게까지 수영을 즐기던 사람들은 돌아와 위층에서 옷을 갈아입었다. 뉴욕에서 온 자동차들이 저택 안 도로 깊숙이까지 다섯 겹으로 주차되어 있었고, 홀과 살롱과 테라스는 이미 화려한 옷차림에 최신 유행 헤어스타일을 하고 카스티야 왕국(중세 유럽 스페인 중부의 왕국)의 꿈도 무색할 만큼 멋진 숄을 두른 여자들로 붐볐다.

바는 발 디딜 틈도 없이 붐볐고, 칵테일 쟁반을 든 사람들이 바깥 정원으로 나가면 잡담과 웃음소리와 즉흥적인 풍자로 분위기는 절정에 달했다. 방금 소개받은 사람도 그 자리에서 잊어버리는가 하면 서로 이름도 모르는 여자들이 논쟁을 벌이기도 했다.

밤이 깊어갈수록 불빛은 더욱 밝아지고, 오케스트라가 칵테일 음악을 연주하기 시작하면 오페라 같은 목소리들은 한층 더 높아졌다. 시간이 지날수록 웃음이 더 쉽게 터져나왔다. 대화를 나누는 그룹은 더욱 빠른 속도로 바뀌었으며, 사람들이 새로 도착할 때마다 단숨에 흩어졌다가 금세 다시 모이곤 했다. 벌써 휘청거리는 사람이 있는가 하면, 취하지 않고 자리를 지키고 있는 사람들 사이를 자신감 넘치게 비집고 다니는 여자들도 있었다. 그녀들은 대화 그룹의 중심이 되어 시간을 즐기면서 승리감에 취해 끊임없이 바뀌는 불빛 아래에서 다양한 표정과 목소리, 온갖 색깔의 물결 사이를 미끄러지듯 누비고 다녔다.

개츠비의 집을 처음 방문한 날, 나는 정식으로 초대받은 몇 안 되는 손님 중 한 사람이었다. 대부분의 사람들은 초대받지 않아도 그냥 찾아왔다. 그들은 롱아일랜드까지 가는 자동차를 타고 개츠비의 저택 문 앞에서 내린 다음 거기서 개츠비를 아는 사람이 소개를 해주면 놀이공원에서처럼 행동하면 됐다. 때로 개츠비를 만나보지도 않은 채 돌아가는 사람들도 있었는데, 파티에 오고 싶은 자신의 마음이 곧 초대장이었던 셈이다.

　나는 정식으로 초대를 받았다. 토요일 아침 일찍 푸른 제복을 입은 운전기사가 자기 주인이 전하는 지극히 형식적인 초대장을 들고 우리 집 잔디밭으로 건너왔다. 내용인즉, '오늘 밤 저의 조촐한 파티에 참석해주신다면 다시없는 영광으로 여기겠다'는 것이었다. 그는 나를 몇 번 본 적이 있고 오래전부터 나를 방문하고 싶었지만 사정이 허락지 않아 그러지 못했다고 했다. 초대장 끝줄에는 위엄 있는 필체로 J. 개츠비라고 서명되어 있었다.

　7시가 조금 지났을 무렵 나는 흰색 플란넬 양복을 입고 그의 잔디밭으로 건너갔고, 어색한 기분을 감추지 못한 채 이리저리 오가는 낯선 사람들 사이를 어슬렁거렸다. 간혹 통근 열차에서 본 것도 같은 낯익은 얼굴도 있기는 했다. 무엇보다도 젊은 영국인이 많다는 것이 놀라웠다. 그들은 잘 차려입기는 했지만 어쩐지 굶주린 듯한 표정이었는데, 낮고 진지한 목소리로 믿음직하고 부유해 보이는 미국인들과 대화를 나누고 있었다. 그들 모두 증권이나 보험 아니면 자동차든 뭔가를 팔고 있다는 생각이 들었다. 그들은 손쉬운 돈벌이가 가까이 있음을 직감하고는 말만 잘하면 그 돈이 자기 것이 될 거라고 확신하는 듯한 표정을 지었다.

파티 장소에 도착하자마자 나는 주인에게 인사를 하려고 했다. 몇 사람에게 그가 어디 있느냐고 물어보았지만 그들은 놀란 눈으로 아는 바가 없다고 무심하게 말했다. 결국 나는 칵테일 테이블 쪽으로 슬그머니 자리를 옮겼다. 그곳이야말로 외톨이가 혼자임을 들키지 않고 무료해 보이지도 않으면서 머물 수 있는 유일한 장소였기 때문이다.

어색한 기분을 떨치기 위해 한잔 마시고 좀 취해볼까 하던 참에 때마침 조던 베이커가 집 안에서 나오더니 대리석 계단 꼭대기에 서서 경멸 어린 듯하면서도 흥미롭다는 표정으로 정원을 내려다보고 있었다. 순간 나는 지나가는 사람에게 말을 건네려면 미리 누군가와 함께 있어야 한다는 것을 깨달았다.

"안녕하세요!"

나는 그녀 쪽으로 다가가면서 큰 소리로 외쳤다. 내 목소리는 정원을 가로지르며 부자연스러울 정도로 크게 울렸다.

"오실지도 모른다고 생각했어요. 이웃에 사신다고 했던 걸 기억하고 있었거든요."

내가 가까이 가자 그녀는 좀 멍한 표정으로 대답했다. 그러고는 나를 잘 돌봐주기로 작정이라도 한 듯 불쑥 내 손을 잡더니, 계단 밑에 서 있는 노란 드레스를 입은 두 여자에게 다가갔다. 두 사람은 조던을 발견하고는 동시에 소리쳤다.

"안녕하세요! 당신이 이기지 못해서 유감이에요."

골프 시합을 두고 하는 이야기였다. 그녀는 그 전 주에 결승전에서 졌던 것이다. 노란 드레스의 두 여자 중 하나가 말했다.

"당신은 우리가 누군지 잘 모를 거예요. 한 달 전에 당신을 여기서 만났지요."

"그 뒤에 염색을 하셨군요."

조던이 말했다.

나는 발걸음을 옮겼다. 그러나 여자들이 별생각 없이 계속 따라오는 바람에 그녀의 말은 마치 식료품 납품업자의 바구니에서 저녁식사를 꺼내는 것처럼 너무 이르게 떠오른 달을 향해 내뱉은 꼴이었다. 조던은 황금빛으로 그을린 늘씬한 팔을 내게 살며시 감았다. 황혼 속에서 칵테일 쟁반이 우리에게 건네졌고 우리는 노란 드레스의 두 여자, 그리고 세 명의 남자와 함께 식탁에 앉았는데 남자들의 성이 모두 '멈블'이었다.

"이런 파티에 자주 오시나요?"

조던이 옆에 있는 여자에게 물었다.

"지난번에 당신을 만났을 때가 마지막이었어요."

민첩하고 자신 있는 목소리로 여자가 대답했다. 그녀는 친구 쪽으로 고개를 돌렸다.

"루실, 너도 그렇지 않니?"

루실이라는 여자가 그렇다고 끄덕이며 말했다.

"난 이런 파티가 좋아요. 내가 뭘 하든 다른 사람 시선 따위에 신경 쓰지 않아도 되니까 언제나 즐길 수 있거든요. 지난번에 여기 왔을 때는 의자에 걸려 옷이 찢어졌는데 그분이 내 이름과 주소를 묻더군요. 그러고는 일주일도 안 돼서 크루아리에 의상실에서 새 이브닝드레스가 도착했어요."

"그래서 그 옷을 받았나요?"

조던이 물었다.

"물론이지요. 오늘 그 옷을 입고 오려고 했지만 가슴 쪽이 너무 커서 줄여야 해요. 보라색 구슬이 달린 하늘색 드레스예요. 무려 2천6백45달러나 한다더군요."

"그렇게 지나친 호의를 베푸는 사람에게는 뭔가 수상한 구석이 있는 법이에요."

또 다른 여자가 열심히 말했다.

"그 사람은 누구와도 말썽이 생기는 걸 원치 않아요."

"누가 그렇다는 거죠?"

내가 물었다. 두 여자와 조던은 비밀스런 얘기를 하듯 몸을 기울였다.

"누가 그러는데 그가 전에 살인을 한 적이 있대요."

그 순간 모두가 전율을 느꼈다. 세 명의 '멈블'도 몸을 기울이고 진지하게 듣고 있었다. 그때 루실이 의심스럽다는 듯한 말투로 말했다.

"내 생각은 달라요. 전쟁 때 독일 첩자였다는 말이 더 맞는 것 같아."

세 남자 중 한 사람이 확신한다는 듯한 얼굴로 고개를 끄덕였다.

"나도 그 사람에 대한 이야기를 많이 들었는데, 그와 함께 독일에서 자란 사람에게서 직접 들었어요."

그는 단정적으로 말했다. 그러자 첫 번째 여자가 다시 말했다.

"아니에요. 그럴 리가 없어요. 왜냐하면 그는 전쟁 중에 미군 소속이었거든요."

우리가 그녀의 말을 믿으려는 기색이 엿보이자 그녀는 몸을 앞으로 더 기울였다.

"주위에 아무도 없다고 생각할 때 그의 표정을 보세요. 살인을 저지른 사람이 틀림없어요."

그녀는 눈살을 잔뜩 찌푸리며 몸까지 떨었다. 루실도 몸을 부르르 떨었다. 우리는 일제히 고개를 돌려 개츠비가 어디 있는지 보려고 주위를 살폈다. 세상일에 이러쿵저러쿵 말하기 싫어하는 사람들조차 그에 관해 수군거린다는 것은 개츠비가 그만큼 세상 사람들에게 낭만적인 추측을 불러일으키고 있다는 증거였다.

첫 번째 만찬이 나올 무렵, 조던은 정원의 다른 쪽 테이블에 앉아 있는 자신의 일행과 함께 식사를 하자며 나를 그쪽으로 이끌었다. 그 자리에는 결혼한 세 쌍의 커플과 조던의 경호원으로 따라온 대학생이 한 명 있었다. 그는 난폭한 이야기를 쉬지도 않고 지껄여댔는데 조던이 머지않아 자신에게 어떤 식으로든 넘어올 거라고 생각하는 모양이었다. 그들은 시골의 고상한 품위를 대표하는 역할이라도 맡은 듯 여기저기 돌아다니기보다는 시종일관 품위를 유지하고 있었다. 이스트에그 사람들은 겸손한 태도로 웨스트에그 사람들을 대하면서도 그들이 보여 주는 생동감과 화려함을 경계하는 것 같았다.

"우리 밖으로 나가요. 여기는 제가 있기엔 너무 점잖은 자리 같아요."

어색한 분위기에서 30분 정도 의미 없는 시간을 보낸 뒤 조던이 속삭였다. 대학생이 따라 일어서자 조던은 그에게 이 파티의 주인을 만나러 간다고 했다. 그녀는 내가 개츠비를 만나본 적이 없기 때문이라고 덧붙여 말했는데 그 말이 나를 불편하게 했다. 대학생은 냉소적이면서 우울한 표정으로 고개를 끄덕였다.

우리는 먼저 바를 둘러보았다. 사람들로 북적거렸지만 개츠비는 없었다. 계단 꼭대기에도, 테라스에도 그는 보이지 않았다. 여기저기 다니다 우연히 근엄해 보이는 문을 열고 들어가 보니 그곳은 천장이 높은 고딕풍 서재였다. 영국산 참나무 조각으로 장식된 서재는 외국의 유적을 통째로 옮겨놓은 듯했다. 건장한 체격의 중년 남자가 커다란 올빼미 모양 안경을 끼고 술에 취한 듯 불안한 눈빛으로 서가를 바라보고 있었다.

"어떻게 생각하시오?"

그가 갑자기 말을 붙였다.

"뭘 말입니까?"

그는 서가를 향해 손을 흔들었다.

"저것들 말이오. 당신이 진위를 조사할 필요는 없어요. 내가 이미 확인했으니까. 저것들은 진짜요."

"저 책들 말인가요?"

그는 고개를 끄덕였다.

"완벽한 진품이오. 페이지도 빠진 게 없고 모든 게 다 있어요. 난 저것들이 장식용 책일 거라고 생각했소. 그런데 완전히 진짜 책입니다. 자, 여기 좀 보시오!"

우리가 의심할 것이라고 생각했는지 그는 서가로 달려가 《스토터드 강연집》 1권을 들고 왔다.

"보시오! 이건 진짜 인쇄물이란 말이오. 내가 속았어요. 이 집 주인은 벨라스코(브로드웨이의 연극 감독. 실제와 흡사한 무대 장치로 유명하다) 같은 존재요. 이건 대단한 위엄이오. 얼마나 철저하오! 놀라운 리얼리즘이오! 페이지를 칼로 자르지도 않았소! 헌데 여긴 왜 들어온 거요? 찾는 것이라도 있소?"

그는 내게서 책을 낚아채더니 서가에 다시 꽂으며 하나라도 빠지면 서가 전체가 무너질지도 모른다고 중얼거렸다.

"누가 당신들을 데리고 왔소? 그냥 온 거요? 나는 누가 데려다 주더구먼. 대부분이 누군가를 따라오더군."

조던은 재미있다는 듯 그를 바라보았다.

"나는 루스벨트라는 여자가 데려다 주었소. 클로드 루스벨트 부인 말이오. 그녀를 아시오? 지난밤 그녀를 만났지요. 나는 오늘까지 일주일 내내 술을 마셔서 서재에 있으면 술이 좀 깰까 싶어 온 거요."

"그래 술은 깨셨나요?"

"확실하진 않지만 조금 깬 것 같소. 여기 온 지 겨우 한 시간밖에 되지 않았거든. 내가 당신들한테 저 책 얘기를 했던가? 저것들은 진짜 책이오. 저 책들은⋯."

"벌써 말씀하셨어요."

우리는 그와 악수를 나누고 서재에서 나왔다. 정원의 천막에서는 무도회가 시작되고 있었다. 나이 든 남자들은 원을 그리며 점잖지 못하게 젊은 여자들을 안으로 밀어 넣고 있었고, 춤을 잘 추는 커플들은 구석에서 우아하게 비틀거리고 있었다. 혼자 온 여자들은 혼자서 자유롭게 춤을 추거나 오케스트라에서 벤조나 타악기 연주자를 거들었다. 밤이 깊어지면서 분위기는 한층 소란스러워졌다. 유명한 테너 가수가 이탈리아어로 노래를 부르고 나자 역시 유명한 알토 가수가 재즈곡을 불렀다. 정원 곳곳에서는 장기자랑이 사람들의 눈길을 끌고 있었고, 다른 한쪽에서는 즐거움과 공허함이 뒤섞인 웃음소리가 여름 하늘에 울려 퍼졌다. 무대에서는 노란색 시대극 의상을 입은 쌍둥이 여성들이 연극을 하고 있었다.

나는 여전히 조던과 함께 있었다. 우리는 내 또래의 남자 한 명, 그리고 무슨 얘기만 해도 정신없이 웃어대는 호들갑스러운 아가씨와 같은 테이블에 앉아 있었다. 이제야 나도 조금씩 흥겨워지기 시작했다. 핑거볼 두 잔 정도 샴페인을 마신 덕분인지 눈앞의 파티 광경이 의미 있고 중요하며 심지어 심오하게 느껴졌다.

주변의 소란이 잠시 가라앉은 듯하자 그 남자가 나를 보고 미소를 지었다.

"낯이 익습니다. 혹시 전쟁 때 제3사단에 계시지 않았습니까?"

"네, 그렇습니다. 제9기관총 대대에 있었지요."

"전 1918년 6월까지 제7보병대에 있었습니다. 어디선가 뵌 듯하군요."

우리는 한동안 비가 많이 내려 늘 음산했던 프랑스의 작은 마을에 관해 이야기를 나누었다. 그는 얼마 전 수상비행기를 샀는데 내일 아침에 타볼 생각이라고 했다. 그는 이 근처에 살고 있는 듯했다.

"같이 타지 않겠습니까? 이 앞 바닷가에서 말입니다."

"몇 시에요?"

"당신이 편한 아무 때나요."

그의 이름을 물어보려는데 조던이 미소를 지으며 내게 말했다.

"이제 기분이 좋아지신 모양이에요?"

"많이 좋아졌습니다."

그렇게 대답하고 나는 남자 쪽으로 얼굴을 돌렸다.

"저한테는 좀 익숙지 않은 파티입니다. 아직 주인도 만나보지 못했고요. 전 저 건너편에 살고 있습니다."

나는 손을 들어 보이지 않는 울타리 쪽을 가리켰다.

"개츠비라는 분이 운전기사를 통해서 제게 초대장을 보냈지요."

그는 내 말을 이해하지 못한 듯 한동안 나를 쳐다보았다.

"내가 개츠비입니다."

그가 불쑥 말했다.

"뭐라고요! 아, 이런, 실례했습니다."

"아시는 줄 알았습니다. 제가 주인 노릇을 제대로 못 했군요."

그는 사려 깊은 미소를 지어 보였다. 아니 그 이상의 것을 보여주는 미소를 지었다. 영원히 변치 않을 것 같은 확신이 느껴지는, 평생 동안 네댓 번 정도밖에는 볼 수 없을 보기 드문 미소였다. 잠시 동안 영원한 세계를 대변한 듯한 미소였고, 거역할 수 없는 애정 때문에 당신에게 온 정신을 쏟겠다고 말하는 것 같은 미소였다. 당신이 이해받고 싶은 만큼 당신을 이해하고 있으며, 당신이 원하는 만큼 당신을 믿고 있으며, 당신이 전해지길 원했던 최대한의 호의적 인상을 받았다고 말하는 미소였다. 그렇게 생각하는 순간 그 미소는 사라졌다. 어느새 내 앞에는 서른두세 살가량 돼 보이는 단정하고 우아한 시골 젊은이가 있었다. 어색하게 격식을 갖춰 말하는 그의 말투는 어리석다는 느낌을 간신히 벗어나는 수준이었다. 자신을 소개하기 전까지 그가 말을 조심스럽게 가려서 하고 있다는 느낌이 강하게 들었다.

그가 막 자기소개를 마쳤을 때 집사가 급히 그에게 다가와 시카고에서 전화가 왔다고 전했다. 그는 우리를 한 사람씩 돌아보면서 고개를 살짝 숙이며 실례하겠다고 말했다. 그러고는 나에게 정중하게 말했다.

"뭐든지 필요하신 게 있으면 부탁하십시오. 그럼 이만 실례하겠습니다. 나중에 다시 뵙지요."

그가 자리를 뜨자마자 나는 즉시 조던 쪽으로 눈을 돌렸다. 내가 느낀 놀라움을 그녀에게 알리고 싶었다. 나는 개츠비 씨가 건장한 몸집의 혈색 좋은 중년 신사일 거라고 생각했던 것이다.

"그는 어떤 사람입니까? 좀 아세요?"

"개츠비라는 이름의 남자일 뿐이에요."

"어디 출신인지를 묻는 겁니다. 뭘 하는 사람이죠?"

"이제 당신도 그쪽에 관심을 갖기 시작하는군요. 글쎄요, 언젠가 말하기를 옥스퍼드 대학교 출신이라고 하더군요."

그녀는 희미하게 미소를 띠며 말했다. 개츠비의 배경이 희미하게나마 그려지기 시작했지만 그녀의 다음 말 때문에 그 배경은 곧 사라져버렸다.

"하지만 난 믿지 않아요."

"왜죠?"

"모르겠어요. 그냥 그가 거기를 다녔으리라고는 생각되지 않아요."

그녀의 말투에서 "그가 살인을 저지른 적이 있어요"라고 했던 어느 여자의 말이 떠올랐다. 개츠비가 루이지애나주의 습지대 출신이거나 뉴욕의 이스트사이드 아래쪽 출신이라고 하면 믿었을지 모른다. 하지만 젊은 사람들은 — 적어도 나의 일천한 경험으로 본다면 — 어디인지도 모르는 곳에서 와서 롱아일랜드의 이런 구석진 해협에 궁전 같은 저택을 사지는 않는다. 시시껄렁한 얘기는 관심 없다는 듯 조던은 화제를 바꿨다.

"어쨌든 그가 여는 파티는 굉장해요. 난 이렇게 성대한 파티가 좋아요. 남의 눈에 잘 띄지 않거든요. 작은 파티에서는 프라이버시가 없죠."

그때 북소리가 울리더니 오케스트라 지휘자의 목소리가 정원의 떠들썩한 소음을 누르고 크게 울렸다.

"신사숙녀 여러분, 개츠비 씨의 요청으로 여러분을 위해 블라디미르 토스토프 씨의 최근 작품을 연주하도록 하겠습니다. 이 작품은 지난 5월 카네기홀에서 많은 관심을 끌었습니다. 신문을 통해 이미 잘 알고 있는 분들도 계시겠지만, 관객들에게 신선한 충격을 던진 작품이지요."

그는 공손한 태도로 유쾌하게 미소를 짓더니 "엄청났지요" 하고 덧붙였다.

그러자 모든 사람이 웃음을 터뜨렸다.

"이 작품은 〈블라디미르 토스토프의 세계 재즈의 역사〉로 알려져 있지요."

토스토프의 곡은 내 귀에 들어오지 않았다. 연주가 시작되자 대리석 계단 위에서 흐뭇한 얼굴로 사람들을 둘러보고 있는 개츠비의 모습이 눈에 띄었기 때문이다. 햇볕에 그을린 피부는 보기 좋게 팽팽했고, 짧은 머리카락은 매일 다듬는 것처럼 단정해 보였다. 나는 그에게서 어떤 수상한 그림자도 찾을 수 없었다. 다만 그가 술을 마시지 않는다는 사실만이 손님들과 구별되게 할 뿐이었다. 손님들의 떠드는 소리가 커질수록 그는 더욱 빈틈없어 보였다. 연주가 끝나자 강아지처럼 다정하게 남자의 어깨에 머리를 기대는 여자들이 있는가 하면, 누군가가 받쳐주리라 믿고는 남자의 팔쪽으로, 심지어 사람들 가운데서 몸을 뒤로 젖혀 넘어지는 여자들도 있었다. 하지만 개츠비를 향해 넘어지는 여자는 없었다. 그의 어깨에 기대는 여자도 없었고 그를 둘러싸고 노래를 부르는 사람도 없었다.

“실례합니다. 베이커 양이십니까?”

개츠비의 집사가 갑자기 우리 앞에 나타났다.

“실례지만 개츠비 씨가 당신에게 드릴 말씀이 있다고 하십니다.”

“저한테요?”

그녀가 놀란 표정으로 목소리를 높였다.

그녀는 나한테 눈썹을 치켜올려 보이더니 자리에서 일어나 집사를 따라 집 쪽으로 걸어갔다. 이브닝드레스를 입은 그녀의 뒷모습은 운동복을 입은 것 같은 느낌을 주었다. 그녀는 맑고 상쾌한 아침에 처음 골프를 배우러 가는 사람처럼 경쾌하게 움직였다.

시간은 벌써 2시가 다 되어가고 있었다. 테라스 바로 위 창이 많은 긴 방에서 소란스러우면서도 흥미를 끄는 소리가 들려왔다. 이제 두 명의 코러스 가수와 산부인과 이야기를 주고받고 있던 조던의 대학생이 나더러 이야기에 끼라고 청하는 것을 거절하고, 나는 안으로 들어갔다.

커다란 방은 사람들로 가득 차 있었다. 나는 주위를 살펴보았다. 아직 남아 있는 여자들은 자기 남편과 다투고 있었다. 조던과 함께 이스트에그에서 온 두 부부도 언쟁 끝에 뿔뿔이 흩어져버렸다. 한 남자가 관심을 보이며 젊은 여배우에게 말을 걸자, 그의 아내는 무관심한 척 품위를 지키다가 나중에는 감정이 폭발했는지 공격적인 발언을 퍼붓기 시작했다.

집에 가기 싫어하는 것은 바람난 사내들뿐만이 아니었다. 홀은 술에서 깬 두 남자와 몹시 화가 난 그 부인들이 점령하고 있었다. 부인들은 격앙된 목소리로 공감대를 형성하고 있었다.

"내가 기분 좀 내보려 하면 남편은 집에 가자고 해요."

"그렇게 이기적인 소리는 평생 처음 듣네요."

"우린 언제나 제일 먼저 자리에서 일어나는걸요."

"우리도 그래요."

"그런데 오늘 밤은 우리가 끝까지 남은 손님이 되었다고. 오케스트라는 벌써 30분 전에 떠났소."

두 남자 중 한 사람이 양처럼 수줍어하며 말했다.

그렇게 심술궂게 말하다니 믿을 수 없다며 부인들이 다시 입을 모았지만 언쟁은 오래가지 못했고 부인들은 발버둥치며 어둠 속으로 끌려나갔다.

홀에서 하인이 모자를 가져다주기를 기다리고 있는데 조던과 개츠비가 서재에서 걸어 나왔다. 개츠비는 그녀에게 뭔가 마지막 말을 하고 있었지만, 사람들이 그에게 작별 인사를 하려고 다가서자 열성적이던 그의 태도가 갑자기 딱딱해졌다.

조던 일행이 현관에서 그녀를 재촉했다. 개츠비와 악수를 하느라고 잠시 지체했던 그녀가 내 귀에 속삭였다.

"방금 놀라운 얘기를 들었어요. 우리가 저기서 얼마나 오래 있었죠?"

"글쎄요. 한 시간쯤."

그녀는 얼이 빠진 것 같은 표정으로 반복했다.

"이건… 정말 놀라운 얘기예요. 하지만 다른 사람에게 말하지 않겠다고 맹세했으니 어쩔 수 없네요."

그녀는 내 얼굴에 대고 우아하게 하품을 했다.

"연락 주세요. 전화번호부에서 시고니 하워드 부인을 찾으면 돼요. 제 숙모예요."

그녀는 이렇게 말하면서 손을 흔들어 쾌활하게 인사를 던지고는 기다리고 있는 일행 속으로 섞여 들어갔다.

나는 처음 온 파티에 너무 늦게까지 있었다는 사실이 조금 부끄럽기도 했지만, 개츠비를 중심으로 모인 손님들과 마지막까지 어울렸다. 사실 초저녁부터 인사를 하려고 그를 찾아다녔으며 아까 정원에서 알아보지 못했던 일을 사과하고 싶었기 때문이다.

"천만의 말씀입니다. 너무 염려 마세요."

그는 힘주어 말을 건네며 나를 안심시키고 싶은 듯 내 어깨를 토닥였는데 그 손길이 제법 친밀하게 느껴졌다.

"내일 아침 9시에 함께 수상비행기를 타기로 한 약속 잊지 마십시오."

그때 그의 집사가 그의 뒤에서 말했다.

"필라델피아에서 전화가 왔습니다."

"알았네. 잠깐만 기다리게. 곧 간다고 해… 자, 그럼 안녕히 가십시오."

그는 미소를 지었다. 마치 내가 마지막까지 남은 손님들 사이에 있어 주어서 기쁘다는 듯한 미소였다.

층계를 내려가는 동안 나는 그 밤이 아직 완전히 끝나지 않았다는 걸 알게 되었다. 현관문에서 5미터 정도 떨어진 곳에서 10여 개의 헤드라이트가 괴상하고 시끄러운 광경을 비추고 있었다. 개츠비의 저택을 떠난 지 2분도 안 된 쿠페형 새 자동차가 길가의 도랑 속에 오른쪽 차체를 들고 처박혀 있었는데 바퀴 하나는 아예 빠져나가고 없었다. 담이 날카롭게 삐죽 튀어나와 있는 모습에서 바퀴가 빠진 경위를 알 수 있었다. 대여섯 명의 운전사들이 호기심 어리게 그 광경을 바라보고 있었다. 그들의 차가 길을 가로막는 바람에 뒤이어 나간 차들이 요란하고 시끄러운 경적을 내자 그렇지 않아도 혼란스러운 상태가 더 심해졌다.

기다란 먼지 방지 겉옷을 입은 한 남자가 사고 차에서 내리더니, 길 한복판에 우뚝 서서 두리번거리며 자기 차와 타이어, 그리고 구경꾼들에게 차례로 시선을 던지며 야릇한 표정을 지어 보였다.

"이거 참! 도랑에 빠져버렸어요."

이 사태에 그는 몹시 놀라고 있었다. 나는 그가 놀라는 태도가 범상치 않다는 것을 알아차렸고 이어 그 사람을 알아볼 수 있었다. 그는 아까 개츠비의 서재에서 본 바로 그 사람이었던 것이다.

"어쩌다 이렇게 됐습니까?"

"기계에 대해서는 난 전혀 몰라요."

그는 어깨를 으쓱하며 단호하게 말했다.

"하지만 어떻게 된 거죠? 벽을 들이박은 건가요?"

"나한테 묻지 말라니까요."

올빼미 안경 사나이는 발뺌하는 태도로 말했다.

"운전에 대해서는 아무것도 몰라요. 사고가 났다는 거, 내가 아는 것은 그뿐입니다."

"운전이 서투르면 밤엔 운전하지 말았어야죠."

"난 운전할 생각이 전혀 없었습니다. 생각조차 없었단 말이에요."

그는 화가 난 듯 변명했다. 구경꾼들은 놀랐는지 조용해졌다.

"자살하고 싶으십니까?"

"바퀴 하나만 빠져서 그래도 운이 좋은 줄 알아요. 운전도 서투른 사람이!"

"모르는 말씀, 난 운전을 하지 않았어요. 차 속에 사람이 있어요."

이 말에 모두 놀랐을 때 쿠페형 차의 문이 서서히 열리면서 "아, 아이고!" 하는 소리가 들려왔다. 사람들은 무심결에 뒤로 물러섰다. 문이 다 열리자 유령이 나올 것 같은 침묵이 흘렀다. 이윽고 아주 천천히, 창백한 얼굴을 한 남자가 몸을 흐느적거리며 부서진 차에서 조금씩 빠져나와 무도화를 신은 발을 바닥에 디뎠다.

헤드라이트 불빛에 눈이 부시고 끊임없는 경적에 얼떨떨해진 이 유령 같은 남자는 한순간 몸을 비틀거린 다음 먼지 방지 겉옷을 입은 사람을 알아보았다.

"어찌 된 거죠? 차의 휘발유가 떨어진 건가요?"

"저걸 봐요!"

대여섯 사람의 손가락이 떨어져 나간 바퀴를 가리켰다. 그 남자는 잠시 바퀴를 응시하더니 그것이 하늘에서 떨어진 것은 아닐까 하는 표정으로 위를 쳐다보았다.

"차에서 나온 거요."

누군가가 설명해주었다. 그는 고개를 끄덕였다.

"처음엔 차가 멈춘 것도 몰랐소."

침묵이 흘렀다. 이윽고 그는 길게 숨을 쉬고 어깨를 쭉 펴더니 결심한 듯이 이렇게 말했다.

"주유소가 어디 있는지 가르쳐주겠소?"

10명의 사람이 바퀴와 차가 연결되어 있지 않다는 것을 일러주었다. 그리고 어떤 사람이 이렇게 일러주었다.

"후진해서 빼내면 돼요. 후진기어로 바꿔요."

"하지만 바퀴가 빠졌잖아요."

그는 망설였다.

"그래도 해봐서 나쁠 것은 없습니다."

뿡뿡거리는 경적이 점점 세게 바뀌자 나는 돌아서서 집으로 향했다.

나는 잔디밭을 가로질러 집으로 가며 뒤를 한번 돌아보았다. 오늘도 어김없이 개츠비의 저택 위에 떠 있는 달은 환하게 밤하늘을 장식하고 있었고 아직도 환하게 불이 밝혀진 정원에서는 웃음소리와 주고받는 이야기의 여운이 남아 있었다. 창과 커다란 문에서 흘러나온 공허한 기운이 현관에서 형식적인 작별 인사를 보내며 한 손을 들고 있는 집주인의 모습을 에워쌌다.

지금까지 내가 써놓은 것을 읽어보면 몇 주일 동안 따로따로 벌어진 사흘 밤의 사건들이 나를 완전히 사로잡은 듯한 인상을 주고 있다는 것을 알 수 있다. 하지만 그것은 사람들로 붐비던 어느 여름에 있었던 우연한 사건일 뿐이다. 그때까지만 해도 나는 그 사건들보다 나 자신의 개인적인 일에 관심이 더 많았다.

나는 대부분의 시간을 일을 하며 보냈다. 이른 아침에 프로비티 신탁 회사를 향해 뉴욕시의 하얀 건물들 사이로 급히 걸어갈 때면 태양이 내 그림자를 서쪽으로 드리웠다. 나는 알고 지내는 증권사 직원들과 함께 어둡고 북적거리는 식당에서 돼지고기 소시지와 으깬 감자, 커피로 점심을 때웠다. 회계과에서 일하는 아가씨와 짧은 기간이지만 연애를 하기도 했다. 그러나 그녀의 오빠가 나에게 곱지 않은 시선을 보내는 바람에, 7월에 그녀가 휴가를 떠난 것을 계기로 우리의 관계가 조용히 정리되도록 내버려두었다.

저녁은 보통 예일 클럽(예일 대학교 졸업생과 교수를 위한 클럽으로 맨해튼의 그랜드센트럴역에 있다)에서 먹었다. 무슨 이유인지는 알 수 없었지만 하루 중 이때가 가장 우울한 시간이었다. 식사를 마치고 나면 위층 도서실에 올라가 한 시간 정도 투자와 증권에 관한 공부를 했다. 클럽에는 보통 시끄러운 패거리들이 자리를 차지하고 있곤 했는데 도서실까지는 오지 않기 때문에 공부하기에 좋은 장소였다. 공부를 끝낸 뒤 저녁 공기가 좋으면 매디슨가를 천천히 걸으며 유서 깊은 머리힐 호텔을 지나 33번가로 넘어가 펜실베이니아역까지 걸어갔다.

나는 뉴욕이 좋아지기 시작했다. 활기차고 모험 가득한 밤 분위기와 끊임없이 깜박이는 남자들, 여자들, 자동차들의 흐름이 들떠 있는 나의 눈동자에 만족감을 주었다. 나는 5번가를 걸어 올라가며 군중 속에서 낭만적인 여자들을 골라 그들의 생활 속으로 들어가는 상상을 하며 즐겼다. 누구도 그런 사실을 눈치채거나 그러지 말라고 말리지는 않을 것이다. 때로는 길모퉁이에 있는 그녀의 아파트까지 따라가 그들이 어둠 속으로 사라지기 전에 돌아서서 나를 향해 미소 짓는 모습을 상상하기도 했다. 이 매혹적인 도시에서 저녁이 되면 때때로 나는 주체할 수 없는 고독을 느꼈고 다른 사람들, 예를 들면 식당에서 외롭게 저녁식사 시간을 기다리면서 쇼윈도 앞을 서성이는 가난한 젊은 사무원, 저녁 시간과 삶의 가장 강렬한 순간을 어두컴컴한 곳에서 낭비하는 젊은 사무원에게서도 그런 느낌을 받았다.

그리고 8시가 되어 40번가의 어두운 골목길의 극장에 가기 위해 택시들이 다섯 줄씩이나 늘어서 있는 것을 보면 나는 풀이 죽고 말았다. 출발을 기다리는 동안 택시 안의 사람들은 서로 몸을 기대고 앉아, 혹은 노래를 부르며, 아니면 은밀한 농담으로 낄낄 웃고 있었으며 자욱한 담배 연기 때문에 차 안 사람들의 모습이 잘 안 보이기도 했다. 그러면 나도 역시 즐거운 곳으로 바쁘게 가고 있고 그들의 정다운 흥분을 나 또한 나누고 있다고 상상하면서 그들의 행운을 빌어주었다.

나는 한동안 조던 베이커를 보지 못하다가 한여름에 다시 만나게 되었다. 그녀가 골프 챔피언이라 사람들이 그녀의 이름을 잘 알고 있었기 때문에 처음에는 약간 우쭐한 마음으로 여기저기 함께 돌아다녔다. 그러다가 상황이 그 이상으로 진전되었다. 그녀를 사랑하는 것은 아니었지만 애정이 깃든 호기심 비슷한 감정을 느끼고 있었다. 따분하고 거만한 그녀의 표정은 뭔가를 숨기고 있었다. 비록 처음에는 그렇지 않았다 하더라도 대부분의 허세라는 것은 뭔가를 숨기고 있게 마련이다. 어느 날 나는 마침내 그것이 무엇인지 알아냈다.

우리가 워릭에서 열린 파티에 함께 갔을 때, 그녀는 빌려온 자동차의 지붕을 열어놓은 채 빗속에 세워두고선 거짓말을 했던 것이다. 그때 나는 데이지의 집에서는 떠오르지 않았던 그녀에 관한 이야기가 비로소 떠올랐다. 처음으로 참가했던 골프 선수권 대회에서 신문에까지 날 뻔한 큰 소동이 있었다. 준결승에서 그녀가 치기 어려운 곳에 떨어진 골프공을 옮겨놓았다는 소문이 돌았던 것이다. 그 사건은 추문으로까지 번졌지만 나중에는 흐지부지되고 말았다. 캐디 한 사람은 자신의 진술을 취소했고 단 한 명뿐이었던 목격자는 자기가 잘못 본 것일 수도 있다고 말을 바꿨기 때문이다. 그러나 그 사건과 그 이름은 내 머릿속에 남아 있었다.

조던은 영리하고 예리한 사람을 본능적으로 피했다. 지금 생각해보니, 그녀는 때로 규범에 어긋난 행동이 불가능한 상황에서만 마음을 놓았던 것이다. 그녀는 납득하기 힘들 정도로 정직하지 못한 구석이 있었다. 자신이 불리한 입장에 서는 것을 참지 못하는 성격이어서 그런 일이 벌어지면 자신의 욕구를 충족시키기 위해 차갑고 오만한 미소로 세상을 속여 온 것이다.

그렇다고 해서 내 마음이 달라진 것은 아니었다. 여자의 거짓말은 그렇게 심하게 나무랄 것이 못 된다. 순간적으로 실망스러운 생각이 들기는 했지만 이내 잊어버리고 말았다. 우리가 자동차 운전에 관해 묘한 대화를 주고받은 것도 바로 그 위력에서 열린 파티에서였다. 이야기의 발단은 그녀가 지나가는 노동자들 곁으로 차를 바짝 몰고 가다가 그만 범퍼로 그중 한 사람의 외투 단추를 건드린 데서 비롯되었다.

"운전 솜씨가 형편없군요. 좀 더 조심하든가 아예 운전을 하지 말든가 해야겠소."

나는 그녀를 질책했다.

"조심하고 있어요."

"아니, 당신은 그렇지 않아요."

"그럼 다른 사람들이 조심하겠지요."

그녀가 대꾸했다.

"그게 무슨 관계가 있소?"

"그들이 비켜 갈 것 아니냔 말이에요. 사고가 나려면 양쪽 다 실수를 해야 한다는 거죠."

그녀는 자기주장을 굽히지 않았다.

"만약 당신처럼 부주의한 사람을 만나게 되면 어떻게 하려고요?"

"그럴 일이 없기를 바라요. 난 조심성 없는 사람을 싫어해요. 당신을 좋아하는 이유도 그 때문이고요."

뜨거운 햇볕에 지친 그녀의 눈은 정면을 응시하고 있었지만 그녀의 말에는 우리의 관계를 변화시키려는 의도가 숨어 있었다. 잠깐이었지만 나는 그녀가 사랑스러웠다. 하지만 나는 원래 판단을 유보하는 성격인 데다 욕망에 브레이크를 거는 내면의 규칙도 많았다. 무엇보다도 고향에서 있었던 연애 사건에서 확실히 빠져나오는 것이 먼저였다. 나는 일주일에 한 번씩 '당신의 사랑하는 닉'이라고 서명한 편지를 그녀에게 보내기는 했지만 그 아가씨에 대해 생각나는 것이라고는 테니스를 칠 때 윗입술에 살며시 땀방울이 맺혔다는 것뿐이었다. 비록 그 정도의 관계일지라도 확실히 끊어버리지 않고서는 자유로워질 수 없었다.

　사람은 누구나 자기가 기본적인 덕목 중 한 가지는 갖추고 있다고 생각하며 살 것이다. 나에게도 그런 덕목이 있다. 나 자신이 바로 내가 알고 있는, 얼마 안 되는 정직한 사람 중 한 명이라는 것이다.

4

The Great Gatsby

일요일 아침, 해변 마을에 교회 종소리가 울려 퍼지는 동안 사교계 인사들과 그 연인들은 너나 할 것 없이 개츠비의 저택에 모여 잔디밭에 찬란한 빛을 뿌리고 있었다. 젊은 부인들이 칵테일 바와 꽃밭 사이를 오가며 말했다.

"그 사람은 밀주업자래요. 자기가 폰 힌덴부르크(독일의 군인이자 정치가. 1차 세계대전 중 독일군 원수로 참전했고 공화국 제2대 대통령을 지냈다)의 조카라는 사실이 밝혀지자 그 사실을 알아낸 사람을 죽여버렸다는군요. 여보, 거기 장미꽃 좀 줄래요? 그리고 이 크리스털 잔에 마지막으로 한 모금만 따라 주시고요."

언젠가 나는 기차 시간표의 빈자리에다 그해 여름 개츠비의 저택에 왔던 사람들의 이름을 적어본 일이 있었다. 위쪽에 '이 시간표는 1922년 7월 5일 이후 유효'라고 적혀 있는데 이제는 접힌 곳이 다 해지고 쓸모없는 종이 쪼가리가 되어버렸다. 하지만 지금도 희미하게 남아 있는 이름들을 알아볼 수는 있다. 그 이름들은 나의 어떤 설명보다도 더 생생하게 개츠비의 환대를 받고서도 그에 대해 아무것도 모른다며 교묘히 회피하던 사람들의 인상을 말해줄 것이다.

그때 이스트에그에서는 체스터 베커 부부, 리치 부부, 내가 예일 대학에서 알고 지냈던 번슨, 지난여름 메인주에서 익사한 웹스터 시벳 박사, 혼빔 부부와 윌리 볼테어 부부, 그리고 블랙벅 일가가 모두 함께 왔는데 이들은 항상 한쪽 구석에 모여 있다가 누가 가까이 다가오면 마치 염소처럼 코를 벌름거렸다. 이스메이 부부, 크리스티 부부, 그리고 소문에 따르면 어느 겨울 오후에 특별한 이유도 없이 머리카락이 하얗게 변해버렸다는 에드거 비버 씨가 왔다.

롱아일랜드 변두리에서는 치들 부부, O. R. P. 슈레이더 부부, 조지아주의 에이브럼 부부, 피시가드 부부, 리플리 스넬 부부가 왔다. 스넬은 주 형무소에 들어가기 사흘 전에 개츠비의 집에 왔는데 술에 취해 차도에 누워 있다가 율리시스 스위트 부인의 자동차에 그만 오른손을 밟히고 말았다. 댄시 부부, 예순이 훨씬 넘은 S. B. 화이트베이트, 담배 수입업자인 벨루가와 그의 여자들도 있었다.

웨스트에그에서는 폴 부부, 멀레디 부부, 세실 뢰벅과 세실 쉬언, 주 의회 상원의원인 굴릭, 영화사 '필름 스파 엑설런트'를 경영하는 뉴턴 오키드, 에카우스트, 클라이드 코언, 돈 S. 슈워츠(아들), 아서 맥카티 등 영화와 관계있는 사람들이 찾아왔다. 캣립 부부, 벰벅 부부, G. 얼 얼둔도 왔는데 이 사람은 나중에 자기 아내를 목 졸라 살해한 멀둔과 형제 사이였다. 다 폰타노와 에드 렉로스, 제임스 B. 페릿, 드 종 부부, 어니스트 윌리 등은 도박이 목적이었다. 페릿이 정원을 어슬렁거리고 다닌다면 그의 주머니가 털렸다는 의미이기도 했다.

클립스프링거라는 남자는 개츠비의 저택에 너무 자주, 그리고 너무 오래 머물러 있어서 '하숙생'이란 별명까지 갖게 되었다. 베니 맥클러너핸은 언제나 여자 네 명을 데리고 왔다. 올 때마다 늘 다른 여자들이었지만 외모가 비슷비슷해서 전에도 온 적이 있는 것 같은 느낌이었다.

나는 그들의 이름은 잊어버렸다. 재클린이었는지 아니면 콘수엘라, 아니면 글로리아나 주디, 그도 아니면 준이었는지 분명치 않다. 그리고 그녀들의 성은 그 어떤 음률적인 발음의 꽃이나 달의 이름, 아니면 보다 더 어마어마한 미국의 자본가들의 성이었는지도 모르며, 억지로라도 대라고 한다면 그 자본가들의 사촌뻘이라고 고백했을지도 모를 일이다.

이 사람들 외에도 포스티나 오브라이언이 한번쯤은 왔던 것으로 기억되고, 베데커 가문의 여자들과 전쟁 때 총에 맞아 코가 날아간 브루어, 재향군인회장을 지낸 P. 주윗, 자신의 운전기사라는 남자와 같이 온 클로디아 힙 그리고 우리가 공작이라고 부른 어느 나라의 왕자인가 하는 사람도 있었다. 이들 모두가 그해 여름에 개츠비의 저택에 왔었다.

7월 하순의 어느 날 아침 9시 무렵, 개츠비의 호화로운 자동차가 자갈이 깔린 우리 집 진입로를 비틀거리며 올라와 문 앞에 멈추더니 세 가지 화음으로 어우러진 경적을 울려댔다. 나는 그의 파티에 두 번이나 참석했고 그의 수상비행기를 탄 적도 있으며, 그가 초대해준 덕분에 그가 소유한 해변을 자주 이용했지만 그가 나를 찾아온 것은 이번이 처음이었다.

"잘 있었소? 오늘 나하고 점심이나 같이 합시다. 제 차로 함께 가지요."

그는 차의 계기판을 짚은 채 여유로운 자세로 서 있었다. 내 생각에 그러한 자세는 아마도 그가 젊었을 때 무거운 물건을 들거나 오랫동안 가만히 앉아 있어 본 적이 없고 우리가 가끔 경험하는, 긴장되는 게임에 따르는 우아함 때문에 생긴 습관 같았다. 이런 특징은 그의 깔끔한 매너와는 달리 불안정해 보이는 인상을 주었다. 그는 잠시도 가만히 있질 못했다. 항상 발을 구르거나 초조한 듯 손을 쥐었다 폈다 했다.

그는 감탄스러운 시선으로 자동차를 구경하는 나를 쳐다보았다.

"멋있죠? 이런 차를 본 적이 있습니까?"

그는 내가 차를 더 잘 볼 수 있도록 한쪽으로 몸을 비켜섰다.

물론 나는 이 차를 본 적이 있다. 모든 사람이 본 적이 있을 것이다. 짙은 크림색에 니켈이 번쩍이고, 괴물처럼 기다란 차체 곳곳에는 모자 상자와 음식 상자, 장난감 상자가 놓여 있었으며, 미로처럼 설계된 앞 유리는 태양빛을 여러 개로 나누어 반사하고 있었다. 우리는 유리창 안쪽이 녹색의 가죽 온실을 연상시키는 차를 타고 시내로 출발했다.

지난달에 그와 대여섯 번쯤 이야기를 나누긴 했지만 그에겐 별다른 화젯거리가 없었다. 딱히 꼬집어 말할 수는 없지만 그가 중요한 인물이라고 느꼈던 그의 첫인상은 시간이 흐르면서 차츰 퇴색하고 그저 이웃에 사는 화려한 연회의 주인장으로 보이기 시작했다. 그런데 이 당혹스러운 드라이브를 함께하게 된 것이다.

웨스트에그에 도착할 즈음 개츠비는 마치 우아한 판결을

내리지 못하고 우물쭈물하는 판사처럼 자신의 무릎을 툭툭 치기 시작했다. 그러더니 갑작스럽게 입을 열었다.

"근데 말이죠, 혹시 저를 어떻게 생각하십니까?"

나는 적절한 답을 찾지 못해 망설이고 있었다.

"그럼 제가 살아온 얘기를 좀 해드려야겠군요."

그가 내 대답을 가로막았다.

"여러 가지 소문 때문에 저를 오해하는 일이 없었으면 합니다."

그는 자신의 집에서 오가는 비난 섞인 소문들에 대해 알고 있었던 것이다.

"하늘에 맹세코 진실만을 말씀드리지요."

그는 선서라도 하는 듯 오른손을 쳐들었다.

"나는 중서부의 어느 부잣집에서 태어났습니다. 가족은 모두 죽고 없습니다. 미국에서 자랐지만 공부는 옥스퍼드에서 했죠. 조상 대대로 그곳에서 교육을 받았거든요. 가문의 전통이죠."

그는 곁눈질로 나를 쳐다보았다. 그 순간 조던이 개츠비가 거짓말을 했다고 믿는 이유를 알 수 있었다. 그는 공부는 옥스퍼드에서 했다는 말을 상당히 서둘러 처리하는 느낌을 주었는데, 마치 전에도 그 말 때문에 괴롭힘을 당한 적이 있는 것처럼 그 대목에서 침을 삼키거나 아니면 목이

메이는 것 같았다. 이런 의심이 들자 그가 들려주는 과거가 모두 산산조각이 났고, 그에게 음흉한 구석이 있다는 소문이 사실이라는 생각이 들었다.

"중서부 어디 출신입니까?"

나는 아무렇지도 않은 목소리로 물었다.

"샌프란시스코요."

"그렇군요."

"가족이 모두 죽는 바람에 거액의 유산을 상속받게 되었습니다."

갑작스러운 가족의 죽음에 대한 기억이 아직도 생생하다는 듯 그의 목소리가 자못 엄숙해졌다. 순간 그가 나를 놀리고 있는 것이 아닌지 의심스러운 생각이 들었지만 그의 얼굴을 힐끗 보고 나서 그렇지 않다는 확신이 들었다.

"그 후로 전 젊은 왕자처럼 파리, 베네치아, 로마 같은 유럽의 대도시에서 살면서 루비 같은 보석을 수집하거나 사냥 대회에 다니기도 하고, 취미로 그림을 그리기도 했습니다. 오래전에 있었던 슬픈 일을 잊기 위해서요."

나는 웃음이 터져 나오려는 것을 간신히 참았다. 너무나 닳아빠진 상투적인 표현이라 내 머릿속에는 머리에 터번을 감은 인형이 톱밥을 질질 흘리며 볼로뉴 숲에서 호랑이를 추격하는 이미지가 떠올랐다.

"그러다가 전쟁이 일어났지요. 오히려 내게는 위안이 되더군요. 죽으려고 무척이나 애를 썼지만 내 목숨은 마법에 걸린 것 같았습니다. 전쟁이 시작되었을 때 나는 중위로 임명되었지요. 아르곤 숲 전투에서 기관총 부대를 너무 전진시키는 바람에 전진하지 못한 보병들과 800미터가량 간격이 생겼지요. 그래서 병사 130명이 루이스식 기관총 16정으로 이틀 밤낮 동안 전투를 치렀지요. 보병들이 왔을 때 독일군 시쳇더미 속에서 독일군 3개 사단의 휘장을 발견했어요. 덕분에 나는 소령으로 승진했고, 그 뒤로는 가는 곳마다 연합군 정부에서 훈장을 주더군요. 심지어 몬테네그로, 아드리아해에 있는 그 작은 몬테네그로에서까지 훈장을 달아주더군요!"

그 작은 몬테네그로! 그는 목소리를 높이고는 인사라도 하듯 고개를 끄덕였다. 미소까지 지으면서. 마치 몬테네그로 수난의 역사를 충분히 이해하고 있으며 그곳 사람들의 용감한 투쟁에 공감한다는 듯한 미소였고, 몬테네그로에서 감사의 표시를 받게 된 일련의 정세를 충분히 잘 이해한다는 듯한 미소였다. 이제 내 불신은 사라지고 대신 그에게 완전히 도취되고 말았다. 마치 열두 권 분량의 잡지를 급하게 훑어본 느낌이었다.

개츠비는 주머니에서 리본이 달린 금속 하나를 꺼내더니

내 손바닥에 떨어뜨렸다.

"몬테네그로에서 준 겁니다."

놀랍게도 그 훈장은 진짜처럼 보였다. '다닐로 훈장'이라고 새겨진 메달 가장자리에는 '몬테네그로, 니콜라스 국왕'이라는 글자가 새겨져 있었다.

"뒤집어보세요."

나는 '제이 개츠비 소령의 무공을 기리며'라는 문구를 소리 내어 읽었다.

"내가 늘 가지고 다니는 게 또 하나 있지요. 옥스퍼드 시절의 기념물입니다. 트리니티 구내에서 찍은 겁니다. 내 왼쪽에 있는 친구는 돈캐스터 백작이지요."

사진 속에는 스포츠 의상을 입은 청년 여섯이 아치 아래 모여 있고, 뒤쪽으로는 여러 개의 첨탑이 보였다. 크리켓 배트를 쥐고 있는 개츠비는 지금보다 훨씬 젊어 보였다.

그렇다면 모두 사실인 것이다. 나는 루비 상자를 열고 반짝이는 보석을 바라보며 마음의 상처를 달래고 있는 그의 모습을 보았다.

그는 만족스러운 듯 기념물을 주머니에 넣으며 말했다.

"어려운 부탁을 하나 드리려고 합니다. 그래서 당신이 나에 관해 좀 알고 있는 게 좋겠다고 생각했지요. 내가 별 볼일 없는 사람이라고 생각하지 않으셨으면 했습니다. 내가 낯선 사람들과 어울리는 이유는 과거에 있었던 슬픈 일을 잊기 위해 여기저기 떠돌아다니며 살기 때문입니다."

그는 잠시 머뭇거렸다.

"오늘 오후에 그 얘기를 듣게 될 겁니다."

"점심때 말입니까?"

"아뇨, 오후에요. 당신이 조던 베이커 양과 교제한다는 사실을 우연히 알게 되었습니다."

"그건 당신이 베이커 양을 사랑하고 있다는 말인가요?"

"아닙니다. 그녀를 사랑하지 않습니다. 하지만 베이커 양은 친절하게도 이 문제를 당신에게 말해주겠다고 하더군요."

나는 '이 문제'라는 것이 무엇인지 전혀 짐작되는 바가 없었지만 흥미롭다기보다는 귀찮다는 생각이 먼저 들었다. 나는 개츠비의 이야기를 들으려고 조던과 만나는 것은 아니었다. 그 부탁이란 것이 터무니없는 것일지도 모른다는 생각이 들자, 사람들이 와글거리는 그의 잔디밭에 발을 들여놓은 일이 잠시 후회스러웠다.

그는 더 이상 아무 말도 하지 않았다. 뉴욕 시내에 가까워지자 그의 태도는 다시 반듯해졌다. 우리는 간간이 외항선들이 보이는 루스벨트 항을 지나 이제는 퇴색했지만 여전히 손님들이 드나드는 1900년대 술집들이 줄지어 있는 빈민가 자갈길을 빠른 속도로 지나갔다. 이윽고 양쪽으로 재의 골짜기가 펼쳐졌다. 정비소를 지날 때 윌슨 부인이 숨을 몰아쉬며 가솔린 펌프질을 하는 모습이 언뜻 보였다.

우리는 차 펜더를 날개처럼 펴고 애스토리아의 절반가량을 쏜살같이 달렸다. 우리가 잠시 멈춘 이유는 고가철도의 기둥을 돌 때 귀에 익은 모터사이클 소리가 들리고 교통경찰이 필사적으로 우리 곁에 붙어 따라오는 모습이 보였기 때문이다.

"알았소, 친구."

개츠비가 소리쳤다. 그는 지갑에서 하얀 카드를 꺼내더니 경찰관 눈앞에 대고 흔들어 보였다.

"됐습니다, 개츠비 씨. 다음부터는 알아뵙도록 하겠습니다. 실례했습니다."

경찰관이 거수경례를 하더니 말했다.

"그건 뭡니까? 옥스퍼드 사진이라도 보여준 겁니까?"

"언젠가 경찰 국장에게 호의를 베푼 적이 있는데, 해마다 크리스마스카드를 보내주더군요."

거대한 다리 위에서는 햇빛이 들보 사이를 지나 쉼 없이 움직이는 자동차들 위로 어른거렸고, 강 건너에는 도시가 하얀 각설탕처럼 솟아 있었다. 퀸즈보로 다리에서 바라보는 뉴욕은 처음 보는 도시처럼 언제나 신선했다. 세상의 모든 신비와 아름다움에 대한 열광적인 약속을 여전히 간직

하고 있는 것 같았다.

꽃으로 장식한 영구차가 지나가고, 차양을 내린 마차 두 대와 고인의 친구들을 태운 마차들이 그 뒤를 따르고 있었다. 그들은 동남부 유럽인 특유의 짧은 윗입술과 슬픈 눈빛으로 우리를 내려다보았다. 나는 그들이 우울한 휴일에 개츠비의 화려한 차를 보았다고 생각하니 기분이 좋았다.

브래크웰섬을 지나갈 무렵, 리무진 한 대가 우리를 스쳤는데 백인 운전사가 모는 그 차에는 세련된 옷차림을 한 흑인 남자 둘과 흑인 여자 한 명, 도합 세 명의 흑인이 타고 있었다. 달걀노른자 같은 그들의 눈망울이 적의를 품고 우리를 거만하게 바라보자 나는 그만 껄껄 웃고 말았다.

'이제 이 다리를 건너왔으니 무슨 일이 벌어지겠지.'

나는 혼자 생각했다. '그것이 무슨 일이건 간에…'

개츠비만 하더라도 이렇다 할 이상한 조짐도 없이 불쑥 나타나지 않았던가.

소란스러운 정오였다. 냉방이 잘되는 42번가의 지하 레스토랑에서 나는 개츠비와 점심을 먹기로 했다. 바깥에서 들어오는 햇살 때문에 눈을 깜박거리다가 대기실에서 다른 사람과 이야기를 나누고 있는 그를 겨우 알아보았다.

"캐러웨이 씨, 이쪽은 제 친구 울프심입니다."

개츠비가 내게 말하자 몸집이 작고 코가 납작한 유대인이 커다란 머리를 쳐들고 나를 쳐다보았는데 양쪽 콧구멍에 코털이 무성했다. 한참 만에야 나는 어두침침한 실내에서 그의 자그마한 눈을 찾아낼 수 있었다. 울프심은 진지한 태도로 나와 악수를 나누고는 말했다.

"… 그래서 난 그를 무섭게 노려봤지. 그런데 내가 뭐라고 했을 것 같나?"

"무슨 말씀이신지?"

내가 정중하게 물었다.

하지만 내 손을 놓고 코를 개츠비 쪽으로 가리키는 것으로 보아 나에게 한 말은 아닌 듯했다.

"캐츠포에게 돈을 주며 이렇게 말했지. '좋아, 캐츠포. 입을 다물기 전까진 그에게 한 푼도 주지 마라고 말이야. 그랬더니 그 자리에서 바로 입을 다물더군."

개츠비가 우리 두 사람의 팔을 잡고 레스토랑 안으로 들어갔다. 울프심은 새로 꺼내려던 말을 삼키고는 마치 최면에 걸린 것처럼 멍한 표정을 지었다.

"하이볼로 드릴까요?"

"근사한 레스토랑이군. 하지만 난 길 건너편이 더 좋아."

울프심이 천장에 그려진 장로교파의 요정 그림을 바라보며 말했다.

"하이볼로 주게. 거긴 너무 더워요."

개츠비가 웨이터에게 말하고 나서 울프심에게 말했다.

"덥고 좁긴 하지. 하지만 추억이 깃들어 있잖아."

"거기가 어딘데요?"

내가 물었다.

"옛 메트로폴 말이오."

"옛 메트로폴이라… 죽은 사람들 얼굴로 가득하지. 거기서 로지 로젠탈이 총에 맞아 죽은 일은 평생 잊을 수가 없어. 로지는 밤새도록 마셨지. 근데 새벽 무렵 웨이터가 묘한 표정으로 그에게 다가오더니 밖에서 누가 보자고 한다는 거야. 로지가 '좋아!'라고 하면서 일어나려고 하기에 내가 그를 다시 끌어 앉히면서 '보고 싶으면 그놈들더러 직접 이리로 오라고 해. 로지, 나가지 마!'라고 말했지. 새벽 4시쯤 되었으니까 덧문을 열었더라면 새벽빛을 볼 수 있었을 거야."

"그가 밖으로 나갔나요?"

나는 천진난만하게 물었다. 옛일을 떠올리자 새삼 분노가 치미는지 울프심의 코가 나를 향해 치켜올라갔다.

"물론 나갔지. 그는 문 쪽으로 가면서 이렇게 말했어. '웨이터가 내 커피 치우지 못하게 해!' 그가 밖으로 나가고 얼마 되지 않아 총소리가 났지. 놈들은 그의 불룩한 배에다 총을 세 방이나 갈기고 달아나버렸지."

"그들 중 네 명은 전기의자에서 사형을 당했지요."

나는 기억을 더듬으며 말했다. 그의 코가 흥미롭다는 듯 나를 향했다.

"베커까지 합치면 다섯이지. 근데 당신은 사업 거래처를 찾고 있는 모양이군."

사업 거래처라는 뜻밖의 말에 나는 좀 당황했다. 개츠비가 나 대신 대답했다.

"아닙니다. 이분은 그 사람이 아니에요."

"아니라고?"

울프심의 얼굴에 실망하는 빛이 역력했다.

"이 사람은 그냥 친구예요. 그 이야기는 다음에 하자고 말씀드렸는데요."

"미안하네, 사람을 잘못 봤구먼."

고기가 나오자 울프심은 옛 메트로폴의 감상적인 분위기는 까맣게 잊은 듯 게걸스럽게 먹기 시작했다. 그러면서도 눈은 연신 레스토랑 안을 두리번거렸다. 심지어는 등을 돌려 뒤에 앉아 있는 사람들까지 살펴보고 나서야 시선을 멈췄다. 만약 내가 없었더라면 우리가 앉아 있는 식탁 밑까지도 들여다보았을 것이다.

그때 개츠비가 나한테 몸을 기울이며 말했다.

"오늘 아침 차에서 내가 기분을 상하게 한 건 아닌지 모르겠군요."

그의 얼굴에 특유의 미소가 떠올랐지만 나는 언짢은 마음을 감추지 않았다.

"나는 비밀을 싫어합니다. 왜 당신이 직접 터놓고 원하는 것을 말하지 않는 겁니까? 베이커 양을 통해야 하는 이유가 무엇입니까?"

"뭐 비밀이랄 건 없습니다. 아시다시피 베이커 양은 훌륭한 선수 아닙니까? 옳지 않은 일에 끼어들 사람이 아니죠."

그는 나를 안심시키려는 듯이 말했다. 그러고는 갑자기 시계를 보더니 자리를 박차고 일어나 울프심과 나를 남겨둔 채 급히 밖으로 나갔다.

"전화를 걸 일이 있나 보군. 좋은 친구지. 안 그런가? 얼굴도 잘생긴 데다 나무랄 데 없는 신사야."

"그래요."

"그는 영국에 있는 옥스퍼드 대학 출신이야. 옥스퍼드 대학 아시나?"

"네, 들어보았습니다."

"세계에서 제일 유명한 대학 중 하나지."

"개츠비를 아신 지 오래되셨나요?"

나의 질문에 그는 꽤 만족스런 얼굴로 대답했다.

"몇 년 되지. 전쟁 직후에 그와 알게 되었어. 한 시간 동안 그와 얘기를 나눠보니 교양 있는 사람이라는 생각이 들었어. 집에 데려가서 어머니와 누이동생에게 소개시켜 주고 싶다는 생각이 들 정도였지."

그는 잠시 말을 끊었다.

"내 커프스단추를 보고 있군."

사실 나는 단추를 보고 있지는 않았지만 그가 그렇게 말하는 바람에 쳐다보게 되었다.

"인간의 어금니로 만든 최고급품이지."

나는 그 단추들을 자세히 살펴보았다.

"발상이 흥미로운데요."

"그렇지."

그는 소매를 걷어 치켜올렸다.

"개츠비는 여자에게 무척 조심스럽지. 친구 부인을 쳐다보는 것조차 망설일 정도니까."

자신이 신뢰하는 상대가 테이블로 돌아오자 울프심은 커피를 훌쩍 비우고는 자리에서 일어섰다.

"점심 잘 먹었네. 젊은이들이 귀찮아하기 전에 난 그만 가보겠네."

"서두를 필요 없어요, 마이어."

개츠비의 말에서 그다지 성의가 느껴지지 않았지만 울프심은 감사의 기도라도 드리는 듯 손을 들었다. 그러고는 엄숙하게 말했다.

"호의는 고맙지만 난 자네들과 세대가 다르네. 자네들은 여기 앉아서 스포츠 이야기라든가 젊은 아가씨들 이야기나 나누게. 그리고…"

나머지는 알아서 상상하라는 듯 그는 손을 흔들어 보였다.

"나로 말하자면 나이가 쉰 살이나 되었으니 더 이상 자네들을 귀찮게 하고 싶지 않네."

악수를 하고 돌아설 때 보니, 그의 비극적인 코가 왠지 떨리고 있었다. 나는 혹시 그의 기분을 상하게 하는 말을 하지는 않았는지 생각해 보았다.

"저 사람은 가끔 아주 감상적일 때가 있어요. 오늘이 바로 그런 날이에요. 뉴욕에선 보기 드문 인물이죠. 브로드웨이에 살고 있어요."

"뭐 하는 사람인가요? 배우입니까?"

"아뇨."

"그럼 치과 의사인가요?"

"마이어 울프심이? 아니, 그는 도박사입니다."

개츠비는 잠시 망설이더니 냉정하게 덧붙였다.

"1919년의 월드 시리즈를 조작(1919년 시카고 화이트삭스 소속 선수 8명이 뇌물을 받고 신시내티 레즈에 져주었다는 사건)한 장본인이지요."

"월드 시리즈를 조작해요?"

그 말을 들으니 아찔했다. 1919년에 월드 시리즈가 조작되었다는 사실은 알고 있었지만, 불가피한 여러 상황이 얽혀서 우발적으로 발생한 일이라고 믿고 있었다. 한 인간이 5천만 명이나 되는 사람의 믿음을 갖고 놀 수 있다는 생각은 전혀 해보지 않았던 것이다. 더욱이 금고를 터는 강도처럼 집요한 방식으로.

"어떻게 그런 일이 일어날 수 있습니까?"

"기회를 잡았던 거지요."

"왜 감옥에 들어가 있지 않죠?"

"아무도 그 사람을 집어넣지는 못해요. 영리한 사람이거든요."

나는 점심값을 내겠다고 고집했다. 웨이터가 거스름돈을 가지고 왔을 때 놀랍게도 건너편에 있는 톰 뷰캐넌이 눈에 띄었다. 나는 개츠비에게 말했다.

"잠깐만 따라오세요. 인사할 사람이 있어서요."

마침 나를 발견한 톰이 자리에서 벌떡 일어나 우리 쪽으로 대여섯 발자국 다가왔다. 톰은 약간 들뜬 목소리로 물었다.

"그동안 어디 있었나? 자네한테서 연락이 없다고 데이지가 몹시 화가 났어."

"이쪽은 개츠비 씨, 그리고 이쪽은 뷰캐넌 씨."

그들은 짧게 악수를 나누었다. 그런데 개츠비의 얼굴이 갑작스럽게 굳어지는가 싶더니 당황스러워하는 표정이 역력했다.

"그동안 어떻게 지냈어? 어쩌다 이렇게 멀리 식사를 하러 오게 됐나?"

"개츠비 씨와 함께 점심을 했네."

내가 개츠비 쪽으로 몸을 돌렸을 때, 그는 이미 거기에 없었다.

"1917년 10월 어느 날이었어요…(그날 오후 플라자 호텔에서 만난 조던 베이커는 등받이가 곧은 의자에 몸을 바로 세우고 앉아서 이렇게 말했다)

…저는 잔디밭과 보도 사이를 왔다 갔다 하면서 이리저리 걷고 있었어요. 잔디 쪽이 더 기분이 좋았지요. 밑창에 고무가 붙어 있는 영국제 구두를 신고 있어서 잔디가 밟히는 감촉이 좋았거든요. 또 새로 산 체크무늬 스커트가 바람에 날리는 느낌도 좋았어요. 바람이 불 때마다 집집마다 문 앞에 걸려 있는 붉은색, 흰색, 푸른색 깃발들이 팽팽해지면서 '탓, 탓, 탓'하는 소리를 내고 있었지요.

깃발과 잔디밭 모두 데이지 페이네 것이 제일 컸어요. 데이지는 저보다 두 살 위로 그때 열여덟 살이었는데, 루이빌의 아가씨들 가운데 가장 인기가 많았어요. 그녀는 흰옷을 즐겨 입었고 흰색 작은 로드스터를 몰고 다녔지요. 데이지의 집에는 하루 종일 전화벨이 울려댔죠. 캠프 테일러에서 근무하는 젊은 장교들이 '한 시간 동안만이라도' 그녀를 독차지하려고 야단법석이었거든요.

그날 아침 그녀의 집 맞은편에 와 보니 흰색 로드스터가 길모퉁이에 서 있고 차 안에 처음 보는 중위와 그녀가 앉아 있는 모습이 보였어요. 서로에게 어찌나 열중해 있는지, 내가 가까이 가도 알아채지 못하는 거예요.

'안녕, 조던. 이리 좀 와 봐.'

데이지가 나를 발견하고는 인사를 하더군요. 그녀가 저와 말을 하고 싶어 한다는 생각이 들자 순간 저는 우쭐했어요. 저보다 나이 많은 여자들 중에서 데이지를 가장 좋아했거든요. 그녀는 내게 적십자사로 붕대 만들러 가는 길이냐고 묻더군요. 나는 그렇다고 대답했지요. 그랬더니 자기는 갈 수 없다고 전해달라고 하더군요. 장교는 데이지가 말하는 동안 줄곧 그녀만 쳐다보고 있었는데, 젊은 아가씨라면 누구나 받고 싶을 만한 그런 열렬한 시선이었어요. 얼마나 낭만적이었던지 지금까지도 기억이 생생해요. 그의 이름이 바로 제이 개츠비였고, 그 뒤로 4년 넘게 그 사람을 보지 못했어요. 심지어 나중에 롱아일랜드에서 만났을 때도 그가 그 사람인 줄 몰랐어요.

그게 1917년의 일이었어요. 그 이듬해 제게도 애인이 몇 사람 생겼고 골프 시합에 나가기 시작하면서 데이지를 자주 만나지 못했어요. 그녀는 자기보다 약간 나이가 많은 사람들과 어울리는 편이었죠. 그런데 언제부턴가 이상한 소문이 돌았어요. 어느 겨울밤, 데이지가 해외로 파병되는 군인을 전송하기 위해 뉴욕에 가려고 짐을 챙기다가 어머니한테 들켰다는 거예요. 그래서 가지 못하게 된 그녀는 몇 주일 동안 집안 식구들하고 말도 하지 않았대요. 그 일이 있은 뒤 그녀는 더 이상 군인들과 사귀지 않았고, 그 대신 군대에 들어갈 수 없는 평발이나 근시인 남자들하고만 어울렸대요.

그다음 가을이 되자 데이지는 다시 예전처럼 명랑해졌어요. 세계대전이 휴전에 들어간 뒤에 사교계에 데뷔하더니 2월에는 뉴올리언스 출신 남자와 약혼했다는 얘기가 있었죠. 그런데 6월에 그녀가 시카고의 톰 뷰캐넌과 결혼했어요. 루이빌에서는 일찍이 본 적 없는 성대한 결혼식이었지요. 톰은 자동차 네 대에 1백 명 정도의 사람들을 태우고 실바크 호텔 한 층을 통째로 빌렸고, 결혼식 전날 데이지에게 35만 달러짜리 진주 목걸이를 선물했어요.

저는 신부 들러리였어요. 피로연이 열리기 30분 전 신부 방에 들어가 보니 데이지는 꽃무늬가 있는 화려한 드레스를 입고 6월의 밤처럼 아름답게 침대에 누워 있더군요. 그런데 세상에…, 신부가 곤드레만드레 취해 있는 거예요. 한 손에는 백포도주 병을 쥐고, 다른 손에는 편지를 들고 있었어요. 그녀는 이렇게 중얼거렸어요.

'축하해줘. 술을 마셔본 적은 없지만 왜 이렇게 기분이 좋을까?'

'데이지, 도대체 무슨 일이야?'

나는 겁이 났어요. 그렇게 술에 취한 여자를 본 적이 없었거든요. 그녀는 침대 위에 올려놓은 휴지통을 뒤지더니 진주 목걸이를 꺼냈어요.

'자, 여기 있어. 이걸 갖고 내려가서 임자가 누구든 그 사람한테 돌려줘. 가서 데이지의 마음이 변했다고 전해줘, 데이지는 마음이 변했다고 말이야!'

그녀는 울기 시작했어요. 울고 또 울었지요. 나는 그 길로 방을 뛰쳐나가 데이지 어머니의 하녀를 데려왔어요. 우리는 문을 잠근 뒤 욕조에 차가운 물을 붓고 그녀를 넣었어요. 그러는 동안에도 그녀는 손에 든 편지를 놓으려 하지 않더군요. 편지를 쥔 채 욕조 속으로 들어가더니 물에 담가 쥐어짜서 덩어리를 만들고 눈송이처럼 흩어지는 것을 보고서야 그것을 비누 접시에 버렸어요.

그런데 그 뒤로 그녀는 더 이상 아무 말도 하지 않았어요. 우리는 그녀에게 암모니아수를 맡게 해 정신을 차리게 한 다음, 이마에 얼음을 얹고 다시 드레스를 입혀주었어요. 30분쯤 뒤 방에서 나왔을 때, 진주 목걸이는 다시 그녀의 목에 걸려 있었어요. 그 소동은 그렇게 끝이 났어요. 이튿날 5시에 그녀는 떨지도 않고 톰 뷰캐넌과 결혼식을 올렸고, 남태평양으로 석 달 여정의 신혼여행을 떠났지요.

그들이 돌아오고 난 뒤 샌타바버라에서 그들을 다시 만났는데, 나는 남편에게 그렇게 열광적으로 미쳐 있는 여자는 처음 보았어요. 그가 잠시만 방을 비워도 불안하게 방 안을 서성이며 이렇게 말하는 거예요. '톰이 어디 갔지?' 그러곤 문가에 그가 나타날 때까지 얼빠진 표정을 하고 있는 거예요. 모래 위에 앉아서 남편의 머리를 무릎에 올려놓고 한 시간씩이나 그의 눈가를 쓰다듬고 문지르며 더없이 행복한 표정으로 내려다보곤 했지요. 그들이 함께 있는 모습을 보았다면 아마 누구라도 감동받았을 거예요. 너무나 매혹적이어서 숨을 죽이고 살며시 미소를 지을 정도로요. 그때가 8월이었어요. 내가 샌타바버라를 떠난 지 일주일 뒤 톰의 차가 벤투라 가도에서 왜건과 충돌해 그만 앞바퀴가 빠져버린 사고가 있었어요. 같이 타고 있던 여자가 팔이 부러지는 바람에 사건이 신문에 났지요. 그녀는 샌타바버라 호텔에서 청소 일을 하는 여자였어요.

이듬해 4월 데이지는 딸을 낳았고 그들은 1년 동안 프랑스에 건너가 있었지요. 어느 해 봄에는 칸에서 그들을 보았고, 그다음엔 도빌에서 보았는데, 그 뒤 그들은 아주 정착할 생각으로 시카고로 돌아왔어요. 아시다시피 데이지는 시카고에서 인기가 많았어요. 두 사람은 젊고 돈도 많아서 방탕한 무리와 어울려 다녔지만 데이지는 완벽하게 호의적인 평판을 유지했어요. 아마 술을 마시지 않았기 때문일 거예요. 술꾼들 틈에서 술을 마시지 않는다는 건 커다란 이점이 있거든요. 입을 함부로 놀리는 일도 없고, 설사 실수를 저지른다 해도 무마할 조치를 취할 수 있거든요. 다른 사람들이 술에 취해 그 실수를 알아채지 못하거나 상관하지 않도록 말이에요. 데이지는 외도 같은 건 꿈도 꾸지 않았을 거예요. 하지만 그녀의 목소리에는 뭔가 수상한 데가 있었죠.

그런데 6주 전쯤, 데이지는 몇 년 만에 처음으로 그의 이름을 다시 들은 거예요. 제가 당신에게 물어본 적 있잖아요. 기억나세요? 웨스트에그에 사는 개츠비라는 사람을 아느냐고 물었잖아요. 당신이 집으로 돌아간 뒤 내 방에 들어와 나를 깨우더니 이렇게 묻더군요.

'개츠비라니, 어느 개츠비 말이야?'

그래서 나는 반쯤은 졸면서 그 사람에 관해 말해줬지요.

그러자 그녀는 자기가 알고 있는 사람이 틀림없다는 거예요. 그제야 나는 데이지의 하얀 자동차에 타고 있던 장교와 개츠비를 연관시키게 됐지요."

조던의 이야기는 우리가 플라자 호텔을 떠나고 30분쯤 뒤에야 끝났다. 우리는 빅토리아(플라자 호텔의 관광객용 마차)를 타고 센트럴파크를 지나고 있었다. 해는 벌써 서부 50번가의 영화배우들이 사는 고층 아파트 뒤로 넘어갔고, 여자아이들의 맑은 목소리가 풀잎 위의 귀뚜라미처럼 뜨거운 황혼 위로 솟아올랐다.

나는 아라비아의 족장
그대의 사랑은 나의 것
그대가 잠들어 있는 밤에
그대의 천막으로 들어가리.

"대단한 우연이군요."
내가 말했다.
"그건 우연이 아니었어요."
"아니라니요?"
"개츠비가 그 집을 산 것은, 데이지가 바로 그 해협 건너편에 살고 있기 때문이었어요."

그렇다면 그 6월의 밤에 그가 바라보던 것은 밤하늘의 별만이 아니었던 것이다. 의미 없이 호화롭기만 했던 장막이 걷히고 그의 모습이 생생하게 다가왔다. 조던이 다시 말을 이었다.

"그는 알고 싶어 해요. 어느 날 당신이 데이지를 집으로 초대하면, 자기도 불러줄 수 있는지 말이에요."

이토록 겸손한 요청을 들으니 나는 놀라서 몸이 떨릴 지경이었다. 그는 5년 동안이나 기다렸다가 드디어 저택을 산 다음 자기를 향해 날아드는 나방들에게 별빛을 나눠주었던 것이다. 정작 자신은 언젠가 남의 집 정원에 건너갈 수 있기만을 바라며.

"이런 사정을 내게 알리지 않고는 그런 사소한 부탁을 할 수 없는 걸까요?"

"그는 두려워하고 있어요. 오랫동안 기다려왔으니까요. 또 당신 기분을 상하게 할까 봐 걱정하는 마음도 있고요. 그러면서도 이 일에 강하게 집착하고 있지요."

어쩐지 불안한 생각이 들었다.

"왜 그는 당신에게 직접 만나게 해달라고 부탁하지 않는 겁니까?"

"그는 데이지에게 자기 집을 보여주고 싶은 거예요. 그런데 당신 집이 바로 옆에 있잖아요. 언젠가 그녀가 그의 파티에 우연히 들르기를 바랐나 봐요. 하지만 그녀는 오지 않았어요. 그래서 그는 사람들에게 별일 아닌 것처럼 그녀를 아는지 묻기 시작했고, 그렇게 해서 처음으로 찾아낸 사람이 바로 저였지요. 파티에서 나를 불렀던 바로 그 날 말이에요. 그가 그 얘기를 꺼내는 데 얼마나 조심스럽던지. 물론 저는 즉시 뉴욕에서 점심을 같이 하자고 했지요. 내 말을 듣더니 그는 미친 사람처럼 이 말만 되풀이하더군요.

'상식에서 벗어나는 행동은 하기 싫습니다. 그녀를 옆집에서 만났으면 좋겠어요.'

당신이 톰과 특별한 친구 사이라고 얘기했더니, 그는 계획을 바로 포기하려 하더군요. 그는 톰에 대해 아는 게 거의 없어요. 혹시나 데이지의 이름이 눈에 띌까 해서 몇 해 동안 시카고 신문을 읽었다고는 하지만 말이에요."

벌써 날이 어두워져 있었다. 마차가 작은 다리 아랫길로 지나갈 때 나는 한 팔을 조던의 어깨에 두르고 내 쪽으로 끌어당기며 저녁을 먹자고 제의했다. 데이지와 개츠비에 대한 생각은 머릿속에서 사라져버렸다. 그 대신 깔끔하고 냉정하며 조금은 편협하기까지 한 이 여자, 유쾌하게 내 팔에 기대고 있는 여자에 대한 생각만이 머릿속을 가득 채웠다. 흥분과 함께 한 구절이 뇌리에 울리기 시작했다. '쫓기는 자

117

와 쫓는 자, 바쁜 자와 지친 자가 있을 뿐이다.'

"그리고 데이지의 삶에도 뭔가 있어야 해요."

조던이 중얼거렸다.

"데이지는 개츠비를 만나고 싶어 합니까?"

"그녀는 아무것도 몰라요. 개츠비는 그녀가 이 사실을 모르길 원해요. 당신은 함께 차나 마시자고 하면서 데이지를 초대하기만 하면 돼요."

장벽처럼 늘어선 나무들을 지나자 59번가 앞쪽으로 아늑하지만 창백한 불빛이 공원을 비추고 있었다. 개츠비나 톰 뷰캐넌과 달리 나에게는 어두운 처마 밑이나 번쩍이는 간판을 따라 얼굴이 떠오르는 여자가 없었다. 나는 옆에 있는 여자를 바짝 끌어당겼다. 비웃는 듯한 입술이 미소를 짓자 나는 그녀를 내 얼굴 쪽으로 더욱 가까이 끌어당겼다.

5

The Great Gatsby

그날 밤 웨스트에그의 집으로 돌아왔을 때 나는 집에 불이 났나 하고 잠시 놀랐다. 새벽 2시인데도 웨스트에그의 한 모퉁이 전체가 불빛으로 활활 타오르고 있었던 것이다. 그 불빛은 관목에 비쳐 환상적인 빛을 뿜어내는가 하면 길가 전선에도 가늘고 기다란 빛을 던졌다. 모퉁이를 돌아선 뒤에야 나는 개츠비의 저택 꼭대기부터 지하실까지 불을 밝혀놓은 걸 깨달았다.

처음에 나는 또 파티가 열렸나 보다 하고 생각했다. 시끌벅적한 파티를 벌이다가 숨바꼭질을 하느라 온 집 안의 창과 문을 활짝 열어젖히고 놀이터로 만든 줄 알았다. 그러나 아무 소리도 들리지 않았다. 전깃줄을 흔들어대면서 마치 집을 향해 윙크를 하고 있는 것처럼 불을 깜박이게 하는 바람 소리뿐이었다. 내가 탄 택시가 부르릉거리며 달아나자 개츠비가 잔디밭을 가로질러 우리 집 쪽으로 걸어오는 모습이 보였다.

"집이 마치 세계박람회장 같군요."

내가 말했다.

그는 무심코 자기 집 쪽으로 눈을 돌렸다.

"그렇게 보입니까? 방을 좀 돌아보고 있었지요. 코니아일랜드에 갈까요? 내 차로 말입니다."

"너무 늦은 시간입니다."

"그럼 풀장에 뛰어드는 건 어때요? 여름 내내 한 번도 쓰질 않았거든요."

"전 잠을 좀 자야겠어요."

"그럼 할 수 없군요."

그는 조바심을 억누르고 나를 바라보며 기다렸다. 잠시 후 내가 말했다.

"베이커 양과 이야기를 나눴습니다. 내일 데이지에게 전화를 걸어 우리 집에 차를 마시러 오라고 할 겁니다."

"아, 그거 잘됐군요. 당신에게 폐를 끼치고 싶지는 않습니다만."

그는 마치 그 일에 무관심한 것처럼 대답했다.

"언제가 좋겠습니까?"

내 말에 그는 재빨리 되받아 물었다.

"당신은 언제가 좋습니까? 정말이지 폐를 끼치고 싶지 않거든요."

"모레가 어떻습니까?"

그는 잠시 생각에 잠겼다. 그러고 나서 내키지 않는다는 듯이 말했다.

"그날은 잔디를 깎았으면 하는데요."

우리는 동시에 잔디밭을 쳐다보았다. 초라한 우리 집 잔디가 끝나고 잘 가꿔진 그의 저택 잔디가 시작되는 경계선이 뚜렷하게 보였다. 나는 그가 우리 집 잔디를 말하는 것인가 하는 생각이 들었다.

"그리고 또 한 가지가 있는데…"

그는 모호하게 말하면서 머뭇거렸다.

"그럼 아예 며칠 뒤로 연기할까요?"

"저어, 그게 아닙니다. 적어도…"

그는 말머리만 꺼내놓고 계속 우물쭈물했다.

"저어, 제 생각엔… 음, 근데 말이지요. 당신은 수입이 그렇게 많은 편은 아니지요?"

"네, 그다지 많이 벌지는 못합니다."

내 대답에 안심이 되었는지 그는 확신에 찬 목소리로 말을 이었다.

"그럴 거라고 생각했습니다. 실례가 되는 말이라면 용서하십시오. 아시다시피 저는 부업으로 조그만 사업을 하고 있습니다. 그래서 생각해봤는데, 당신 수입이 많지 않다면 … 증권 일을 하고 계시지요?"

"그렇지요."

"그럼 이 일에 흥미를 느끼실 겁니다. 시간을 별로 들이지 않고서도 꽤 많은 돈을 벌 수 있거든요. 가끔 비밀을 지켜야 하는 일이 있기는 하지만."

만약 다른 상황에서 이런 대화가 오갔다면 그 일은 내 인생에서 중요한 전환점이 되었을 것이다. 하지만 이 제안은 내가 자신의 부탁을 들어주는 데 대한 서투른 보답이 확실했기 때문에 그 자리에서 거절할 수밖에 없었다.

"지금 하고 있는 일도 벅찹니다. 고마운 말씀이지만 다른 일은 할 수가 없어요."

"울프심과 거래할 필요가 없는 일인데요."

그는 점심식사 때 울프심이 발언했던 '거래처'라는 말 때문에 내가 뒷걸음질치고 있다고 생각하는 모양이었다. 나는 그렇지 않다고 분명하게 말했다. 그는 내가 무슨 말이든 더 해주길 바라는 듯했지만 내가 다른 생각에 몰두하고 있었던 터라 그의 이야기에 더는 대꾸를 할 수가 없었다. 그러자 그는 마지못해 집으로 돌아갔다.

그날 저녁 나는 유쾌하고 행복했다. 현관으로 들어서면서 그대로 잠 속으로 걸어 들어가는 듯했다. 그래서 나는 개츠비가 코니아일랜드에 갔는지, 또 집에 요란스럽게 불이 켜져 있는 동안 얼마나 오래 방들을 들여다보았는지는 모르겠다. 이튿날 아침 나는 사무실에서 데이지에게 전화를 걸어 우리 집으로 차를 마시러 오라고 초대했다.

"톰은 데리고 오지 않는 게 좋겠어."

나는 그녀에게 주의를 주었다.

"뭐라고요?"

"톰은 데리고 오지 말라고."

"톰이 누군데요?"

그녀가 능청스런 목소리로 되물었다.

약속한 날은 비가 내렸다. 11시가 되자 비옷을 입은 남자가 잔디 깎는 기계를 들고 우리 집 문을 두드렸다. 개츠비가 우리 집 잔디를 깎으라고 보냈다는 것이다. 순간 나는 핀란드인 가정부에게 다시 와달라고 일러두는 것을 잊어버린 것이 생각났다. 나는 웨스트에그 마을로 차를 몰고 가서 비에 젖은 골목에서 그 여자를 찾아낸 다음 컵과 레몬과 꽃을 샀다.

나중에 보니 꽃은 사지 않아도 될 뻔했다. 2시쯤 개츠비의 저택에서 온실 전체를 옮겨온 것은 아닌가 착각이 들 정도로 많은 화분을 보내온 것이다. 그러고 나서 한 시간 뒤, 현관문이 요란하게 열리더니 은색 셔츠에 금색 넥타이를 한 개츠비가 들어왔다. 그의 얼굴은 창백했고 눈 밑에는 잠을 자지 못한 흔적이 거무스레하게 남아 있었다.

"준비는 다 되었나요."

들어오자마자 그가 물었다.

"잔디라면 보기 좋게 되었지요."

"무슨 잔디 말입니까?"

그는 멍하니 물었다.

"아, 뜰의 잔디 말이군요."

그는 창밖을 내다보고 있었지만 표정을 보아서는 딱히 뭘 보고 있는 것 같지 않았다.

"보기 좋습니다. 신문을 보니까 4시경에 비가 그친다고 하더군요. 모두 준비되었나요? 차 마시는 데 필요한 것들 말입니다."

나는 그를 주방으로 데리고 갔다. 그는 핀란드인 가정부를 다소 못마땅한 듯 쳐다보았다. 우리는 함께 식품점에서 배달된 레몬 케이크 열두 개를 자세히 살펴보았다.

"이 정도면 괜찮을까요?"

내가 물었다.

"물론이죠. 괜찮고말고요! 아주 훌륭해요!"

비는 3시 반쯤 뜸해지더니 축축한 안개로 바뀌었다. 개츠비는 멍한 시선으로 《경제학》을 들여다보다가 핀란드인 가정부가 부엌 마룻바닥을 울리며 걷는 소리에 갑자기 놀라기도 하고, 보이지는 않지만 밖에서 놀라운 사건들이 일어나고 있는 것처럼 때때로 빗물로 뿌연 창을 향해 시선을 던지기도 했다. 마침내 그는 자리에서 일어서더니 힘없는 목소리로 집에 가봐야겠다고 말했다.

"왜 그러십니까?"

"아무도 차를 마시러 오지 않아요. 너무 늦었어요. 이렇게 하루 종일 기다릴 순 없습니다."

그는 마치 다른 곳에 급한 약속이 있기라도 한 것처럼 자기 시계를 들여다보았다.

"어리석게 굴지 마세요. 아직 4시 2분 전이에요."

그는 마치 내가 억지로 주저앉히기라도 한 것처럼 비참한 모습으로 자리에 다시 앉았다. 바로 그때 우리 집 진입로를 향해 들어오는 자동차 소리가 들렸다. 우리는 함께 벌떡 일어났고 나는 서둘러 밖으로 나갔다.

물방울이 떨어지는 라일락 나무 밑으로 커다란 오픈카 한 대가 진입로를 따라 올라와 멈췄다. 보랏빛 삼각모자 밑으로 고개를 살짝 기울인 데이지가 밝고 환한 미소를 지으며 나를 쳐다보았다.

"정말로 여기 살고 계신 거예요?"

활기 넘치는 그녀의 목소리가 빗속에서 울려 퍼졌다. 나는 뭐라고 대답하기 전에 오르락내리락하는 그녀의 목소리를 귀로만 따라가고 있었다. 푸른 물감으로 주욱 그어 내린 것처럼 젖은 머리카락 한 가닥이 뺨 위로 흘러내려 있었다. 자동차에서 내리는 그녀를 도와주기 위해 잡은 그녀의 손은 빗물에 젖어 번들거렸다.

"저를 사랑하시나요? 그게 아니라면 왜 혼자만 오라고 하셨죠?"

그녀는 내 귀에다 대고 나지막이 속삭였다.

"그건 렉렌트 성의 비밀이지. 기사더러 어디 멀리 가서 한 시간만 있다 오라고 해."

"퍼디, 한 시간 뒤에 돌아와요."

기사에게 말하고 나서 그녀는 정색을 하며 소곤거렸다.

"저 사람 이름은 퍼디예요."

"휘발유 때문에 코가 어떻게 된 모양이지?"

"그렇진 않을 거예요. 그런데 그건 왜요?"

그녀는 천진한 표정으로 말했다. 우리는 집 안으로 들어갔다. 그런데 놀랍게도 거실은 텅 비어 있었다. 나는 깜짝 놀랐다.

"이런, 이상하네!"

"뭐가 이상해요?"

그때 가벼우면서도 위엄 있게 현관문을 두드리는 소리가 들렸다. 그녀가 문 쪽으로 고개를 돌렸다. 나는 달려가서 문을 열었다. 개츠비가 죽은 사람처럼 창백한 얼굴로 아령이라도 쥔 듯 외투 주머니에 두 손을 찌른 채 물이 고인 웅덩이 속에서 슬픈 듯이 내 눈을 응시하고 서 있었다.

두 손을 여전히 외투 주머니에 찌른 채 그는 내 옆을 지나 복도로 걸어 들어갔다. 그러다가 마치 인형극의 인형처럼 갑자기 돌아서더니 거실 안으로 사라졌다. 나는 심장이 고동치는 것을 느끼면서 점점 거세지는 빗줄기를 막기 위해 현관문을 닫았다.

잠시 동안 아무 소리도 나지 않았다. 그러더니 나지막한 중얼거림과 짧은 웃음소리 같은 것이 들렸고, 이어서 데이지의 꾸민 듯한 맑은 목소리가 들렸다.

"다시 만나게 되어 정말 기뻐요."

그리고 말이 끊겼다. 잠시 견디기 힘든 침묵이 흘렀다. 복도에서는 아무것도 할 수가 없었으므로 나는 거실 안으로 들어갔다.

개츠비는 여전히 두 손을 주머니에 찌른 채 억지스럽게 편한 척 애쓰며, 심지어 좀 따분하다는 듯이 벽난로 장식에 몸을 기대고 있었다. 그가 머리를 너무 뒤로 젖힌 바람에 고장 난 벽난로 장식용 시계의 글자판에 닿을 지경이었다. 그는 이런 자세로, 딱딱한 의자 끝에 놀란 중에도 우아한 자세로 앉아 있는 데이지를 내려다보고 있었다. 한참 만에 개츠비가 중얼거렸다.

"우린 전에 만난 적이 있지요."

그가 순간적으로 나를 힐끔 보았다. 입술이 웃으려다 만 모양으로 어색하게 벌어져 있었다. 그 순간 시계가 그의 머리에 밀려 위험하게 옆으로 기울자, 개츠비가 돌아서서 떨리는 손가락으로 시계를 붙잡아 제자리에 놓았다. 그러고는 뻣뻣한 자세로 의자 끄트머리에 앉더니, 팔꿈치를 소파의 팔걸이에 올려놓고 손으로 턱을 고였다.

"시계를 건드려서 미안합니다."

그가 말했다.

이제 오히려 내 얼굴이 빨갛게 달아올랐다. 머릿속에는 할 말이 가득했지만 나는 평범한 말 한마디도 끄집어낼 수 없었다.

"낡은 시계인걸요."

나는 바보처럼 말했다. 마치 시계가 바닥에 떨어져 산산조각이라도 난 것 같은 분위기였다.

"우린 여러 해 동안 만나지 못했지요."

데이지는 아무렇지도 않은 듯이 말하려 애썼다.

"11월이면 5년째가 됩니다."

개츠비의 기계적인 대답에 우리는 다시 침묵에 빠졌다. 나는 간신히 머리를 짜내 차를 마련하는 것을 도와달라며 두 사람을 일어나게 했다. 그런데 그 순간 마귀 같은 핀란드 여자가 쟁반에 차를 받쳐 들고 왔다.

찻잔과 케이크를 받아 내려놓느라 자연스럽게 예의가 갖추어졌다. 데이지와 내가 이야기를 나누는 동안 개츠비는 그늘진 곳으로 자리를 옮겨 앉은 후 우울한 눈빛으로 우리 두 사람을 번갈아 쳐다보았다. 그러나 침묵을 지키자고 마련한 자리가 아니었기 때문에 나는 첫 번째 기회를 틈타 양해를 구하고 자리에서 일어섰다.

"어디 가십니까?"

개츠비가 놀란 얼굴로 물었다.

"곧 돌아올 겁니다."

"가시기 전에 잠시 얘기할 게 있는데요."

그는 다급히 나를 쫓아 부엌으로 들어오더니 문을 닫고는 비참한 목소리로 "아, 맙소사!"라고 탄식했다.

"왜 그러십니까?"

"이건 끔찍한 실수예요. 끔찍한, 정말 끔찍한 실수라고요."

그는 머리를 좌우로 흔들며 괴로운 표정으로 말했다.

"당신이 당황해서 그래요. 그뿐입니다. 데이지 역시 당황하고 있고요."

"그녀가 당황하고 있다고요?"

그는 믿을 수 없다는 듯이 되풀이했다.

"당신이 당황한 것만큼 말이지요."

"그렇게 큰 소리로 말하지 마세요."

"당신은 꼭 아이처럼 구는군요."

나는 더 이상 참을 수가 없어서 화를 냈다.

"게다가 이건 무례한 행동입니다. 데이지는 저기 혼자 앉아 있습니다."

그는 손을 들어 내 입을 막고는 비난 어린 눈길로 나를 쳐다보았다. 그런 뒤 조심스럽게 문을 열고 다시 거실로 돌아갔다. 나는 뒷문을 통해 밖으로 나갔다.

30분 전 개츠비가 안절부절못하며 집을 한 바퀴 돌았을 때 그랬던 것처럼, 나는 옹이가 굵고 무성한 잎이 비를 막으며 지붕 역할을 해주고 있는 검은색 나무쪽으로 뛰어갔다. 다시 비가 퍼붓기 시작했다. 개츠비의 정원사가 잘 다듬어주기는 했지만 내 잔디밭에는 작은 진흙 웅덩이들과 선사시대의 늪지 같은 것이 많았다. 나무 밑에서는 개츠비의 저택 외에는 아무것도 보이지 않았다. 칸트가 교회의 뾰족탑을 보았듯이(독일의 철학자 칸트는 생각에 잠길 때면 교회의 뾰족탑을 올려다보는 습관이 있었다고 한다) 나도 30분 동안 그 거대한 저택을 바라보았다. 저택은 10년 전 어떤 양조업자가 '복고풍'이 한창 유행할 때 지은 것이다. 그 양조업자는 이웃의 오두막 주인들더러 만약 그들이 자기네 집 지붕을 모두 짚으로 덮는다면 5년 동안 세금을 대신 내주겠다고 제안했다는 이야기가 전해온다. 그런데 이웃들이 거절한 탓에 가문 하나를 세우려던 그의 계획은 수포로 돌아갔고 그 후 양조업자는 몰락했다. 그의 자식들은 문에서 검은 장의 화환을 떼기도 전에 그 집을 처분했다. 미국인들은 자진해서 농노가 되려고 할 때도 있지만 농부 체통을 지키려 고집할 때도 있다.

30분이 지나자 다시 햇살이 비치면서 식료품상 자동차가 개츠비네 고용인들의 저녁거리를 싣고 진입로로 올라왔다. 개츠비는 아무것도 먹고 싶지 않을 것이다. 가정부 하나가 저택의 위쪽 창문들을 하나하나 열고 창문마다 잠깐씩 몸을 내밀고는 잠시 생각에 잠긴 표정을 짓더니 정원을 향해 침을 뱉었다. 이제 돌아갈 시간이었다. 빗소리는 그들이 중얼거리는 목소리처럼 들렸고 감정 상태에 따라 높아졌다가 낮아졌다 했다. 그러나 비가 그치고 다시 조용해지자 집 안에도 고요함이 찾아온 것 같았다.

나는 안으로 들어갔다. 난로를 뒤집을 것 같은 소리를 내며 부엌에서 수선스럽게 거실로 들어갔다. 그러나 두 사람은 아무 소리도 듣지 못한 것 같았다. 그들은 소파 양쪽 끝에 앉아서 질문이 허공에 떠버린 것 같은 표정으로 서로 마주 보고 있었는데, 아까의 당황했던 모습은 흔적조차 찾아볼 수 없었다. 데이지의 얼굴에는 눈물 자국이 보였다. 내가 들어가자 데이지는 벌떡 일어나 거울 앞으로 가더니 눈물 자국을 닦기 시작했다. 반면 개츠비에게는 그사이 놀랄 만한 변화가 생겼다. 그는 문자 그대로 찬란한 빛을 발하고 있었다. 환희를 드러내는 말이나 몸짓은 없었지만 그에게서 뿜어져 나오는 새로운 행복의 기운이 작은 방을 가득 채우고 있었다.

"아, 돌아오셨군요, 친구."

그는 마치 몇 년 만에 만나는 친구라도 되는 듯 반갑게 맞았다. 나는 순간적으로 그가 악수를 하려는 게 아닌가 생각했다.

"비가 그쳤습니다."

"그래요?"

내 말을 듣고 그제야 거실 안에 눈부신 방울 같은 햇살이 비쳐들고 있다는 것을 깨달은 그는 다시 나타난 햇살을 열광적으로 환영하는 기상 캐스터처럼 밝게 미소를 지었다. 그러고는 그 소식을 데이지에게 다시 전했다.

"어떻게 생각하세요? 비가 그쳤다네요."

"잘됐군요, 제이."

고통을 억누르고 있는 것 같은 슬픈 아름다움으로 가득
찬 그녀의 대답은 예기치 않았던 기쁨을 표현하는 것에 불
과했다. 개츠비가 다시 입을 열었다.

"당신과 데이지를 우리 집에 초대하고 싶습니다. 데이지
에게 집 구경을 시켜주고 싶어요."

"나도 함께 말입니까?"

"물론이지요, 친구."

잠시 후 데이지는 세수를 하기 위해 위층으로 올라갔다.
나는 화장실에 있는 수건이 깨끗하지 못한 것이 생각나 창
피했지만 이미 때는 늦었다. 그동안 개츠비와 나는 잔디밭
에서 기다렸다. 그가 나에게 물었다.

"저희 집 보기 좋지 않습니까? 집 앞 전체가 햇살을 받고
있는 모습 좀 보십시오."

나는 그의 집이 아주 훌륭하다는 데 기꺼이 동의했다. 그
는 자신의 집 아치형 문 하나, 네모난 탑 하나까지 샅샅이
훑어보았다.

"저 집을 사기 위해 꼬박 3년을 돈을 벌었죠."

"재산을 상속받은 게 아닌가요?"

"그랬지요, 하지만 대공황 때 거의 다 잃어버렸어요. 전쟁
의 공황 말입니다."

그는 자기가 지금 무슨 말을 하고 있는지 모르고 있는 것 같았다. 내가 무슨 사업을 했냐고 물었더니 "그건 제 개인적인 일이에요"라고 대답한 것이다. 하지만 곧 자신의 대답이 적절치 않았다는 것을 깨달은 듯 재빨리 고쳐 말했다.

"아, 여러 가지 일을 했지요. 약국 사업도 하고 석유 사업도 하고요. 지금은 다 그만두었지요."

그는 나를 유심히 쳐다보았다.

"그날 밤 제가 제안한 것에 대해 생각해보셨습니까?"

내가 뭐라 대답하기도 전에 데이지가 집에서 나오는 것이 보였다. 그녀의 드레스에 달린 놋쇠 단추가 햇빛에 반짝거렸다.

"저기 엄청나게 큰 저택이 당신 집인가요?"

"마음에 듭니까?"

"네, 마음에 들어요. 하지만 어떻게 저기서 혼자 사시는지 모르겠군요."

"저 집은 밤낮없이 재미있는 사람들로 북적거린답니다. 흥미로운 일을 하는 사람들, 유명 인사들 말입니다."

우리는 해변을 따라 지름길로 가는 대신 도로 쪽으로 내려가 커다란 뒷문으로 들어갔다. 데이지는 무엇에 홀린 사람처럼 하늘을 배경으로 솟아 있는 봉건시대풍 저택에 연신 감탄을 금치 못했다. 노란 수선화의 진한 향기와 산사나

무와 자두꽃의 향기, 오랑캐꽃의 향기가 가득한 정원에 쉼 없이 찬사를 늘어놓았다.

이상한 것은, 우리가 대리석 계단에 다 이르렀을 때까지 화려한 드레스들의 움직임은 눈에 띄지 않고 지저귀는 새 소리 말고는 아무 소리도 들리지 않았다는 것이다. 안으로 들어가 마리 앙투아네트 음악실과 왕정복고 시대의 살롱을 어정거리면서, 나는 손님들이 우리가 지나가는 동안 숨을 죽인 채 조용히 있으라는 명령을 받고 소파 뒤나 탁자 밑에 숨어 있는 게 아닐까 하는 착각에 빠졌다.

개츠비가 '머튼 대학 도서실'의 문을 닫았을 때, 나는 분명히 그 올빼미 눈을 한 사나이가 귀신같은 웃음을 터뜨리는 소리를 들은 것 같았다.

우리는 위층으로 올라가 장밋빛과 보랏빛 비단 장식으로 감싸인, 새로 가져다 놓은 꽃들로 생기가 넘치는 고풍스러운 침실, 의상실, 당구장, 욕조가 딸린 욕실 등을 지나갔다. 어떤 방으로 들어서자 파자마 바람의 사내가 머리카락이 헝클어진 채 방바닥에서 운동을 하고 있었다. 하숙생 클립스프링거였다. 마침내 우리는 개츠비의 방에 들어가게 되었다. 그의 방은 침실과 욕실이 딸려 있고 애덤식 서재로 꾸며져 있었다. 우리는 거기에 앉아 그가 가져온 샤르트뢰즈 포도주를 한 잔씩 마셨다.

그는 그사이 데이지한테서 한 번도 눈을 떼지 않았다. 그 눈길은 마치 그녀의 사랑스러운 눈빛이 보내는 반응에 따라 자기 집의 모든 것을 재평가하는 것 같았다. 그녀가 자기 눈앞에 나타난 이상, 다른 것들은 더 이상 의미가 없어진 것처럼 이따금 자신의 소유물들을 멍한 시선으로 둘러보았다. 그러다가 계단에서 굴러떨어질 뻔하기도 했다.

화장대 위에 놓인 순금의 화장도구만 제외한다면 그의 침실은 이 집에서 가장 소박한 방이었다. 데이지가 즐거운 표정으로 브러시를 집어 머리를 빗어 내리는 것을 바라보며 개츠비는 의자에 앉아서 눈을 가린 채 웃기 시작했다. 그가 유쾌한 목소리로 말했다.

"재미있죠. 난 저렇게 안 되거든요. 하려고 해도…."

그는 분명 두 가지 단계를 지나 세 번째 단계로 접어들고 있었다. 처음에는 당황해서 어쩔 줄 모르다가 그다음엔 무조건 기뻐하는 단계를 지나 이제는 그녀가 자기 앞에 있다는 놀라운 사실에 직면해 있다. 그는 너무 오랫동안 그 생각에만 몰두하고, 그것만을 꿈꾸며 상상하기 어려울 정도로 긴장하며 기다려왔던 것이다. 이제 그 반작용으로 지나치게 조여 있던 태엽이 서서히 풀리고 있었다.

잠시 후 그는 다시 정신을 가다듬고 양복과 실내복, 넥타이와 와이셔츠가 가득한 커다란 옷장 두 개를 열어 보였다.

"영국에서 옷을 보내주는 사람이 있어요. 봄가을로 계절이 바뀔 때마다 물건을 골라서 보내오지요."

그러더니 그는 와이셔츠 더미를 끄집어내어 하나씩 우리 앞에 던졌다. 얇은 리넨 셔츠, 두꺼운 실크 셔츠, 고급 플란넬 셔츠가 떨어질 때마다 접혀 있던 자국이 펴지며 갖가지 색상으로 테이블 위를 덮었다. 우리가 감탄을 연발하는 동안 그는 더 많은 셔츠를 가져왔고, 부드럽고 값비싼 셔츠 더미는 점점 더 쌓여갔다. 산호빛과 연둣빛 사과색, 보랏빛과 옅은 오렌지색의 줄무늬 셔츠, 소용돌이 무늬와 체크무늬 셔츠들에는 인디언블루 색으로 그의 이름의 머리글자가 새겨져 있었다. 그런데 갑자기 데이지가 셔츠에 머리를 파묻더니 울음을 터뜨렸다.

"너무나 아름다운 셔츠들이에요. 자꾸만 슬퍼져요! 이렇게 아름다운 셔츠를 한 번도 본 적이 없거든요."

흐느끼는 그녀의 목소리는 겹겹이 쌓인 셔츠 더미 속에 묻혀버렸다.

집 안을 구경한 뒤 우리는 저택의 대지와 수영장, 수상비행기, 한여름의 꽃들을 둘러볼 생각이었다. 그런데 다시 비가 내리기 시작했기 때문에 우리는 나란히 서서 파도가 출렁이는 바다를 내다보았다. 잠시 후 개츠비가 말했다.

"안개만 끼지 않았다면 건너편에 있는 당신 집이 보였을 겁니다. 부두 끝에 있는 당신 집에는 늘 초록빛 불이 켜져 있더군요."

그때 데이지가 느닷없이 개츠비에게 팔짱을 끼었지만 그는 방금 자기가 한 말에 정신이 팔려 있는 것 같았다. 어쩌면 그 불빛이 지니고 있던 엄청난 의미가 이제 영원히 사라졌다는 생각을 하고 있는지도 모른다. 그를 데이지와 갈라놓았던 머나먼 거리와 비교해보면 그 불빛은 그녀와 아주 가까이, 거의 손으로 만질 수 있을 만큼 가까이 있는 것 같았다. 달과 가까이 있는 별처럼 그렇게 가깝게 보였던 것이다. 이제 그것은 단지 부두에 켜져 있는 초록색 불빛에 지나지 않았다. 그에게 마법을 부렸던 물건 중 하나가 줄어든 것이다.

나는 어스름 속에서 잘 보이지 않는 물건들을 눈여겨보면서 방 안을 어슬렁거렸다. 책상 위쪽의 벽에 걸려 있는, 요트복을 입은 노인의 사진이 내 시선을 끌었다.

"저 사람은 누굽니까?"

"그 사람요? 댄 코디 씨예요."

언젠가 들어본 적이 있는 이름 같았다.

"지금은 고인이 되셨습니다. 몇 해 전까지 가장 친한 친구였지요."

커다란 사무용 책상 위에는 역시 요트복을 입은 개츠비의 조그만 사진이 있었다. 개츠비는 머리를 뒤로 젖힌 채 도전적인 표정을 짓고 있었는데, 열여덟 살 때쯤 찍은 사진 같았다. 데이지가 감탄사를 외쳤다.

"멋진데요! 이 퐁파두르 스타일 말이에요! 이런 머리를 했었다고 말한 적 없잖아요. 요트 얘기도 한 적이 없고요."

"여길 좀 봐요."

개츠비가 화제를 바꾸었다.

"여기에 스크랩해둔 기사가 많아요. 모두 당신에 관한 것들이지요."

그들은 나란히 서서 그것을 살펴보았다. 내가 루비를 보여달라고 말하려는 순간 전화벨이 요란하게 울려 개츠비가 수화기를 집어 들었다.

"네… 글쎄요. 지금은 곤란해요…. 지금은 얘기하기 곤란하다니까요. '작은 도시'라고 말했어요. 글쎄, 디트로이트가 작은 도시라고 생각하는 사람은 우리한테 쓸모가 없소."

그는 전화를 끊었다. 그때 창가에 서 있던 데이지가 외쳤다.

"이리 와 보세요!"

비는 여전히 내리고 있었지만 서쪽 하늘을 덮고 있던 어둠이 사라지고, 바다 위에는 거품 같은 구름이 소용돌이치고 있었다. 데이지가 속삭였다.

"저것 좀 보세요. 저기 연분홍 구름 중에서 하나를 떼어다가 당신을 태우고 이리저리 밀어주고 싶어요."

나는 작별 인사를 하려고 했지만 두 사람은 나를 보내주지 않았다. 아마 내가 같이 있어야 두 사람이 함께 있다는 느낌이 더욱 만족스러워지는 모양이었다. 개츠비가 말했다.

"이렇게 하지요. 클립스프링거에게 피아노를 쳐달라고 합시다."

이윽고 그는 "유잉!"하고 이름을 부르며 방을 나가더니 잠시 후 어리둥절한 표정이 역력한 청년을 데리고 들어왔다. 성긴 금발에 조개껍데기테 안경을 쓴 그는 목 부분이 트인 단정한 운동 셔츠와 면바지 차림에 운동화를 신고 있었는데 조금 피곤해 보였다. 데이지가 겸손하게 물었다.

"우리가 운동하시는 걸 방해한 건 아닌가요."

그러자 당황한 클립스프링거가 큰 소리로 대답했다.

"아뇨, 자고 있었는걸요. 자고 있었어요. 그러다가 일어나서…"

"클립스프링거는 피아노를 칠 줄 압니다. 그렇지?"

개츠비가 청년의 말을 끊으며 말했다.

"잘 치지 못해요. 아니 못 쳐요… 연주라고 할 수는 없죠. 연습을 하지 않아서…"

"자, 1층으로 내려갑시다."

개츠비가 다시 그의 말을 끊더니 스위치를 올렸다. 집 전체에 불이 들어오면서 어두컴컴한 창들이 사라졌다.

음악실에 들어서자 개츠비는 피아노 옆에 있는 램프를 켰다. 그는 떨리는 손으로 성냥불을 그어 데이지의 담배에 불을 붙여주고는 멀리 떨어져 있는 기다란 의자에 그녀와 함께 앉았다.

클립스프링거는 '사랑의 보금자리'를 치고 난 뒤 의자에 앉은 채 몸을 돌려 불안한 표정으로 컴컴한 곳에 앉아 있는 개츠비를 찾았다.

"보다시피 연습을 전혀 안 했어요. 못 친다고 말씀드렸지요. 연습을 안 해서…"

"말이 많군요. 어서 쳐봐요!"

개츠비는 명령하듯 말했다.

아침에도

저녁에도

우리는 즐겁지 않은가….

밖에서는 바람 소리가 요란했고 해협을 따라 희미한 천둥소리도 들렸다. 웨스트에그는 이제 환하게 불이 밝혀져 있었다. 사람들을 실은 전철은 뉴욕을 떠나 귀갓길을 달리고 있었다. 인간의 내면에 깊은 변화가 일어나는 시간이었고, 흥분된 분위기가 공기 중으로 퍼져 나가고 있었다.

한 가지는 분명하지
이보다 분명한 것은 없어
부자는 더 부유해지고
가난한 이들에게 생기는 건 아이들뿐
그러는 동안
그러는 사이에….

내가 작별 인사를 하기 위해 개츠비에게 갔을 때 그의 얼굴에 다시 당혹스러운 표정이 떠올라 있었다. 지금 누리고 있는 행복이 얼마만큼 가치가 있는 것인지 새삼 의심스럽다는 듯한 표정이었다. 5년! 심지어 그날 오후에도 데이지가 그의 꿈을 무너뜨린 순간이 있었을지 모른다. 그것은 그녀의 잘못이라기보다는 그가 품어왔던 환상이 너무 거대했기 때문일 것이다. 그 환상의 힘은 그녀를 초월했고 이미 모든 것을 뛰어넘고 있었다. 그는 창조적인 열정으로 그 환상에 뛰어들어 그것이 끊임없이 부풀어 오르게 했다. 또한 자신의 길 앞에서 떠돌고 있는 빛나는 깃털들을 끌어모아 그 환상을 장식했다.

어떠한 불길이나 생기도 한 남자가 자신의 영적 가슴 안에 쌓아올린 것에 대해서는 맞설 수 없는 법이다.

그는 조금씩 지금의 분위기에 적응하고 있는 것처럼 보였다. 그는 데이지의 손을 꽉 잡고 있었다. 그녀가 낮은 목소리로 귀에다 뭐라고 속삭이자 그는 솟구치는 감정을 주체할 수 없다는 듯 그녀 쪽으로 몸을 돌렸다.

두 사람은 내 존재를 잊은 듯했다. 그러다가 데이지가 내 쪽을 올려다보고 손을 내밀었다. 개츠비는 이제 전혀 모르는 사람처럼 낯설게 느껴졌다. 두 사람은 강렬한 기운에 사로잡혀 아득한 눈길로 나를 돌아다 보았다. 나는 두 사람을 남겨둔 채 방을 나와 대리석 계단을 지나 빗속으로 걸어들어갔다.

6
The Great Gatsby

어느 날 아침, 뉴욕의 야심만만한 젊은 기자 한 명이 개츠비의 저택에 찾아와서는 뭔가 할 말이 없느냐고 물었다. 기자의 질문에 개츠비는 정중하게 되물었다.

"무엇에 대해 말하라는 겁니까?"

"음…, 밝히고 싶은 게 있다면 뭐든지 좋습니다."

5분 정도 혼란스런 대화를 주고받은 뒤에야 기자가 자신의 사무실에서 어떤 문제와 관련해 개츠비의 이름을 들었다는 사실이 밝혀졌다. 하지만 기자는 그 문제를 정확히 알고 있지는 못한지 어떤 일로 찾아오게 되었는지에 대해서는 굳이 밝히려고 하지 않았다. 그는 쉬는 날인데도 불구하고 진상을 '밝히기 위해' 기특하게도 서둘러 개츠비를 만나러

온 것이다.

캄캄한 밤에 아무렇게나 쏘아대는 사격과도 같은 행동이었지만, 기자의 본능은 적중했다. 개츠비의 환대를 즐긴 수백 명의 사람이 그의 과거에 대한 불순한 소문을 퍼뜨렸고, 소문은 여름 내내 부풀려지더니 마침내 뉴스거리가 되기 직전이었다. 예를 들면 '캐나다로 연결된 지하 파이프라인(금주법이 시행되던 기간 동안 지하 파이프를 통해 캐나다에서 미국으로 술을 밀수한다는 소문이 있었다)' 같은 소문들이 그와 연결되었다. 개츠비가 집에 사는 것이 아니라 집처럼 생긴 배에 살면서 롱아일랜드 해협을 몰래 드나든다는 것이었다. 이런 소문을 듣고 왜 노스다코타주에 사는 제임스 개츠가 만족스러워했는지는 설명하기 쉽지 않다.

제임스 개츠는 개츠비의 실제 이름이다. 아니 법률상의 이름이었다. 그는 열일곱 살, 그러니까 진정한 삶이 시작되던 그해에 이름을 고쳤다. 댄 코디의 요트가 슈피리어 호수의 가장 위험한 곳에 닻을 내리는 것을 그가 보았던 때의 일이었다. 그날 오후 찢어진 초록색 셔츠에 무명 바지를 입고 호숫가 주변을 어슬렁거리고 있던 사람은 제임스 개츠였다. 하지만 노 젓는 배를 빌려 투올로미호에 다가가 바람 때문에 반 시간 뒤에는 배가 산산조각이 날 것이라고 알려준 사람은 제이 개츠비였던 것이다.

어쩌면 그는 그 이름을 이미 오래전부터 준비해두고 있었는지도 모른다. 그의 부모는 무능하고 별 볼 일 없는 농부였다. 그의 상상에서 그들은 결코 부모로 인정할 수 없는 존재였다. 롱아일랜드 웨스트에그의 제이 개츠비는 사실상 그 스스로 만들어낸, 이상 속에서 태어난 존재인 것이다. 그는 신의 아들이었다. 만약 이 말에 어떤 의미가 있다면 바로 그를 가리키는 표현이었다. 그리고 그는 '자기 아버지의 일', 즉 막막하고 천박하며 저속한 아름다움을 섬기는 일을 해야만 했다. 그는 열일곱 살의 청년이 상상할 수 있는 제이 개츠비라는 인물을 만들어낸 다음 그 인물에 끝까지 충실했던 것이다.

그는 1년이 넘도록 슈피리어 호수 남쪽에서 조개를 캐거나 연어를 잡는 것으로 생계를 해결하며 겨우겨우 살아가고 있었다.

힘든 일과 여유로운 생활을 반복하면서 그의 몸은 점차 단단해졌다. 그는 여자를 일찍 알게 되었지만 자신을 망가뜨린다는 이유로 여자를 경멸하게 되었다. 처녀들은 무지했기 때문에 경멸했고, 그 밖의 여자들은 자기도취에 빠져 사는 그의 입장에서 보면 당연한 일에도 히스테리를 부렸기 때문에 경멸했다.

그러나 그의 마음속에는 언제나 폭풍우처럼 사나운 갈

등이 벌어지고 있었다. 매일 밤 기괴하면서도 환상적인 자부심이 머릿속에서 떠나지 않았다. 시계가 세면대에서 째깍거리고 축축한 달빛이 아무렇게나 벗어놓은 옷을 적시는 동안, 말로 표현하기 힘든 화려한 세계가 그의 상상 속에서 펼쳐지고 있었다. 그것은 졸음이 몰려와 그 생생한 환상들이 망각의 포옹으로 뒤덮일 때까지 멈추지 않았다. 한동안 이런 환상들은 그의 상상력에 돌파구를 마련해주었다. 그것은 비현실적인 것들의 현실성을 명백하게 보여주었고, 세상의 기반이 요정의 날개 위에 안전하게 정착할 수 있다는 약속을 암시하고 있었다.

영광스러운 미래를 예견하며 그는 남부 미네소타주에 있는 루터교 재단의 세인트올라프 대학에 입학했다. 그는 거기에서 2주간 머물렀다. 자기 운명의 북소리, 아니 자기 운명 자체에 너무 무심한 학교가 실망스러웠고 학비를 대느라 시작한 경비 일마저 경멸스러워졌다. 그는 다시 슈피리어호로 흘러들어왔고, 댄 코디의 요트가 호숫가의 얕은 쪽에 닻을 내린 바로 그 날 뭔가 할 일을 찾고 있었던 것이다.

코디는 당시 쉰 살이었다. 그는 네바다주의 은광과 유콘강, 1875년 이후 광산 부흥이 만들어낸 인물이라고 해도 과언이 아니었다. 그는 몬태나주의 동광 사업에 손을 대면서 백만장자의 대열에 올라섰고 그 사업으로 육체적으로는 문제없지만 정신적으로 나약해졌다. 이를 눈치챈 수많은 여자가 그에게서 돈을 뜯어낼 목적으로 다가와 갖은 수작을 부렸다. 여기자 엘러 케이는 그의 약점을 이용해 맹트농 부인(프랑스 루이 16세의 두 번째 부인으로 왕에게 막강한 영향력을 행사한 인물) 역할을 했다. 그녀가 코디를 요트에 태운 뒤 바다로 보낸 불미스러운 사건은 속물적 경향이 뚜렷했던 1902년의 저널리즘계에서는 잘 알려진 일이었다. 기후가 더없이 좋은 해안을 따라 5년 동안 여행을 하던 중 코디는 리틀걸만에서 제임스 개츠의 운명적인 존재로 그 모습을 드러냈다.

노에 기대어 난간을 두른 갑판을 올려다보고 있는 젊은 개츠비에게 그 요트는 세상의 모든 아름다움과 매력이 담긴 상징이었다. 그는 아마도 코디에게 미소를 지었을 것이다. 그는 사람들이 자기의 미소를 좋아한다는 사실을 충분히 잘 알고 있었을 것이다. 코디는 그에게 몇 마디 질문을 던졌고(그 질문 중 하나가 그의 새로운 이름을 탄생시켰다) 이 청년이 민첩할 뿐만 아니라 대단한 야심가라는 사실을 알아냈다. 며칠 뒤 코디는 그를 덜루스에 데리고 가서 푸른색 외투와 흰색 면바지 여섯 개, 그리고 요트 모자를 사주었다. 투울로미호는 서인도 제도와 바르바리 해안을 향해 항해를 시작했고 개츠비도 이 항해에 함께했다.

개츠비는 뭐라고 꼬집어 정의하기는 어려운 개인적 임무

를 수행하도록 고용되었다. 코디의 집사 노릇을 하기도 했고, 항해사나 조타수가 되기도 하고, 비서가 되기도 했으며, 어떤 때는 경호원 노릇을 하기도 했다. 코디는 술에 취하면 자신이 어떤 황당한 일을 저지르곤 하는지 잘 알고 있었다. 그렇기 때문에 그런 일이 있고 난 뒤에는 개츠비에 대한 신뢰도가 더욱 높아졌다. 이러한 관계는 5년 동안 지속되었고 그 사이 요트는 미 대륙을 세 번이나 횡단했다. 만약 어느 날 밤 엘러 케이가 보스턴에서 합류하지 않았다면, 그로부터 일주일 뒤 댄 코디가 불미스럽게 사망하는 사건이 없었더라면 그 여행은 영원히 지속되었을 것이다.

반백의 머리카락에 혈색이 좋고 강직해 보이면서도 무표정한 얼굴이었던 그의 모습을 나는 개츠비의 침실에 걸려 있던 사진에서 본 기억이 있다. 그는 방탕한 난봉꾼 개척자로서 미국 역사의 한 시기에, 개척지의 창녀촌과 술집의 폭력을 동부 해안으로 가져온 장본인이었다. 개츠비가 거의 술을 마시지 않는 것도 간접적으로는 코디의 영향이었다. 파티가 벌어지는 동안 술에 취한 여자들이 그의 머리카락에 샴페인을 부은 적도 있었지만 그는 어떤 경우에도 술을 마시지 않았다.

코디는 죽기 전에 개츠비에게 2만 5천 달러의 유산을 남겼다. 하지만 실제로 개츠비는 한 푼도 받지 못했다. 그는 자기에게 불리하게 적용된 법적 장치를 결코 이해할 수 없었고, 결국 수백만 달러의 돈은 엘러 케이의 손에 고스란히 넘어가고 말았다. 그에게 남은 것이라고는 세상 사는 법에 대한 독특하고 적절한 교육뿐이었다. 제이 개츠비라는 인물의 모호한 윤곽이 실체를 갖춘 한 인간으로 채워졌던 것이다.

그는 이 모든 이야기를 우리가 알게 된 후 훨씬 뒤에 들려주었지만 지금 내가 이 이야기를 하고 있는 이유는 눈곱만치도 사실이 아닌, 그의 선조를 둘러싼 터무니없는 소문을 불식시키고 싶기 때문이다. 더구나 그가 이 이야기를 들려준 것은, 내가 그의 말을 믿어야 할지 말아야 할지 몰라서 혼란스러워하던 때였다. 그러니까 개츠비가 숨을 죽이고 있는 동안, 이런 일련의 오해를 없애기 위해 나는 짧은 휴식 시간을 이용하고 있는 셈이다.

개츠비와의 관계도 잠시 휴식기였다. 지난 몇 주 동안 나는 개츠비를 만나지 못했으며 전화 목소리도 들은 적이 없었다. 조던과 데이트를 즐기거나 그녀의 나이 많은 숙모 기분을 맞추느라 대부분의 시간을 뉴욕에서 보내고 있었던 것이다. 하지만 어느 일요일 오후 나는 그의 집으로 건너갔다. 그런데 그 집에 들어선 지 채 2분도 되지 않아 누군가가 술이나 한잔하자며 톰 뷰캐넌과 함께 그 집에 나타났다. 나는 이 뜻밖의 방문객에 놀랄 수밖에 없었는데, 더욱 놀라운 것은 그런 일이 한 번도 없었다는 사실이다.

세 사람은 말을 타고 왔는데 톰과 슬로운이라는 남자, 그리고 전에도 본 적이 있는 갈색 승마복을 입은 미모의 여자였다.

"만나 뵙게 되어 반갑습니다. 이렇게 찾아주시니 고맙군요."

현관에 서서 개츠비가 말했다. 마치 그들이 오기를 마음졸이며 기다렸다는 듯이!

"앉으시죠. 궐련이나 시가를 피우시겠습니까? 마실 것을 준비하도록 하지요."

그는 종을 울리며 방 안을 조급하게 돌아다녔다. 그는 그 자리에 톰이 있다는 사실에 몹시 동요하고 있었다. 그들이 술을 마시기 위해 찾아온 것이라는 사실을 막연하게 깨닫기 전까지 그는 불안한 모습을 감추지 못했다. 슬로운은 아무것도 마시려고 하지 않았다.

레모네이드라도 한 잔 드시죠? 아니 괜찮습니다. 그럼 샴페인을 좀 드릴까요? 고맙습니다만 전혀 들고 싶지 않습니다. 죄송합니다….

"승마는 즐거우셨나요?"

"이 근처는 승마하기에 길이 참 좋아요."

"제 생각에는 자동차가…."

"그렇기도 하지요."

억제할 수 없는 충동에 이끌려 개츠비는 초면으로 소개를 받은 톰에게 고개를 돌렸다.

"뷰캐넌 씨, 전에 어디선가 뵌 적이 있는 것 같습니다."

"아, 그렇지요. 기억이 납니다."

언제 만났는지 기억하지 못하는 것이 분명했지만 톰은 딱딱하면서도 정중한 태도로 대답했다.

"2주일쯤 전이었어요."

"맞아요, 여기 있는 닉과 함께 계셨지요."

"아내 되시는 분을 알고 있습니다."

개츠비가 공격적으로 말을 이어 나갔다.

"그래요? 닉, 자넨 이 근처에 살고 있나?"

"바로 옆집에 산다네."

"그렇군."

슬로운은 대화에 끼어들진 않았지만, 몸을 뒤로 젖힌 채 거만한 자세로 앉아 있었다. 함께 온 여자 역시 침묵을 지키고 있었는데 하이볼을 두 잔 마시더니 태도가 바뀌었다. 그녀가 개츠비에게 제안했다.

"개츠비 씨, 우리도 다음 파티에 참석할게요. 괜찮지요?"

"물론이지요. 오신다면 영광입니다."

"고맙군요. 자, 이제 출발할 때가 되었어요."

슬로운은 그다지 고마운 것 같지 않은 목소리로 답했다.

"그렇게 서두르지 않으셔도 됩니다. 괜찮으시다면 저녁식사라도 함께하시지요. 뉴욕에서 다른 손님들이 더 오신다고 해도 전 개의치 않습니다."

개츠비가 간곡한 어투로 말했다. 이제 자신감이 생겼는지 그는 톰에 대해 좀 더 알고 싶어 했다.

"그럼 저희 쪽으로 오셔서 저녁식사를 하는 건 어때요? 두 분 모두 말이에요."

여자는 사뭇 적극적이었다. 슬로운이 자리에서 일어서며 여자를 향해 어서 가자고 재촉했다.

"진심으로 드리는 말씀이에요. 두 분을 모시고 싶어요. 자리는 충분해요."

여자는 고집을 꺾지 않았다.

개츠비는 내 의향을 묻는 듯이 나를 쳐다보았다. 그는 가고 싶어 했지만, 슬로운의 마음을 눈치채지 못한 것 같았다.

"저는 갈 수 없습니다."

내가 말했다.

"그럼 당신이라도 오세요."

그녀는 개츠비에게 관심을 집중하며 재촉했다. 그러자 슬로운이 그녀의 귀에 대고 뭐라고 속삭였다.

"지금 출발한다면 늦지 않을 거예요."

그녀가 큰 소리로 다시 재촉했다.

"전 말이 없습니다. 군에 있을 때는 말을 타고 다녔는데, 말을 사본 적은 없습니다. 그러니 자동차를 타고 쫓아가야 겠군요. 그럼 잠깐 실례하겠습니다."

개츠비를 제외한 나머지 사람들은 현관으로 걸어 나갔다. 현관 밖으로 나오자 슬로운과 여자가 격렬하게 말다툼을 하기 시작했다. 톰이 눈살을 찌푸리며 말했다.

"맙소사, 그자가 정말로 따라오려는 모양이야. 큰 파티가 열릴 텐데 저자는 파티에 오는 사람 중에 아는 사람이 하나도 없을 거라고. 그런데 그자는 어디서 데이지를 만난 거지? 내 생각이 구식인지는 모르지만 요즘 여자들은 너무 쏘다니는 게 영 마음에 들지 않는단 말야. 별 괴상한 녀석들을 만나고 다니거든."

슬로운과 여자가 계단을 내려가더니 말에 올라탔다. 슬로운이 톰을 재촉했다.

"자, 어서 가자고. 이러다 늦겠어. 빨리 가야 해."

그러더니 나를 향해 이렇게 말했다.

"그 사람에게 기다릴 수 없었다고 전해주시오."

톰과 나는 악수를 나누었고 나머지 사람들과는 냉랭하게 서로 고개를 끄덕이는 것으로 인사를 주고받았다. 그들은 재빨리 말을 몰아 차도를 따라 내려갔다. 개츠비가 모자와 얇은 외투를 손에 들고 막 현관에 나타났을 때, 그들은 이미 8월의 무성한 나뭇잎 아래로 사라지고 난 뒤였다.

톰은 데이지가 혼자 돌아다녔다는 사실에 당황한 게 분명했다. 왜냐하면 그다음 토요일 밤에 그녀를 데리고 개츠비의 파티에 참석했기 때문이다. 그의 등장 때문인지 그날 저녁은 이상하게도 숨이 막히는 듯한 느낌이었다. 그날 저녁은 그해 여름 개츠비가 열었던 어느 파티보다 기억이 생생하다. 똑같은 사람들, 그러니까 적어도 똑같은 종류의 사람들이 참석하고 똑같은 샴페인이 흘러넘치고 언제나처럼 다양하고 긴장된 소동이 벌어졌지만 이전에는 느껴보지 못했던 불쾌감이랄까, 불편한 기운이 감돌고 있었다.

어쩌면 내가 그 세계에 이미 익숙해진 탓일 수도 있다. 웨스트에그 자체가 그 어떤 것에도 비길 수 없는 완전한 세계이고, 자체의 기준과 유명 인사들까지 갖춘 완벽한 세계임에도 스스로는 그것을 의식하지 않는데 익숙해진 탓일는지 모른다. 이제 내가 그 세계를 다시 보는 이유는 데이지의 눈을 빌렸기 때문일 것이다. 이미 자신의 판단력으로 충분히 관찰했던 사물을 새로운 눈으로 바라본다는 것은 언제나 서글픈 일이다.

그들은 해가 질 무렵 도착했다. 우리가 갖가지 빛깔을 발산하고 있는 수많은 사람 사이를 어슬렁거리는 동안 데이지의 목소리는 기교를 부리듯 목구멍에서 웅얼거렸다. 데이지가 속삭였다.

"이런 파티에 오면 난 너무 흥분돼요. 닉, 오늘 밤 저하고 키스하고 싶으면 얘기만 하세요. 기꺼이 키스해줄게요. 제 이름만 불러요. 아니면 녹색 카드를 꺼내세요. 지금 드릴게요. 녹색…."

"주위를 둘러보세요. 이름만 들었던 사람들의 얼굴을 직접 보실 수 있을 겁니다."

개츠비가 말했다.

"지금 돌아보고 있는데요. 근사한…."

데이지의 말에 톰이 거만한 눈길로 손님들을 훑어보더니 말했다.

"우리는 별로 밖에 돌아다니지 않는 편입니다. 사실 여기에는 아는 사람이 하나도 없다고 생각하던 참입니다."

"아마 저기 저 부인은 아실 텐데요."

개츠비가 하얀 자두나무 밑에 위엄 있는 자세로 앉아 있는, 거의 인간이라고 하기 어려울 정도로 비현실적이면서도 아름다운 난초 같은 여자를 가리켰다. 톰과 데이지는 지금까지 유령 같은 존재였던 영화배우를 눈앞에서 확인하게 되었을 때 느껴지는, 야릇하고도 비현실적인 느낌으로 그녀를 바라보았다.

"아름답군요."

데이지가 말했다.

"그녀 앞에서 몸을 굽히고 있는 사람은 영화감독이지요."

개츠비는 격식을 차리며 그들을 이 그룹에서 저 그룹으로 안내했다.

"이쪽은 뷰캐넌 부인이고… 이쪽은 뷰캐넌 씨입니다…."

개츠비는 잠시 머뭇거리더니 덧붙였다.

"유명한 폴로 선수시죠."

그러자 톰이 재빨리 부정했다.

"아, 아닙니다. 전 아니에요."

그러나 그 말이 개츠비를 즐겁게 만든 게 분명했다. 왜냐하면 톰은 그날 저녁 내내 폴로 선수로 통했기 때문이다.

"유명 인사를 이렇게 많이 만나보기는 처음이에요. 아, 난 저 사람이 좋아요. 이름이 뭔가요? 저 신사 말이에요."

개츠비는 그가 그저 평범한 연출가라고 대답하면서 이름을 일러주었다.

"어쨌든 그 사람이 좋아요."

그때 톰이 유쾌한 목소리로 중얼거렸다.

"난 폴로 선수로 소개되지 않았으면 좋겠어. 이 유명 인사들을 그저 구경이나 했으면 좋겠군."

그날 데이지와 개츠비는 함께 춤을 추었다. 나는 우아하면서도 보수적인 폭스트롯 춤을 보고 놀랐던 기억이 난다. 그가 춤을 추는 모습을 처음 보았던 것이다. 춤이 끝나고 두 사람은 우리 집으로 걸어가 30분가량 계단 위에 앉아 있었다. 나는 그녀의 부탁으로 정원에서 망을 보고 있었다.

"불이 나거나 홍수가 날지도 모르잖아요."

그녀가 설명했다.

우리가 저녁을 먹기 위해 함께 앉아 있을 때 존재조차 잊고 있었던 톰이 모습을 드러내더니 데이지에게 말했다.

"여기 있는 사람들과 함께 식사를 해도 괜찮겠지? 한 친구가 재미있는 이야기를 하고 있거든."

"그렇게 해요. 주소를 적고 싶으면 여기 내 금제 연필을 쓰세요…"

데이지가 상냥하게 말했다. 그녀는 잠시 주위를 둘러보더니 그 아가씨가 품위는 없지만 얼굴은 예쁘다고 말했다. 나는 그제야 그녀가 개츠비와 단둘이 있었던 30분을 빼면 그다지 즐거운 시간을 보내지 못했다는 것을 알았다.

우리가 앉은 테이블에는 유달리 술에 취한 사람이 많았다. 그것은 내 실수였다. 개츠비는 전화를 받느라 자리를 비웠고, 나는 2주일 전에 만났던 사람들과 자리를 같이했던 것이다. 그때는 즐거웠지만 지금 생각해보면 불편한 시간이었다.

"베데커 양, 괜찮아요?"

누군가가 이렇게 물었다. 질문을 받은 여자는 내 어깨에 머리를 기대려고 했지만 뜻대로 되지 않았다. 대신 자리에서 벌떡 일어나더니 두 눈을 부릅떴다.

"뭐, 뭐라고요?"

데이지에게 내일 클럽에서 골프를 치자고 조르던 덩치 큰 여자가 베데커를 두둔해주었다.

"아, 이젠 괜찮을 거예요. 칵테일이 대여섯 잔 들어가면 늘 저렇게 소리를 질러대거든요. 술을 끊어야 한다고 그렇게 타이르는데도 말이에요."

"전 술을 마시지 않았어요."

베데커는 강력하게 부정했지만 헛수고였다.

"우린 네가 소리 지르는 걸 들었어. 그래서 내가 시벳 선생님께 '의사 선생님, 선생님의 도움이 필요한 사람이 있어요' 하고 말했지."

"애도 고맙게 생각할 거예요. 하지만 당신이 머리를 수영장에다 집어넣는 바람에 이 애의 옷이 다 젖어버렸어요."

또 다른 친구가 별로 고마워하는 기색 없이 말했다.

"내가 제일 싫어하는 게 수영장에 머리를 집어넣는 거야. 뉴저지주에선 거의 익사할 뻔했단 말이야."

"그러니까 이제 술 좀 끊어."

시벳 박사가 대꾸했다. 그러자 베데커가 거칠게 소리를 질렀다.

"사돈 남 말 하시네. 당신 손도 떨리고 있잖아요. 절대로 선생님한테는 수술받지 않을 거예요."

이런 식이었다. 내가 데이지와 함께 서서 영화감독과 그의 스타를 지켜보던 것이 거의 마지막으로 기억나는 일이다. 그들은 그때까지도 자두나무 아래 앉아 있었는데, 창백하고 가느다란 달빛 한 줄기를 사이에 두고 두 사람은 거의 얼굴을 맞대다시피 하고 있었다. 저녁 내내 그는 아주 조금씩 그녀를 향해 얼굴을 숙여 지금의 상태에 이르렀을 것이다. 심지어 내가 지켜보는 동안에도 그는 최후의 한 각도를 기울여 그녀의 뺨에 입을 맞추고 있었다.

"난 저 여자가 좋아요. 사랑스러워 보여요."

데이지가 말했다.

그러나 나머지 사람들은 데이지의 기분을 거슬리게 했다. 그것이 몸짓이 아니라 감정이기 때문에 반박의 여지는 없었다. 그녀는 롱아일랜드의 어촌에 자리한 이 전례 없는 '지역'인 웨스트에그에 두려움을 느꼈다. 투박스러운 활기, 사람들을 무(無)에서 무로 몰고 가는 강요하는 듯한 운명에 두려움을 느꼈다.

톰과 데이지가 자동차를 기다리는 동안 우리는 현관 앞

계단에 함께 앉아 있었다. 우리가 앉아 있는 앞쪽은 어두웠고 밝은 문만이 부드럽고 어두운 아침을 향해 사각형 모양의 빛을 던지고 있었다. 가끔 그림자 하나가 위쪽 탈의실을 배경으로 움직이다 다른 그림자에게 자리를 내어주었고, 립스틱을 바르고 분을 두드리는 그림자들의 행렬이 이어지고 있었다. 톰이 갑작스러운 질문을 던졌다.

"도대체 이 개츠비란 자는 누구지? 밀주업자라도 되나?"

"자네는 그 얘기를 어디에서 들었나?"

내가 물었다.

"들은 것이 아니라 내가 추측해본 걸세. 알다시피 갑자기 떼돈을 번 작자들 중에는 거물급 밀주업자가 많으니까."

"개츠비는 아니야."

내가 잘라 말했다. 그는 잠시 침묵을 지켰다. 차도의 자갈이 그의 발밑에서 바스락거렸다.

"어쨌거나 그자는 이 별난 사람들을 모아놓느라 꽤나 힘들었겠군."

부드러운 바람이 회색 안개 같은 데이지의 털 옷깃을 흔들어대고 있었다.

"그래도 이 사람들은 우리가 아는 사람들보다는 재미있네요."

데이지가 말했다.

"당신은 별로 재미있어 보이지 않던데."

"재미있었어요."

톰은 웃음 띤 얼굴로 나를 쳐다보았다.

"그 아가씨가 차가운 물에 샤워하게 해달라고 부탁할 때 데이지의 표정 봤나?"

그때 데이지가 허스키한 목소리로 리듬을 타며 속삭이듯 노래를 부르기 시작했다. 그녀가 단어 하나하나의 의미를 음미하며 노래 부르는 일은 전에도 없었고 앞으로도 없을 것이었다. 멜로디가 높아지면 콘트랄로 가수들처럼 살짝 멈추었다가 다시 부르곤 했다. 멜로디가 바뀔 때마다 따뜻하면서도 인간적인 마력이 조금씩 배어나는 느낌이었다. 그녀가 갑자기 노래를 멈추더니 말했다.

"초대받지 않은 사람도 많이 와요. 그 아가씨도 초대받지 않았는데 온 거예요. 사람들이 제멋대로 찾아오는데도 그가 예의 바른 사람이라 거절하지 못하는 거예요."

"난 그자가 대체 누군지, 무슨 일을 하는지 알고 싶어. 알아낼 방법도 있지."

톰이 끈질기게 말했다. 그러자 데이지가 대답했다.

"지금 당장에라도 말해줄 수 있어요. 그는 약국을 경영하고 있어요. 그것도 아주 많이요. 자기 힘으로 일으킨 사업이래요."

그때 속도를 늦춘 리무진이 진입로로 들어왔다.

"잘 자요, 닉."

데이지가 말했다.

그녀의 시선이 나를 떠나 불이 켜진 계단 꼭대기로 향했다. 그곳에서는 그해 유행했던 산뜻하면서도 서글픈 왈츠 '새벽 3시'가 흘러나오고 있었다. 개츠비의 파티에는 그녀의 세계에서는 전혀 찾아볼 수 없는 낭만적인 가능성이 있었던 것이다. 그 노래에 들어있는 무엇이 그녀를 다시 집 안으로 향하게 하는 것일까?

이제 이 어슴푸레하고 헤아릴 수 없는 시간에 무슨 일이 일어나는 것일까? 아마도 어떤, 믿을 수 없을 만큼 귀한 손님이 도착할지도 모른다. 한없이 진기하고 신비로운 사람, 생기 있는 눈길을 개츠비에게 흘긋 던져 그 야릇한 해우의 순간만으로도 지난 5년 동안 흔들리지 않던 열정을 말살해 버릴 정도로 빛나는 젊은 아가씨가 도착할지도 모를 것이다.

나는 그날 밤늦게까지 개츠비의 저택에 남아 있었다. 자기가 시간이 날 때까지 기다려달라고 개츠비가 부탁했기 때문이다. 나는 수영을 즐기고 있던 손님들이 어두운 해변에서 올라오고 위층 객실의 등이 모두 꺼질 때까지 정원을 거닐었다. 마침내 그가 계단을 내려왔을 때 거무스레 탄 그의 얼굴은 평소보다 더욱 굳어 있었고 두 눈은 빛나면서도 지쳐 보였다.

"그녀는 파티가 마음에 들지 않았나 봐요."

"아니에요. 좋아했어요."

"아니에요. 좋아하지 않았어요. 그녀는 즐거운 시간을 보내지 못했어요."

그가 집요하게 말했다. 그는 무엇 때문인지 말할 수 없이 의기소침해 있었다. 잠시 후 그가 다시 입을 열었다.

"그녀가 멀게만 느껴졌어요. 그녀를 이해시키기가 무척 어렵군요."

"그 춤 말입니까?"

"춤? 춤은 중요한 게 아니지요."

그는 손가락을 한번 튕기면서 자신이 추었던 춤을 무시해버렸다. 그가 데이지에게 원했던 것은 톰에게 가서 "난 결코 당신을 사랑한 적이 없어요" 하고 말하는 것뿐이었다. 그렇게 통보하는 것으로 지난 세월을 지워버리고 나면 그들은 좀 더 현실적인 방법을 찾을 수 있었던 것이다. 그녀가 자유로운 몸이 되고 나면 함께 루이빌로 돌아가 그녀의 집에서 결혼식을 올리는 것이다. 마치 5년 전으로 돌아간 것처럼.

"그녀가 이해해주질 않아요. 전에는 이해해주었는데. 몇 시간씩이나 함께 앉아서…"

그는 갑자기 말을 멈추더니 과일 껍질과 버려진 선물 상자, 짓이겨진 꽃들이 어지럽게 널려 있는 길을 왔다 갔다 서성거렸다.

"나라면 그녀에게 너무 많은 것을 요구하지 않을 겁니다. 과거는 바꿀 수 없으니까요."

"과거를 바꿀 수 없다고요? 아뇨, 바꿀 수 있습니다."

그는 믿을 수 없다는 듯 소리쳤다.

그는 마치 과거가 그의 손이 닿지 않는, 자기 집 그늘진 구석 어딘가에 숨어 있기라도 하듯 주위를 두리번거렸다. 이윽고 그가 단호하게 고개를 끄덕이며 말했다.

"전 모든 것을 예전과 똑같이 돌려놓을 생각입니다. 그녀도 이해하게 될 겁니다."

그날 밤 그는 과거에 대해 많은 이야기를 했다. 나는 그가 되돌리고 싶은 것이 데이지를 사랑하는 데 쏟아 부었던 자신의 어떤 관념 같은 것을 다시 찾아내려고 하는 건 아닐까 하고 추측해보았다. 그때부터 그의 인생은 걷잡을 수 없는 혼란과 무질서에 빠졌는데, 만약 다시 한번 출발점으로 돌아가 천천히 모든 것을 다시 돌이켜볼 수 있다면, 그것이 무엇인지 그 스스로 찾아낼 수 있었을 것이다.

…5년 전 어느 가을날 밤, 개츠비와 데이지는 낙엽이 흩

날리는 거리를 함께 걷다가 나무 한 그루 없이 달빛에 보도
가 하얗게 물든 곳에 이르렀다. 그들은 걸음을 멈추고 서로
를 바라보았다. 1년 중 두 번 계절이 바뀔 때면 느낄 수 있
는, 신비스러운 흥분이 스며있는 서늘한 가을밤이었다. 집
집마다 흘러나오는 조용한 불빛들이 어둠 속에서 콧노래를
흥얼거리고 있었고, 하늘의 별들도 속삭임을 주고받고 있
었다.

개츠비가 곁눈으로 보니 보도의 한 구획 한 구획이 하나
의 사다리 모양을 이루며 가로수 위쪽에 있는 신비로운 장
소까지 아득히 쌓여 있었다. 만약 그가 혼자서 간다면 그곳
까지 올라갈 수 있을 것이고 일단 거기에 올라가면 생명의
젖꼭지를 빨 수도 있고, 그렇다면 신기한 젖을 마음껏 들이
삼킬 수 있을 것 같았다.

데이지의 하얀 얼굴이 자신의 얼굴에 닿는 순간 그의 심
장은 점점 더 빨리 뛰었다. 이 아가씨와 입을 맞추고 금방
이라도 사라질 것만 같은 그녀의 숨결에 말로 표현할 수 없
는 자신의 꿈을 결합시키면, 자신의 심장이 신의 마음처럼
다시는 함부로 뛰지 않으리라는 것을 잘 알고 있었다. 그는
별에 부딪힌 소리굽쇠가 진동하며 울리는 아름다운 소리에
귀를 기울이며 한동안 기다렸다. 이윽고 그는 그녀에게 키
스를 했다. 그의 입술에 닿자 그녀는 그를 위해 꽃처럼 피어

났고, 그의 꿈은 비로소 실현되었다.

그가 들려주었던 모든 이야기, 그의 지독한 감상주의를 들으면서 내게 떠오르는 것이 있었다. 포착할 수 없는 리듬이랄까, 오래전 어디선가 들은 적이 있는 잃어버린 말의 조각이라고 할까. 한순간 어떤 구절이 입가에 막 떠오를 것 같았지만 벙어리처럼 입술만 벌어졌다. 결국 그 말들은 아무런 소리를 내지 못했고, 내가 간신히 떠올렸던 구절도 영원히 전달할 수 없게 되고 말았다.

7

The Great Gatsby

개츠비에 대한 관심이 최고조에 달했던 것은 어느 토요
일 밤, 그의 집에 불이 켜지지 않으면서부터였다. 한껏 기대
를 품고 저택 진입로로 들어온 자동차들이 잠깐 머물렀다
가는 화가 난 듯 떠나버린다는 사실을 어느 날부터 알게 되
었다. 나는 혹시 개츠비가 병이라도 난 것은 아닌지 알아보
려고 건너가 보았다. 험상궂은 얼굴을 한 낯선 집사가 미심
쩍은 표정으로 내다보았다.

"개츠비 씨가 어디 편찮으신가요?"

"아니요."

그는 잠시 사이를 두고 마지못한 투로 '선생님'이라는 호
칭을 덧붙였다.

"요새 통 뵙지를 못해서 좀 걱정되는군요. 캐러웨이란 사람이 찾아왔다고 전해주십시오."

"누구시라고요?"

"캐러웨이요."

"캐러웨이. 네, 알겠습니다. 전해드리겠습니다."

그는 그렇게 대답하고는 문을 쾅 닫아버렸다.

우리 집 핀란드인 가정부의 말에 따르면, 개츠비는 일주일 전에 집에 있던 하인들을 모두 해고시키고 대여섯 명의 하인을 새로 고용했다고 한다. 그들은 웨스트에그 마을 상인들에게 매수당하는 일 없이 전화로 식품을 주문한다는 것이다. 식료품을 배달하는 소년은 부엌이 마치 돼지우리 같았다고 전했고, 새로 고용된 사람들이 도무지 하인 같지 않다는 소문도 돌았다.

다음 날 개츠비가 전화를 걸어왔다.

"다른 곳으로 떠나려고 하십니까?"

내가 물었다.

"아닙니다."

"고용인들을 모두 내보냈다고 들었습니다."

"입이 무거운 사람들이 필요해서요. 데이지가 자주 놀러 오거든요. 오후가 되면요."

그러니까 그녀의 불만스러운 눈빛 때문에 거대한 저택 전체가 종이로 만든 집처럼 폭삭 주저앉아버리고 말았던 것이다.

"울프심이 돌봐달라고 부탁한 사람들입니다. 모두 형제자매 같은 사이죠. 조그만 호텔을 경영한 적도 있고요."

그는 데이지의 부탁으로 전화를 걸었다고 했다. 내일 그녀의 집에 점심식사를 하러 가지 않겠느냐는 것이었다. 조던도 갈 예정이라고 했다. 30분쯤 뒤 이번에는 데이지가 직접 전화를 걸어왔다. 내가 가겠다고 하자 안심하는 눈치였다. 무슨 일이 있었던 것이 분명했다. 그러나 그들이 그 자리에서 소동을 벌이리라고는 생각지 못했다. 개츠비가 정원에서 대충 일러주었던 끔찍한 소동을 위해 일부러 그때를 택했으리라고는 짐작하지 못했다.

다음 날은 몹시 무더웠다. 여름의 막바지였고 그 무렵 가장 더운 날이었다. 내가 탄 기차가 터널을 지나 햇볕 아래로 나오자, 내셔널 비스킷 컴퍼니의 뜨거운 사이렌 소리만이 지글지글 끓는 한낮의 정적을 깨뜨리고 있었다. 객차 안의 왕골 시트가 금방이라도 불이 붙을 것만 같았다. 내 옆에 앉은 여자는 흰 셔츠 안으로 흘러내리는 땀을 참고 있다가 들고 있던 신문이 축축하게 젖자 절망감에 외마디 비명을 지르면서 의자 깊이 몸을 파묻었다.

그때 그 여자의 지갑이 객차 바닥에 털썩 떨어졌다.

"어머나!"

그녀는 숨을 몰아쉬었다.

나는 지친 동작으로 허리를 굽혀 지갑을 주워 여자에게 돌려주었다. 그 지갑에 대해 딴생각을 품지 않았다는 것을 나타내기 위해 지갑의 귀퉁이를 쥐고 팔을 쭉 뻗어서 건네 주었다. 하지만 그 여자를 포함한 근처에 있는 사람들은 모두 나를 의심하는 눈치였다.

"덥군요!"

차장이 낯익은 얼굴들을 향해 인사를 건넸다.

"대단한 날씨예요… 덥다! …더워! …더워도 너무 덥구먼! …손님도 더우시죠?"

내 정기승차권이 그의 손에서 거뭇한 얼룩을 묻히고 돌아왔다. 이 정도의 더위라면 차장이 누구의 달아오른 입술에 키스를 하든, 누구의 머리가 그의 가슴 쪽 셔츠 주머니를 축축하게 하든 아무도 신경 쓰지 않을 듯했다.

…뷰캐넌 부부의 집 거실에서는 약하게 바람이 불고 있어서 현관에서 기다리고 있는 개츠비와 나에게 전화벨 소리를 실어 날랐다.

"주인어른 시체요?"

집사가 수화기에 대고 고래고래 소리를 질렀다.

"부인, 죄송합니다만 너무 더워서 저희는 그걸 차릴 수가 없습니다. 오늘 같아선 손도 댈 수가 없는걸요!"

그가 실제로 한 말은 "네, 네, 알아보겠습니다"였다.

뷰캐넌의 집사는 더위에 번들거리는 얼굴로 우리에게 다가와 밀짚모자를 받아들었다.

"부인께서는 응접실에서 기다리고 계십니다."

그럴 필요는 없는데 그가 응접실 쪽을 가리키면서 말했다. 이런 끔찍한 더위에는 불필요한 몸짓 하나조차도 일상에 대한 모독처럼 느껴졌다.

차일로 가려진 방은 어두컴컴하고 시원했다. 데이지와 조던이 선풍기 바람에 하얀 드레스가 날리지 않도록 옷자락을 눌러가며 마치 은으로 만든 거대한 우상처럼 긴 의자에 기대어 있었다.

"움직이질 못하겠어요."

그들이 한목소리로 말했다. 나는 분을 바르고 있는 조던의 그을린 손가락을 잠시 잡았다 놓았다.

"우리의 폴로 선수 톰 뷰캐넌 씨는?"

내가 물었다.

그와 동시에 홀에서 퉁명스럽게 웅얼거리며 통화를 하고 있는 톰의 쉰 목소리가 들려왔다.

개츠비는 빨간 양탄자 한가운데 서서 황홀한 시선으로 주변을 살펴보고 있었다. 데이지는 그를 쳐다보며 감미로우면서도 설레는 웃음을 지었다. 그녀의 가슴에서 미세한 분가루가 공중으로 피어올랐다. 조던이 내 귀에 대고 소곤거렸다.

"소문에 따르면 지금 통화하는 상대가 톰의 애인이래요."

우리는 아무런 대꾸도 하지 않았다. 톰의 목소리는 화를 내며 더욱 높아졌다.

"그럼, 좋아. 당신한테 그 차를 팔지 않겠어… 난 당신에게 신세 진 것도 없어. 그 문제로 점심시간에 나를 성가시게 하는 건 도저히 못 참겠어!"

"수화기를 막고 떠들고 있는 거야."

데이지가 빈정대듯 말했다.

"아니, 그렇지 않아. 저건 진짜 거래야. 어쩌다 알게 된 일이지만."

나는 그녀에게 단호하게 말했다. 잠시 후 톰이 문을 활짝 열더니 급하게 방으로 들어왔다.

"개츠비 씨! 반갑습니다. 잘 왔네, 닉…"

그는 호의적이지 않은 속마음을 그럴싸하게 감추고 넓적한 손을 내밀었다.

"시원한 음료수 좀 만들어줘요."

데이지가 소리쳤다. 톰이 방에서 나가자 그녀는 일어서서 개츠비 곁으로 가더니 그의 얼굴을 끌어내리고 입술에 키스를 했다.

"내가 당신을 사랑한다는 거 알죠?"

그녀가 나지막한 목소리로 속삭였다.

"이 자리에 숙녀도 한 사람 있다는 걸 잊으셨군."

조던이 말했다. 그러자 데이지는 의아하다는 표정으로 조던을 돌아보았다.

"너도 닉한테 키스하지 그래."

"이런 점잖지 못한 부인을 봤나."

"상관없어!"

데이지는 이렇게 외치더니 벽난로 옆에서 탭댄스를 추기 시작했다. 그러더니 곧 덥다는 생각이 들었는지, 아니면 죄책감이라도 생겼는지 긴 의자에 가서 앉았다. 그때 보모가 예쁜 옷차림을 한 조그만 여자아이를 방으로 데리고 들어왔다.

"아유, 우리 귀염둥이! 사랑하는 엄마에게 오렴."

데이지는 두 팔을 내밀며 노래처럼 속삭였다. 보모가 놓아주자 아이는 달려가 엄마의 드레스 속으로 수줍게 파고들었다.

"우리 귀염둥이! 엄마 분가루가 네 노란 머리에 묻었구나. 자, 이제 일어나서 손님들께 인사해야지."

개츠비와 나는 차례로 몸을 굽혀 소녀가 마지못해 내민

작은 손을 잡았다. 그 뒤로도 개츠비는 놀라운 듯 아이에게서 눈을 떼지 못했다. 전에는 이 아이의 존재를 진심으로 믿진 않았던 모양이다.

"점심시간 전인데 옷을 갈아입었어요."

아이는 열심히 데이지에게 몸을 이리저리 돌려 보이며 말했다.

"엄마가 널 자랑하고 싶어서 그렇게 한 거란다."

데이지는 아이의 작고 하얀 목주름에 얼굴을 갖다 댔다.

"넌 엄마의 꿈이야. 귀엽고 깜찍한 꿈. 엄마 친구들이 마음에 드니? 어때, 아저씨들이 멋지지 않니?"

데이지가 아이를 한 바퀴 돌려세우고는 개츠비와 마주보게 했다.

"아빠는 어디 계세요?"

"이 앤 아빠를 닮지 않았어요. 절 닮았지요. 제 머리카락하고 얼굴 모양을 꼭 빼닮았어요."

데이지는 다시 긴 의자에 기대앉았다. 보모가 앞으로 한 발 나서더니 손을 내밀었다.

"이리 온, 패미."

"안녕, 우리 아가!"

교육을 잘 받은 아이는 내키지 않는 듯 돌아보더니 보모의 손을 잡고 밖으로 이끌려 나갔고 그때 톰이 얼음으로 달

그락거리는 진리키 네 잔을 쟁반에 받쳐 들고 들어왔다. 개츠비가 먼저 자기 잔을 집어 들었다.

"정말 시원해 보이는데요."

그는 눈에 띄게 긴장한 표정으로 말했다. 우리는 단숨에 음료를 마셨다. 톰이 상냥한 목소리로 말문을 열었다.

"어디선가 읽었는데, 태양이 해마다 점점 뜨거워지고 있다고 하더군요. 얼마 안 있으면 지구가 태양 속으로 빨려 들어간다든가…. 아니, 가만있자, 그 반대였던 것 같기도 하고…. 태양이 해마다 식어가고 있다던가…. 우리 밖으로 나갑시다. 집을 구경시켜 드리지요."

톰이 개츠비에게 제안했다. 나는 그들과 함께 베란다로 나갔다. 더위 속에 가만히 고여 있는 푸른 해협의 작은 돛단배 하나가 시원한 바다를 향해 천천히 나아가고 있었다. 개츠비는 잠시 눈으로 그 배를 좇더니 한쪽 손을 들어 만 건너편을 가리켰다.

"저희 집이 댁의 바로 건너편이군요."

"그렇군요."

우리는 눈을 들어 장미 정원 너머의 뜨거운 잔디밭과 해변을 따라 불볕더위에 아무렇게나 자라고 있는 잡초 덤불을 바라보았다. 돛단배의 하얀 날개가 파랗고 서늘한 하늘의 경계선을 배경으로 여유롭게 움직이고 있었다. 그 앞에는 부채처럼 펼쳐진 바다와 풍요롭고 축복받은 섬들이 가로 놓여 있었다.

"저거 재미있겠는데."

톰이 고개를 끄덕이며 말했다.

"해볼 만하지요. 한 시간 정도 이 친구와 함께 저 배를 타보는 것도 좋겠어요."

우리는 덥지 않도록 차양을 쳐놓은 식당에서 점심을 먹으며 차가운 흑맥주로 불안한 흥겨움을 삼키고 있었다. 갑자기 데이지가 외쳤다.

"오늘 오후에는 뭘 할까요? 내일은? 그리고 또 앞으로 30년 후에는?"

"유난 떨지 말아요. 가을이 돼서 날씨가 상쾌해지면 인생은 다시 시작되니까."

조던이 대꾸했다.

"하지만 너무 덥단 말이야. 모든 게 엉망이야. 우리 다 같이 시내에 나가요!"

데이지는 금방이라도 울음을 터뜨릴 것 같은 표정이었다. 그녀의 목소리는 더위를 뚫고 나아가기 위해 안간힘을 쓰며 무의미한 말에 형체를 부여하고 있었다. 그때 톰이 개츠비를 향해 말했다.

"마구간을 고쳐 차고로 만든다는 얘기는 들어본 적이 있습니다. 그러나 차고를 고쳐 마구간으로 만든 사람은 내가 처음일 겁니다."

"누구 시내 나갈 사람 없어요?"

데이지는 고집을 꺾지 않았다. 개츠비의 시선이 그녀를 향했다.

"이런, 당신은 정말 멋져 보여요."

두 사람의 눈이 마주친 순간, 마치 주위에 아무도 없다는 듯 그들은 둘만의 공간에서 서로를 응시했다. 그녀는 힘겹게 시선을 식탁 아래로 거두었다.

"당신은 언제나 멋져 보여요."

그녀가 되풀이해 말했다. 데이지는 지금 그를 사랑한다고 말한 것이었고, 톰 뷰캐넌도 그걸 알아차렸다. 그는 아연실색한 표정이었다. 입을 약간 벌린 채 개츠비를 바라보다가 마치 오래전에 알았던 사람을 지금에야 다시 알아본 것처럼 데이지를 쳐다보았다.

"당신은 광고에 나오는 사람과 닮았어요. 그 광고에 나오는 사람을 당신도 아실 거예요…"

그녀는 천연덕스럽게 말을 이어갔다. 그 순간 톰이 재빨리 뛰어들었다.

"좋아, 나도 시내에 나가고 싶어졌어. 자, 모두 시내로 나가자고."

톰이 자리에서 벌떡 일어나더니 개츠비와 데이지를 노려보았다. 그는 성난 목소리로 다시 외쳤다.

"자, 어서! 도대체 뭐가 문제야? 시내에 나갈 거라면 지금 출발하자니까!"

그는 분노를 다스리느라 떨리는 손으로 흑맥주 잔을 들더니 남은 술을 마저 들이켰다. 우리는 자리에서 일어나 태양이 이글거리는 차도로 나갔다.

"지금 당장 가는 거예요? 그냥 이렇게요? 담배 한 대 피울 시간은 줘야 하지 않나요?"

그녀가 이의를 제기했다.

"점심 먹으면서 다들 피웠잖아."

"아, 제발 즐겁게 지내자고요. 가뜩이나 날씨도 더운데 짜증은 내지 말아요."

톰은 아무 대답도 하지 않았다.

"자기 마음대로라니까. 조던, 자 빨리…"

남자 셋이 뜨거운 자갈길 위에 서 있는 동안 여자들은 위층으로 올라가 외출 준비를 했다. 서쪽 하늘에는 어느새 은빛 초승달이 걸려 있었다. 개츠비가 무슨 말인가를 꺼내려다 그만두었지만 그보다 먼저 기다렸다는 듯이 톰이 몸을 홱 돌리더니 그를 마주 보았다.

"여기에 마구간이 있나요?"

개츠비가 애써 물었다.

"이 길로 800미터쯤 내려가면 있어요."

"아, 그렇군요."

잠시 침묵이 흐른 뒤 톰이 거칠게 쏘아붙였다.

"뭐 때문에 시내에 나가자는 건지 통 모르겠단 말이야. 여자들 머리통에 든 생각이란 꼭 이렇게…"

"뭐 마실 걸 준비해야 하지 않을까요?"

위층 창문으로 얼굴을 내밀며 데이지가 말했다.

"위스키를 꺼내오지."

대답과 함께 톰은 안으로 들어갔다. 개츠비가 딱딱하게 굳은 표정으로 나를 돌아보더니 중얼거렸다.

"이 집에서는 아무 말도 할 수가 없군요."

"데이지의 말은 신중하지 못해요. 그녀의 말투에는 뭔가 …"

나는 말하려다 말고 잠시 머뭇거렸다. 갑자기 개츠비가 나의 말을 받았다.

"그녀의 목소리는 돈으로 가득 차 있어요."

바로 그것이었다. 전에는 미처 깨닫지 못했지만 데이지의 목소리는 돈으로 가득 차 있었다. 그 안에서 높아졌다 낮아졌다 하는 끝없는 매력, 딸랑거리기도 하고 심벌즈 같은 노랫소리… 하얀 궁전 저 높은 곳에 사는 공주, 그 황금의 아가씨…

톰이 1리터짜리 술병을 수건으로 감싸면서 집에서 나왔고, 뒤이어 금속광택이 도는 천으로 만든 작은 모자를 쓰고 팔 위에 얇은 어깨망토를 걸친 데이지와 조던이 나왔다.

"다 함께 제 차로 가실까요? 그늘에 세워둘 걸 그랬군요."

개츠비가 뜨거워진 녹색 시트를 만지며 제안했다.

"변속 기어인가요?"

톰이 물었다.

"네, 그렇습니다."

"그럼 댁이 내 쿠페를 모시오. 내가 시내까지 댁의 차를 몰겠소."

개츠비에게는 마음에 들지 않는 제의였으므로 이의를 나타냈다.

"기름이 많지 않을걸요."

"충분해요. 기름이 떨어지면 약국에 들르면 됩니다. 요즘에는 약국에서 뭐든지 다 살 수 있으니까요."

톰이 연료 계측기를 들여다보더니 뽐내듯이 말했다. 초점에서 빗나간 것이 분명한 이 말에 잠시 침묵이 흘렀다. 데이지가 얼굴을 찌푸리면서 톰을 쳐다보았다. 개츠비의 얼굴에는 뭐라고 표현하기 힘든 표정이 스쳐 지나갔다. 마치 내가 직접 본 것이 아니라 남의 말을 들은 것처럼 낯설고 희미하게 알아볼 수 있는 그런 표정이었다.

"데이지, 이리 와. 시내까지 이 곡마단 마차로 모셔주지."

톰이 개츠비의 차 쪽으로 데이지를 밀면서 말했다. 하지만 차 문을 여는 사이 그녀는 그의 팔에서 빠져나갔다.

"당신은 닉하고 조던을 태우고 가요. 우린 쿠페를 타고 뒤따라갈게요."

그녀는 개츠비에게 바짝 다가서며 그의 외투를 만지작거렸다. 조던과 톰 그리고 나는 개츠비의 차 앞좌석에 올라탔고, 톰은 익숙지 않은 기어를 시험 삼아 조작해보더니 숨막힐 듯한 더위 속으로 쏜살같이 차를 몰았다. 뒤에 남겨진 두 사람의 모습은 더 이상 보이지 않았다.

"알고 있었지?"

톰이 말했다.

"뭘 말인가?"

톰은 조던과 내가 두 사람의 관계를 줄곧 알고 있었다는 것을 눈치채고 날카롭게 나를 쏘아보았다. 그가 말했다.

"내가 바보인 줄 아나? 하기야 어쩌면 바보인지도 모르지. 하지만 내게도 그…, 그러니까 때로 어떻게 해야 할지 말해주는 육감이라는 게 있단 말이야. 믿지 않을는지 모르지만 과학은…."

그는 침묵했다. 눈앞에 닥친 돌발적인 사건이 이론의 함정에 빠져 있는 그를 끌어냈던 것이다.

"저자에 대해 조사를 좀 해봤지. 좀 더 철저히 알아보는
건데. 이럴 줄 알았더라면…."

"점쟁이한테라도 가봤단 말인가요?"

조던이 익살맞게 질문을 던졌다. 우리가 왜 웃는지 이해
할 수 없다는 듯 그는 어리둥절한 표정으로 우리를 바라보
았다.

"뭐라고? 점쟁이?"

"개츠비에 관해서 말이에요."

"개츠비에 관해서라니! 내 말은 그자의 과거를 좀 알아봤
다는 거야."

"그래서 그가 옥스퍼드 출신이란 걸 알아냈겠군요."

조던이 거들었다.

"옥스퍼드 출신? 말도 안 돼! 분홍색 양복을 입고 있는
꼴이라니."

톰은 믿을 수 없다는 표정이었다.

"그래도 옥스퍼드 출신인걸요."

"뉴멕시코에 있는 옥스퍼드인 모양이지. 아니면 그와 비
슷한 거든지."

톰이 경멸하듯 코웃음을 쳤다.

"이봐요, 톰. 그렇게 무시하면서 무엇 때문에 그 사람을

점심에 초대했어요?"

조던이 화가 나서 따지듯이 물었다.

"데이지가 초대한 거지. 결혼하기 전부터 알던 사이라나. 어디서 알게 됐는지는 모르지만."

우리는 서서히 취기에서 깨어나고 있는 중이라 모두 신경이 곤두서 있음을 깨닫고 잠시 말없이 달렸다. 그러다 보니 어느새 길 아래쪽에서부터 T. J. 에클버그 의사의 빛바랜 눈이 시야에 들어왔다. 나는 연료가 부족할지도 모른다던 개츠비의 말이 생각났다.

"시내까지는 충분히 갈 수 있어."

톰이 말했다.

"그렇지만 바로 저기 주유소가 있잖아요. 이런 더위에 기름이 떨어져 길에서 꼼짝 못 하게 되는 건 정말 싫어요."

조던이 말했다.

톰은 신경질적으로 브레이크를 힘껏 밟더니 윌슨 정비소 간판 밑으로 미끄러지듯 들어가 지저분한 정비소 마당에 멈춰 섰다. 잠시 뒤 가게 안쪽에서 나타난 주인이 퀭한 눈으로 자동차를 쳐다보았다. 톰이 거칠게 외쳤다.

"기름 좀 넣어주게! 우리가 왜 차를 세웠겠어? 경치나 감상하려고?"

하지만 윌슨은 꼼짝하지 않으며 말했다.

"몸이 좋지 않아요. 하루 종일 앓고 있다고요."

"왜 그런 거지?"

"몸이 지친 것 같아요."

"그럼 내가 직접 넣을까? 아까 전화 목소리는 기운 없어 보이지 않더니만."

톰이 비아냥거렸다. 월슨은 기대섰던 기둥의 그늘에서 간신히 몸을 떼고는 가쁘게 숨을 몰아쉬며 휘발유 탱크의 뚜껑을 열었다. 햇빛에서 보니 얼굴색이 푸르죽죽했다.

"점심식사를 방해할 생각은 없었어요. 하지만 돈이 급하거든요. 그리고 당신이 옛날 차를 어떻게 할 건지 궁금했고요."

"이 차는 어떤가? 지난주에 산 건데."

"노란색이 근사하네요."

월슨이 휘발유 펌프 손잡이에 힘을 주며 대답했다.

"어때, 살 생각 있나?"

"모험인데요. 안 되겠어요. 구형 차라면 돈벌이가 좀 되겠지만."

월슨이 힘없이 미소를 지었다.

"왜 갑자기 돈이 필요한 거지?"

"이곳에서 너무 오래 살았어요. 다른 데로 이사를 가려고요. 집사람과 함께 서부로 가고 싶어요."

"당신 부인도 가고 싶어 한단 말인가?"

톰은 깜짝 놀라 큰 소리로 외쳤다.

"집사람은 10년 전부터 그 소리를 해왔어요. 이번에는 원하든 원하지 않든 함께 갈 겁니다."

윌슨은 휘발유 펌프에 기대어 손으로 햇볕을 가렸다. 그때 쿠페가 한바탕 먼지를 일으키며 우리 곁을 지나가면서 손을 흔드는 게 보였다.

"얼마지?"

톰이 퉁명스럽게 물었다.

"이틀 전에 그동안 제가 모르고 있던 사실을 알게 되었거든요. 그래서 이사를 가려는 겁니다. 자동차 때문에 귀찮게 해드린 것도 그래서였고요."

"얼마냐니까?"

"1달러 20센트예요."

끔찍한 더위에 정신이 산만해져 있었던 터라, 나는 한참 후에야 그가 아직 톰을 의심하고 있지 않다는 사실을 깨달았다. 그는 머틀이 자기와 떨어져 다른 세계에서 다른 삶을 즐기고 있다는 사실을 알게 된 충격 때문에 병을 얻은 것이다. 나는 그를 쳐다보고 나서 톰에게 시선을 향했다. 그런데 톰 역시 불과 한 시간 전에 윌슨과 다르지 않은 사실을 안 것이다. 지능이나 인종의 차이는 아픈 사람과 건강한 사람의 차이에 비하면 아무것도 아니라는 생각이 들었다. 윌슨은 병색이 짙다 못해 죄를 지은 사람처럼, 그것도 도저히 용서받지 못할 죄를 저지른 사람처럼 보였다. 마치 어느 가없은 소녀에게 임신이라도 시킨 것 같은 표정이었다.

"차를 팔겠네. 내일 오후에 보내주지."

톰이 말했다.

햇볕이 쨍쨍한 대낮인데도 그 지역은 늘 으스스한 기운이 감돌았다. 나는 뒤를 조심하라는 경고라도 받은 것처럼 문득 고개를 돌려 뒤를 보았다. 잿더미 너머로 T. J. 에클버그 의사의 거대한 눈이 감시하고 있었지만, 잠시 후 나는 또 다른 눈이 아주 가까운 곳에서 강렬한 시선으로 우리를 지켜보고 있다는 것을 알았다.

정비소 위층 창문의 커튼 하나가 옆으로 살짝 젖혀져 있었고, 바로 거기에서 머틀 윌슨이 자동차를 내려다보고 있었다. 너무 열중한 나머지 그녀는 누가 자신을 쳐다보고 있다는 것조차 의식하지 못했다. 그녀의 얼굴에는 사진을 현상할 때 피사체가 천천히 나타나는 것처럼 온갖 감정이 번갈아 떠올랐다. 묘하게 낯익은 표정이었다. 여자들에게서 흔히 볼 수 있는 표정이었지만 머틀 윌슨의 표정에는 목적을 알 수 없고 설명하기 힘든 무엇이 있었다. 그러다가 나는 마침내 질투 어린 위협에 찬 그녀의 시선이 톰이 아니라 조던 베이커를 향하고 있음을 깨달았다. 그녀는 조던을 톰의 아내로 착각했던 것이다.

단순한 마음이 혼란에 빠지면 걷잡을 수 없다. 차가 달리는 동안 톰은 겁에 질려 있었다. 한 시간 전만 해도 온전히 그의 소유였던 애인이 떠나려 하고 있고 아내마저 정부와 함께 그의 손에서 빠져나가고 있었던 것이다. 윌슨을 뒤로하고 데이지를 쫓아가야 한다는 이중의 목적으로 그는 본능적으로 가속 페달을 밟았다. 아스토리아를 향해 전속력으로 달려 마침내 고가 철도의 거미줄 같은 구름다리 사이에 이르렀을 때 한가로이 달리고 있는 푸른색 쿠페가 시야에 들어왔다. 조던이 말했다.

"50번가 근처의 영화관이 시원해요. 전 사람들이 떠나고 없는 여름날 오후의 뉴욕이 좋아요. 어딘가 모르게 감각적인 구석이 있거든요. 마치 온갖 신기한 과일들이 따지 않아도 손에 떨어질 정도로 무르익었다고나 할까."

'감각적'이란 말이 톰의 귀에는 거슬렸지만 그가 미처 반대할 이유를 찾아내기도 전에 쿠페가 멈췄고, 데이지가 차를 세우라고 우리에게 손짓을 하며 물었다.

"어디로 갈 거예요?"

"영화나 보러 갈까?"

톰이 소리쳤다.

"너무 더워요. 당신들이나 가요. 우리는 드라이브를 좀 더 하다가 나중에 합류할게요. 어느 모퉁이에서 만나기로 해요. 한꺼번에 궐련 두 개비를 피우고 있는 사람이 있으면 그게 나예요."

그녀는 조금이나마 재치를 부려보려고 애를 썼다. 트럭 한 대가 우리 뒤에서 비키라고 욕지거리를 하듯 경적을 울려댔다. 톰이 다급하게 외쳤다.

"여기서 그런 얘길 하고 있을 순 없어. 센트럴파크 남쪽에 있는 플라자 호텔 앞으로 와."

운전을 하면서 톰은 몇 번이나 고개를 돌려 쿠페가 잘 따라오고 있는지 확인했다. 신호 때문에 그들이 뒤처지면 차가 보일 때까지 속도를 늦추었다. 그들이 옆길로 새어 자신의 삶에서 영원히 도망쳐버리지나 않을까 걱정스러운 모양이었다.

하지만 그런 일은 없었다. 오히려 우리는 플라자 호텔의 특실용 응접실을 빌리는, 설명하기 어려운 행동을 했다.

객실로 몰려 들어가면서 끝난 지루하고 소란스러운 입씨름의 내용은 잘 기억나지 않지만 속옷이 뱀처럼 축축하게 다리를 휘감고 등줄기로 땀방울이 서늘하게 흘러내렸던 기억은 아직도 생생하다. 욕실 다섯 개를 빌려 냉수욕을 하자는 것이 데이지의 제안이었지만, '민트 줄랩을 마실 만한 장소'라는 좀 더 현실적인 제안으로 결정되었다. 우리는 저마다 '어처구니없는 아이디어'라고 말했다. 그리고 어리둥절해 하는 호텔 직원에게 한꺼번에 질문을 던지고는 우리가 정말 즐거운 놀이를 하고 있다고 생각했다. 아니 그저 그렇게 생각하는 척했는지도 모른다.

방은 넓었지만 답답했다. 어느덧 4시가 되었는데도 열어놓은 창문으로는 공원의 뜨거운 바람만 불어왔다. 데이지는 거울 쪽으로 가더니 우리에게 등을 돌린 채 머리를 매만졌다.

"굉장한 방이네."

조던이 감탄하듯 말을 던지자 모두 껄껄 웃었다.

"다른 창문도 열어."

데이지가 돌아보지도 않고 명령하듯 말했다.

"더는 창문이 없는걸."

"그럼 전화를 걸어. 도끼를 가져오라고 하면…"

"더위는 그냥 잊어버려. 덥다고 짜증만 부리면 열 배는 더 더워져."

톰이 짜증스럽게 말을 던졌다. 그는 위스키병을 감싸고 있던 수건을 풀어 탁자 위에 올려놓았다.

"그녀를 내버려둬요, 형씨."

개츠비가 말했다.

"시내로 오자고 한 사람은 당신이었잖소."

잠깐 동안 침묵이 흘렀다. 못에 걸려 있던 전화번호부가 바닥에 떨어져 조던이 "미안합니다"라고 나지막하게 농담을 던졌지만 이번에는 아무도 웃지 않았다.

"내가 주울게요."

내가 나섰다.

"벌써 집었습니다."

개츠비가 끊긴 줄을 들여다보더니 재미있다는 듯 "흠!" 하고는 의자 위로 던졌다.

"그게 당신이 사용하는 고상한 말씨로군."

톰이 쏘아붙였다.

"뭐가 말입니까?"

"그 '형씨' 어쩌고 하는 거 말이오. 도대체 어디서 주워들은 거요?"

"이봐요, 톰. 그렇게 계속해서 인신공격이나 할 작정이라면 난 이 자리에 더 있지 않겠어요. 전화해서 민트 줄랩에 넣을 얼음이나 주문해 줘요."

데이지가 거울 앞에서 돌아서며 말했다. 톰이 수화기를 들자 눌려 있던 열기가 소리를 통해 터져 나왔다. 우리는 아래층 연회장에서 들려오는 멘델스존의 장중한 결혼 행진

곡에 귀를 기울였다.

"이 더위에 결혼식을 올리는 사람이 있다니!"

조던이 시무룩한 표정으로 말했다.

"하기야 나도 6월 중순에 결혼했어. 그것도 루이빌에서 말이야! 기절한 사람이 있었는데. 톰, 그때 기절한 사람이 누구였지요?"

"빌럭시였잖아."

톰이 짤막하게 대답했다.

"맞아, 빌럭시였어요. '블록스' 빌럭시. 상자를 만드는 사람이었지요. 테네시주 빌럭시 출신이었어요."

"사람들이 그를 우리 집으로 실어갔죠."

조던이 덧붙였다.

"교회에서 두 집 건너가 우리 집이었거든요. 그런데 그 남자가 3주일이나 머물러 있는 거예요. 참다못해 결국 아빠가 나가달라고 부탁할 때까지 말이에요. 그 남자가 떠난 바로 다음 날 아빠가 돌아가셨죠. 그렇다고 무슨 관련이 있었던 건 아니에요."

"나도 멤피스 출신의 빌 빌럭시라는 사람을 만난 적이 있어요."

내가 말했다.

"그 사람은 빌럭시의 사촌이에요. 그가 떠나기 전에 그 사람의 집안 내력을 모두 알게 되었지요. 지금 쓰고 있는 알루미늄 골프채도 그 사람이 준 거예요."

결혼식이 시작되면서 음악 소리는 더 이상 들리지 않았고, 대신 박수 소리가 창문을 통해 흘러들어왔다. 성원을 보내는 외침이 간간이 들리더니 무도회가 시작되었는지 재즈가 터져 나왔다.

"우리는 이제 늙어가고 있어. 젊었다면 이럴 때 일어나서 춤을 출 텐데."

"빌럭시를 기억하자고. 그런데 톰, 그 사람을 어디서 알았어요?"

데이지의 말에 조던이 경고했다.

"빌럭시 말이오? 원래는 모르는 사람이었지. 데이지의 친구였소."

톰의 말에 데이지는 고개를 저었다.

"내 친구는 아니에요. 난 그전에 그 사람을 본 적도 없다고요. 그는 당신 자가용을 타고 왔어요."

"어쨌든 그 사람은 당신을 안다고 했어. 루이빌에서 자랐다고 하더군."

조던이 빙그레 웃었다.

"아마도 남의 차를 타고 고향에 가던 길이었나 보죠. 나한테는 자기가 예일대에 다닐 때 당신 학과에서 회장이었다고 했어요."

톰과 나는 멍하니 마주 보았다.

"빌럭시가?"

"예일에는 동기 대표라는 게 없었는데?"

그때 발로 불안하게 바닥을 두드리고 있는 개츠비를 향해 톰의 시선이 멈추었다.

"한데 개츠비 씨, 옥스퍼드 출신이라면서요?"

"꼭 그렇다고 할 수는 없습니다."

"아니요, 그렇게 들었던 걸로 기억해요."

"네…. 그곳에 있기는 했지요."

잠시 침묵이 흘렀다. 톰이 믿을 수 없다는 듯 모욕적인 말투로 이렇게 말했다.

"빌럭시가 뉴헤이븐에 있을 때 댁은 그곳에 계셨겠군."

대화가 다시 끊겼다. 그때 웨이터가 잘게 부순 박하와 얼음을 가지고 들어왔다. 그가 "감사합니다" 하고 말하는 순간에도, 문을 살며시 닫고 나가는 동안에도, 그 침묵을 깨뜨리는 사람이 아무도 없었다. 마침내 개츠비의 엄청난 과거가 드러나는 순간이었던 것이다.

"거기 있었다고 말했잖습니까."

개츠비가 먼저 입을 열었다.

"나도 들었소. 하지만 그게 언제였는지 알고 싶소."

"1919년이었지요. 난 그곳에 다섯 달밖에 있지 않았어요. 그러니 옥스퍼드 출신이라고 할 수는 없지요."

톰은 우리도 자기처럼 그 말을 믿지 않는 눈치인지 살펴려고 주위를 둘러보았다. 그러나 우리는 모두 개츠비를 쳐다보고 있었다. 개츠비가 다시 입을 열었다.

"전쟁이 끝난 뒤 장교들에게 그런 기회가 주어졌지요. 영국이나 프랑스에 있는 대학이라면 어디든 갈 수가 있었습니다."

나는 그의 등을 토닥여주고 싶은 심정이었다. 전에도 그런 적이 있었는데, 그에 대한 온전한 신뢰가 새삼 되살아난 것이다. 데이지가 미소 띤 얼굴로 일어나더니 탁자 쪽으로 갔다.

"톰, 위스키나 따줘요. 내가 민트 줄랩을 만들어줄게요. 마시고 나면 그렇게 바보처럼 보이진 않을 거예요. 어머, 이 민트 좀 봐!"

"잠깐 기다려봐."

톰이 날카로운 목소리로 외쳤다.

"개츠비 씨에게 물어볼 게 하나 더 있으니까."

"계속하시지요."

개츠비가 공손하게 말했다.

"당신은 우리 집에 도대체 어떤 분란을 일으킬 셈이오?"

마침내 모든 것이 노골적으로 공개되며 터놓고 맞서게 되자 개츠비는 오히려 흐뭇해 보이는 표정이었다.

"분란을 일으키고 있는 건 저이가 아니에요. 분란을 일으키고 있는 건 바로 당신이에요. 제발 조금이라도 자제력을 보이세요."

데이지가 절망적으로 두 사람을 번갈아 쳐다보았다.

"자제력이라고! 어디서 왔는지도 모르는 작자가 내 마누라와 바람을 피우는데 구경만 하고 있는 사람도 있나? 글쎄, 그게 당신 생각이라면 나는 빼주었으면 좋겠어. 요즘 사람들은 가정과 가족제도를 우습게 생각하는 것 같은데, 이러다가는 백인하고 흑인이 결혼하겠다고 덤빌 거야."

흥분으로 횡설수설하느라 얼굴이 벌겋게 달아오른 그는 마치 자신이 문명의 마지막 한계선에 홀로 서 있다는 것을 깨달은 듯한 태도였다.

"여기 있는 사람은 모두 백인인걸요."

조던이 중얼거렸다.

"내가 인기가 없다는 건 알아. 난 성대한 파티 따위는 열지 않으니까. 친구를 사귀려면 자기 집을 돼지우리로 만들어야 하나 보지. 현대 사회에선 말이야."

나 역시 다른 사람들과 마찬가지로 화가 치밀었지만 톰이 입을 열 때마다 어쩐지 웃음이 터질 것만 같았다. 톰은 이제 난봉꾼에서 도덕군자로 변신한 것이다.

"당신에게 말해둘 게 있어요. 형씨…"

개츠비가 입을 열었다. 그러나 데이지가 그의 의도를 눈치챘다.

"제발, 그만두세요! 우리 집으로 돌아가도록 해요. 집에 가는 게 어때요?"

데이지는 거의 절망적인 표정으로 말을 가로막았다. 나는 자리에서 일어나며 데이지의 말에 동의했다.

"그거 좋은 생각이군. 자, 톰, 가자고. 아무도 술을 마실 생각이 없어."

"아냐, 개츠비 씨가 하고 싶은 말이 뭔지 난 알아야겠어."

"데이지는 당신을 사랑하지 않아요. 당신을 사랑한 적이 한 번도 없다고요. 그녀가 사랑하는 사람은 바로 나란 말이오."

"미쳤군!"

톰이 버럭 소리를 질렀다. 개츠비 역시 잔뜩 흥분해서 자리에서 벌떡 일어섰다.

"당신을 사랑한 적이 없었단 말입니다. 알아듣겠소? 내가 가난했기 때문에 기다리다 지쳐서 당신과 결혼한 것뿐이오. 물론 그건 아주 큰 실수였소. 데이지는 여태껏 나 외에는 누구도 사랑한 적이 없으니까."

조던과 나는 그 자리를 벗어나고 싶었지만 톰과 개츠비는 경쟁이라도 하듯 그 자리에 있어 달라고 고집했다. 마치 이제 두 사람 모두 감출 것은 하나도 없고, 자신들의 감정을 대신 경험하는 것이 무슨 특권이라도 된다는 듯한 태도였다.

"데이지, 잠깐 자리에 앉지. 그동안 무슨 일이 있었던 거지? 모두 듣고 싶어."

톰은 아버지 같은 말투를 구사하려 애썼지만 뜻대로 되지 않았다. 개츠비가 말을 꺼냈다.

"그동안 있었던 일은 내가 말하지 않았소? 이제 5년이 되어 갑니다. 당신은 모르고 있었지만."

톰이 데이지를 향해 몸을 돌렸다.

"지난 5년 동안 이 친구를 만났다는 건가?"

"그런 얘기가 아니오. 우린 서로 만날 수가 없었어요. 하지만 우린 그동안에도 서로 사랑하고 있었소. 당신은 그걸 몰랐던 거요. 어떤 때는 웃음이 나기도 하더군…."

말은 그랬지만 그의 눈에서 웃음기는 찾아볼 수 없었다.

"당신이 아무것도 모르고 있다고 생각하니 말이오."

"그게 전부요?"

톰이 두툼한 손가락을 마치 목사처럼 토닥거리며 의자에 등을 기대고 앉았다.

"미쳤군!"

그가 갑자기 고함을 질렀다.

"5년 전 일에 대해서는 상관하지 않겠소. 그때 나는 데이지를 몰랐으니까. 그리고 뒷문으로 식료품 배달 따위를 한 게 아니라면 당신이 어떻게 이 여자에게 접근할 수 있었는지 모를 일이군. 하지만 그 나머지는 모두 빌어먹을 거짓말이오. 데이지는 나와 결혼할 때도 날 사랑했고, 지금도 날 사랑하고 있소."

개츠비가 고개를 저었다.

"그렇지 않아요. 누가 뭐라고 해도 그녀는 날 사랑하고 있소. 가끔 어리석은 생각에 빠져서 자기가 무슨 짓을 하고 있는지 모르기는 하지만. 게다가 중요한 건 나도 데이지를 사랑하고 있소. 나 역시 가끔 술에 취해 바보 같은 짓을 저지른 적이 있긴 했지만 언제나 다시 제자리로 돌아오곤 했지. 그리고 마음속으로는 변함없이 그녀를 사랑한단 말이오."

"불쾌해요."

데이지가 나를 향해 몸을 돌렸다. 한 옥타브 낮아진 그녀의 목소리가 방 안을 섬뜩한 경멸로 가득 채웠다.

"우리가 왜 시카고를 떠났는지 아세요? 그 사소한 술잔치가 어땠는지 닉에게 얘기해주는 사람이 없었다는 게 놀라워요."

개츠비가 데이지를 향해 걸어가더니 그 옆에 섰다.

"데이지, 이젠 모든 게 끝났어요. 이제는 아무 상관없어요. 저 사람에게 진실을 말하기만 되는 거요… 그를 사랑한 적이 없다고. 그걸로 모든 게 영원히 정리되는 거요."

그녀는 멍한 눈으로 그를 쳐다보았다.

"어떻게 내가 저 사람을 사랑할 수 있겠어요?"

"당신은 한 번도 그를 사랑한 적이 없어요."

데이지는 잠시 머뭇거렸다. 그러더니 호소하는 듯한 눈빛으로 조던과 나를 쳐다보았다. 마치 이제야 자기가 무슨 짓을 하고 있는지 깨달은 것 같았다. 그리고 자신은 애초에 어떤 행동도 할 의도가 없었다는 듯한 표정을 지었다. 그러나 이미 늦었다.

"그를 사랑한 적이 없어요."

그러나 그녀의 말투는 내키지 않다는 느낌이 역력했다.

"카피올라니(하와이에 있는 공원)에서도 사랑하지 않았어?"

톰이 따지듯이 물었다.

"그래요."

아래층 무도회장에서 질식할 듯 답답한 노랫소리가 뜨거운 바람을 타고 올라왔다.

"당신 신발을 적시지 않으려고 펀치볼(하와이 북쪽에 있는 분지)에서 당신을 안고 내려왔던 그 날도?"

그의 목소리는 쉰 듯하면서도 부드러웠다.

"… 데이지?"

"제발, 그만 해요."

그녀의 목소리는 여전히 차가웠지만 이제 증오심은 느껴지지 않았다. 그녀는 개츠비를 바라보았다.

"제이, 됐어요."

담배에 불을 붙이려는 그녀의 손가락이 떨리고 있었다. 갑자기 그녀가 담배와 불이 붙은 성냥개비를 양탄자 위에 내팽개쳤다.

"아, 당신은 욕심이 너무 많아요! 지금 난 당신을 사랑하고 있어요. 그걸로 충분하지 않은가요? 과거는 어쩔 수 없잖아요."

그녀는 흐느껴 울기 시작했다.

"저 사람을 한 번쯤은 사랑했단 말이에요. 하지만 당신도 사랑했어요."

"나도 사랑했다고?"

개츠비가 눈을 번쩍 떴다가 감으며 물었다.

"그것도 거짓말이야. 데이지는 당신이 살아 있는지도 몰랐어. 어쨌든…, 데이지와 나 사이엔 당신이 알지 못하는 일들이 있소. 우리 두 사람이 영원히 잊지 못할 일들이 말이오."

톰이 거칠게 쏘아붙였다. 톰이 뱉어내는 말 한마디 한마디가 개츠비를 물어뜯는 듯했다.

"데이지와 단둘이서 얘기하고 싶소. 그녀는 지금 너무 흥분해서…"

개츠비가 고집했다.

"단둘이 있게 되더라도 톰을 사랑한 적이 없었다고 말할 수는 없어요."

그녀는 애처로운 목소리로 사실을 인정했다.

"그건 사실이 아니니까요."

"당연히 사실이 아닐 수밖에 없지."

톰이 맞장구를 쳤다. 데이지가 남편을 돌아보았다.

"마치 그게 당신에게 중요한 일인 것처럼 말하는군요."

"물론이지. 앞으로는 당신에게 좀 더 잘할 생각이니까."

"당신은 잘 모르는군."

개츠비가 당황한 기색을 띠며 말문을 열었다.

"당신은 더 이상 그녀에게 그럴 필요가 없을 거요."

"그럴 필요가 없다고?"

톰은 눈을 크게 뜨고는 껄껄 웃어대기 시작했다. 이제야 그는 자신을 다스릴 여유가 생긴 것이다.

"왜 그렇소?"

"데이지는 당신을 떠날 거요."

"말도 안 돼."

"하지만 사실이에요."

그녀는 마지못한 목소리로 말했다.

"데이지는 나를 떠나지 않아! 여자 손에 끼워줄 반지까지도 훔쳐야 하는 사기꾼 때문에 나와 헤어지는 일은 없어!"

"더 이상 못 참겠어요! 아, 제발 여기서 나가요."

데이지가 소리쳤다.

"당신 도대체 누구야?"

톰이 울분을 터뜨렸다.

"마이어 울프심과 몰려다니는 패거리 중 하나지. 그 정도는 나도 알고 있어. 당신의 사업 관계도 좀 알아봤지. 내일은 좀 더 자세히 알아보겠지만."

"좋을 대로 해요, 형씨."

개츠비가 침착하게 되받았다.

"당신의 '약국'이라는 것도 알고 있어."

톰은 우리를 향해 재빨리 말을 이었다.

"이 사람과 울프심이라는 작자가 이곳과 시카고의 뒷골목 약국 여러 곳을 사들여 에틸알코올을 판 거요. 그게 저 친구의 사소한 재주 중 하나지. 처음 봤을 때부터 밀주업자일 거라고 생각했는데, 잘못 본 건 아니었던 거야."

"그래서 어쨌다는 거요? 당신 친구 월터 체이스는 자존심이 없어서 우리 사업에 끼어든 모양이군."

개츠비가 점잖게 말했다.

"그런데 당신들은 그 친구가 곤경에 빠진 걸 모른 척했다지? 아닌가? 뉴저지주 감옥에서 한 달 동안이나 썩도록 내버려두었잖아. 맙소사! 월터가 당신에 대해 어떤 식으로 얘기하는지 한번 들어봐야 하는데."

"그 사람은 알거지 신세로 우리한테 왔었소. 돈을 좀 만지더니 몹시 반가운 모양이더구먼. 형씨."

"나더러 '형씨' '형씨' 하지 말아요!"

톰이 고함을 질렀고 개츠비는 더 이상 아무 말도 하지 않았다.

"월터는 당신들을 도박 금지법으로 걸어 잡아넣을 수도 있었소. 그런데 울프심이 협박을 하는 바람에 입을 다물고 있었던 거요."

개츠비의 얼굴에는 그렇게 낯익은 표정은 아니지만 알아볼 수 있는 익숙한 표정이 다시 돌아왔다.

"약국 사업은 푼돈 놀이에 지나지 않아. 월터가 겁이 나서 나에게 말은 못 하지만 당신은 지금 다른 꿍꿍이를 벌이고 있지."

데이지는 공포에 질려 톰과 개츠비를 번갈아 응시하고 있었고, 조던은 턱 끝에 재미있는 물건이라도 올려놓고 균형을 잡고 있는 듯한 자세로 서 있었다. 그런데 개츠비 쪽으로 시선을 돌린 나는 놀라지 않을 수 없었다. 그의 정원에서 사람들이 쑥덕거리던 소리는 무시해버릴 수 있는 말이었는데, 그 순간 그는 정말 '살인이라도 저지른' 사람의 표정을 짓고 있었던 것이다. 그날 그곳에서 본 그의 얼굴은 이렇게 과격하게밖에는 표현할 수 없을 것 같다.

그 표정이 사라진 뒤 그는 데이지를 향해 흥분한 목소리로 모든 것을 부정했고, 아직 거론되지 않은 비난에 대해서까지 자신을 변호하기 시작했다. 그러나 그의 설명이 길어질수록 그녀의 마음이 점점 멀어지면서 안으로 움츠러들자 결국 그는 포기하고 말았다.

오후의 해가 어느 틈에 기울어 가는 동안, 생명을 잃은 꿈만이 이제 형체가 없어진 것을 만져보려고 애처롭고 필사적인 몸부림으로 방 저쪽의 잃어버린 목소리를 향해 버둥대고 있었다.

"제발요, 톰! 더 이상은 못 참겠어요."

데이지가 다시 집으로 가자고 애원했다. 겁에 질린 그녀의 눈은 지금껏 품고 있던 의지나 용기가 더 이상 보이지 않았다.

"데이지, 당신 둘이서 먼저 떠나지. 개츠비 씨 차로 말이야."

톰이 말했다. 그녀는 놀란 눈으로 톰을 쳐다보았지만 그는 아량이라도 베푸는 듯 노골적으로 경멸감을 드러내며 말했다.

"어서 가라고. 저자가 당신을 괴롭히진 않을 거야. 주제넘은 애정 행각이 이제 끝났다는 걸 알아차렸을 테니까."

결국 두 사람은 말없이 밖으로 나갔다. 마치 유령처럼, 심지어는 우리의 동정심으로부터도 완전히 멀어져 버렸다. 잠시 후 톰이 자리에서 일어나더니 마개도 따지 않은 위스키 병을 다시 수건에 싸기 시작했다.

"마실까? 조던? … 닉?"

나는 대답하지 않았다.

"닉?"

그가 다시 물었다.

"뭐라고?"

"마실 거냐고."

"아니…. 지금 막 생각났는데, 오늘이 마침 내 생일이군."

나는 이제 서른 살이 되었다. 내 앞에는 불길하면서도 위협적인 새로운 10년이 기다리고 있었다.

7시 무렵, 우리는 톰과 함께 쿠페에 오른 뒤 롱아일랜드를 향했다. 톰은 기분이 좋은 듯 소리 내어 웃으며 쉬지 않고 지껄여댔다. 하지만 조던과 내게 그의 목소리는 보도 위에서 들려오는 이질적인 소음이나 머리 위 고가 철도의 소음처럼 아득하게 들렸다. 인간의 동정심에는 한계가 있기 마련이어서, 우리는 그들의 비극적인 말다툼이 도시의 불빛과 함께 스러져가는 것을 다행스럽게 생각하고 있었다.

서른 살, 그것은 외롭고 독신남자로서 알아야 할 일의 목록이 얇아져 가고 정열을 담은 가방은 납작해지고, 머리숱이 적어져 갈 앞으로의 10년이 기다리고 있었다. 하지만 내 곁에는 조던이 있었다. 그녀는 데이지와는 달리 이미 다 잊어버린 꿈들을 두고두고 지니기엔 너무나 총명했다.

차가 어두운 다리 위를 지나고 있을 때 조던이 창백한 얼굴을 내 어깨에 나른하게 기댔고, 위안을 주는 그녀의 손길에 서른 살이라는 엄청난 충격도 사라지는 느낌이었다. 우리는 서늘한 황혼을 지나 죽음을 향해 달려가고 있었다.

재의 골짜기 옆에서 카페를 운영하는 그리스인 마이클리스가 사건 심리의 가장 중요한 목격자였다. 지독한 더위에 그는 5시까지 낮잠을 잔 뒤 해 질 무렵 정비소 쪽으로 어슬렁어슬렁 걸어갔다가 조지 윌슨이 사무실에서 앓고 있는 것을 발견했다. 윌슨의 얼굴은 자신의 허연 머리카락만큼이나 창백했고 온몸을 덜덜 떨고 있을 정도로 심각해 보였다. 마이클리스가 좀 누워 있으라고 타일렀지만 윌슨은 그러면 장사를 망치게 된다며 말을 듣지 않았다. 이렇게 이웃

청년이 그를 타이르고 있을 때, 별안간 머리 위에서 큰 소동이 벌어지는 소리가 들렸다. 윌슨이 침착한 목소리로 말했다.

"집사람을 위층에 가둬놓았어. 모레까지 가둬둘 생각이야. 그러고 나서 우린 이사를 가는 거지."

마이클리스는 놀라지 않을 수 없었다. 4년 가까이 이웃으로 살아왔지만 도무지 그런 일을 할 위인이라고는 보지 못했기 때문이다. 그는 늘 무기력했다. 일을 하지 않을 때는 문간에 의자를 놓고 앉아서 지나가는 사람이나 자동차를 멍하니 바라보곤 했다. 누가 말이라도 걸면 늘 그렇듯이 친절하지만 힘없는, 특징 없는 웃음을 지었다. 그는 자기 뜻대로 행동하기보다는 아내의 뜻에 휘둘리는 남자였다.

마이클리스는 무슨 일인지 캐물었지만 윌슨은 한마디도 하려 하지 않았다. 오히려 이 청년에게 묘한 의심의 눈초리를 던지더니, 어느 날 어느 시간에 무엇을 하고 있었는지 캐물었다. 마이클리스의 심기가 다소 불편해질 무렵, 손님 몇 사람이 그의 레스토랑 쪽으로 가고 있는 것이 보였기 때문에 그는 나중에 다시 와볼 생각으로 기회를 틈타 자리를 떴다. 그러나 다시 와보지는 못했다. 그저 잊어버린 것일 뿐 다른 이유가 있는 것은 아니었다. 7시가 조금 지나서 그가 다시 밖으로 나왔을 때는 정비소 아래층에서 고래고래 소리를 지르는 윌슨 부인의 목소리가 들렸다.

"어디 때려봐요! 어서 때려눕혀 보라고! 이 더럽고 비겁한 놈아!"

잠시 후 그녀는 손을 흔들고 고함을 지르며 땅거미 속으로 뛰쳐나갔다. 그가 자기 집 문간에서 몸을 돌리기도 전에 사건은 이미 끝나 있었다.

신문에서 서술한 그 '죽음의 차'는 멈추지 않았다. 자동차는 짙어가는 어둠을 헤치고 나타나 한순간 비극적으로 비틀비틀하더니 이내 다음 모퉁이로 사라져버렸다. 마이클리스는 그 자동차의 색깔도 정확히 알 수 없었다. 처음에는 경찰관에게 옅은 녹색이라고 말했다. 뉴욕을 향해 달리던 다른 차는 사고 현장을 90미터가량 지나친 뒤 멈춰 섰다. 운전자가 급히 차를 돌려 와보니 머틀 윌슨이 끈적한 검붉은 피와 먼지에 범벅이 되어 무참하게 숨이 끊긴 채 길바닥에 엎드려 있었다.

마이클리스도 그곳으로 달려갔다. 아직도 땀에 젖어 축축한 블라우스 자락을 찢어보니 왼쪽 가슴이 늘어진 물건처럼 너덜거리고 있었고, 그 아래 심장의 고동 소리는 들어볼 필요조차 없었다. 오랫동안 축적해 두었던 엄청난 생명력을 쏟아버리느라 숨이 막혔는지 입술 가장자리가 조금 찢긴 채 입을 벌리고 있었다.

우리가 아직 멀리 떨어져 있는데도 자동차 서너 대와 사람들이 모여 있는 것이 보였다. 톰이 말했다.

"자동차 사고로군! 잘됐어. 윌슨에게 드디어 적게나마 돈벌이가 생기겠군."

그는 속력을 늦추었지만 차를 멈추지는 않았다. 좀 더 가까이 다가가자 정비소 앞에 긴장된 표정으로 말없이 서 있는 얼굴들이 보였고, 톰은 자기도 모르게 브레이크를 밟았다. 그가 잠시 망설이더니 말했다.

"구경이나 하자. 잠깐이면 돼."

정비소 안에서는 공허하게 울부짖는 소리가 흘러나오고 있었다. 우리가 쿠페에서 내려 문간으로 향했을 때, 그 소리는 헐떡거리는 신음으로 바뀌어 "오, 하나님 맙소사"라고 되풀이하고 있었다.

"무슨 끔찍한 사고가 난 모양이군."

톰이 흥분한 목소리로 말했다.

그는 까치발로 둘러선 사람들의 머리 너머로 정비소 안을 들여다보았지만 머리 위에 흔들거리는 노란 전등 하나가 켜져 있을 뿐이었다. 순간 톰이 거친 비명을 내지르더니 사람들을 난폭하게 밀어젖히고 안으로 들어갔다.

무어라 중얼거리는 소리와 함께 사람들의 원은 다시 닫혔고 아무것도 보이지 않았다. 그러다 새로 모여든 구경꾼들이 줄을 흐트러뜨리는 바람에 조던과 나는 자연스럽게 안으로 떠밀리게 되었다.

추위가 염려된다는 듯 담요에 싸인 머틀 윌슨의 시체는 벽 쪽 작업대에 놓여 있었다. 톰은 등을 보인 채 꼼짝도 하지 않고 시체 위로 몸을 굽히고 있었다. 그의 곁에는 경찰관 한 사람이 서서 땀을 뻘뻘 흘리며 수첩에 이름을 받아 적었다가 다시 고쳤다 하고 있었다. 텅 빈 창고 안에 시끄럽게 울려 퍼지는 고성의 신음이 어디서 나는지 알 수 없었다. 그때 윌슨이 몸을 앞뒤로 흔들며 두 손으로 문설주를 짚고 사무실 문지방에 서 있는 것이 보였다. 어떤 남자가 나지막한 소리로 무어라 타이르고 있었고 가끔 손으로 어깨를 짚으려 했지만 윌슨은 보이지도 들리지도 않는 것 같았다. 그는 흔들거리는 전등에서 시체가 놓인 작업대로 시선을 바꿔가며 쉴 새 없이 목청을 높여 공포에 휩싸인 비명을 질러대고 있었다.

"오, 하나님 맙소사! 오, 하나님 맙소사! 오, 하나님 맙소사! 오, 하나님 맙소사!"

톰이 갑자기 고개를 쳐들고 흐릿한 눈으로 정비소 안을 둘러보더니 경찰관에게 잘 알아들을 수 없는 말을 지껄였다.

"엠-에이-브이" 하고 경찰관이 말하는 중이었다.

"오우—"

"아니죠, 알—" 하고 그 남자는 바로잡았다.

"엠—에이—브이—알—오우—"

"내 말 들으시오!"

톰이 사납게 중얼거렸다.

"알—" 하고 경찰관이 말했다.

"오우—"

"지이—"

"지이—"

톰이 넓적한 손으로 경찰관의 어깨를 잡자 경찰관은 고개를 쳐들었다.

"뭡니까?"

"무슨 일입니까? 그게 알고 싶소."

"자동차에 치였소. 즉사했습니다."

"즉사했다고요."

톰이 경찰관을 빤히 쳐다보며 되풀이했다.

"여자가 도로로 뛰어나갔소. 빌어먹을 운전자는 차를 멈추지도 않았고요."

"차가 두 대 있었어요. 하나는 내려가고 있었고 다른 한 대는 올라가고 있었지요."

마이클리스가 설명했다. 경찰관이 날카로운 목소리로 다

시 물었다.

"어느 쪽으로 갔다고요?"

"각각 양쪽으로 가고 있었어요. 그런데 저 부인이…"

그의 손이 담요 쪽으로 반쯤 올라가다가 다시 옆구리로 내려왔다.

"…저 여자가 도로로 뛰어나갔고, 뉴욕 쪽에서 오던 차가 그녀를 정면으로 들이받았어요."

"이곳 지명이 뭡니까?"

경찰관이 물었다.

"뭐 이름이랄 것도 없어요."

해쓱한 얼굴에 잘 차려입은 흑인 한 사람이 다가왔다.

"노란색 차였습니다. 크고 노란 차였어요. 새 차였고요."

"사고를 목격했나요."

경찰관이 물었다.

"아뇨. 하지만 그 차가 내 옆을 지나 엄청난 속도로 아래쪽으로 달려가는 걸 보았죠."

"이리 와요. 이름 좀 적겠소."

이 대화 중 몇 마디가 여전히 문간에서 몸을 흔들고 있던 윌슨에게 들린 모양이다. 헐떡거리던 소리가 갑자기 멈추더니 갑자기 새로운 외침이 들렸다.

"그게 어떻게 생긴 차인지 더 설명할 필요 없어! 그게 어떤 차인지 다 알고 있으니까!"

톰의 어깨 뒤쪽 근육이 굳어지는 것이 보였다. 그는 재빨리 윌슨에게로 걸어가더니 그의 양팔 위쪽을 거세게 붙잡았다.

"정신 차리게."

그는 타이르듯 무뚝뚝하게 말했다. 윌슨의 눈이 톰에게로 향하더니 몸을 일으키려 발돋움을 했지만 톰이 붙들어주지 않았다면 아마 무릎을 꺾고 쓰러졌을 것이다.

"내 말 들어봐. 난 방금 뉴욕에서 돌아오는 길이야. 우리가 얘기하던 그 차를 당신에게 갖다주려고 오는 길이었다고. 오늘 오후에 내가 몰던 그 노란 차는 내 것이 아냐. 알아듣겠어? 오후 내내 난 그 차를 보지도 못했다고."

그 흑인과 나 두 사람만이 그 말이 들릴 만큼 가까이 있었지만 경찰관이 그들의 말투에서 무슨 눈치를 챘는지 험상궂은 눈초리로 두 사람을 훑어보았다.

"그게 무슨 얘기죠?"

경찰관이 물었다.

"난 이 사람의 친구입니다. 이 사람이 사고 낸 차를 안다고 하는군요…. 노란색 차랍니다."

톰이 고개를 돌리며 말했지만 손은 여전히 윌슨을 꽉 붙잡고 있었다. 그의 목소리에서 어떤 흔들림을 느꼈는지 경찰관이 의심스러운 눈으로 톰을 바라보았다.

"당신 차 색깔은 뭡니까?"

"푸른색입니다. 쿠페지요."

"지금 막 뉴욕에서 오는 길입니다."

내가 말했다.

우리 뒤에서 조금 떨어져 따라오던 차의 운전자가 이 사실을 확인해 주자 경찰관은 다시 몸을 돌렸다.

"자, 다시 한번 정확하게 이름을 말씀해주시겠습니까?"

톰은 윌슨을 인형처럼 번쩍 들어 그의 사무실 의자에 앉혀놓고 나왔다.

"누가 이 사람과 같이 있어 주시오."

그는 명령하듯이 말했다. 가까이 있던 남자 두 명이 마주 보더니 마지못해 그 방으로 들어갔다. 톰은 문을 닫고는 작업대 쪽에서 시선을 돌리며 층계를 내려왔다. 톰은 나에게 가까이 다가오면서 속삭였다.

"인제 그만 나가지."

그는 사람들의 시선을 의식하며 위세 있게 두 팔로 길을 텄다. 점점 더 많이 모여들고 있는 사람들 틈을 밀치고 빠져나오자 가방을 들고 다급하게 들어오는 의사가 보였다. 혹시나 하는 희망에서 반 시간 전에 부른 의사였다. 차에 오르자 톰은 힘차게 가속 페달을 밟았고 쿠페는 밤을 헤치고 쏜살같이 달렸다. 잠시 후 들릴 듯 말 듯 나지막하게 쉰 목소리로 흐느끼는 소리가 들리는가 싶더니 그의 뺨 위로 눈물이 흘러내렸다.

"빌어먹을 겁쟁이! 차를 세우지도 않다니."

바람에 스치는 검은 나무 사이로 뷰캐넌 부부의 집이 보였다. 톰이 현관 옆에 자동차를 세우고 담쟁이덩굴 사이로 두 개의 창이 환하게 보이는 2층을 올려다보았다.

"데이지가 집에 와 있군."

차에서 내리면서 톰은 나를 힐끗 쳐다보더니 얼굴을 살짝 찡그렸다.

"닉, 웨스트에그에서 자네를 내려줄 걸 그랬네. 오늘 밤에는 아무것도 할 수 없을 테니까 말야."

그는 아까와는 다르게 엄숙하면서도 단호한 태도로 말했다. 달빛이 비치는 자갈길을 지나 현관으로 가는 동안 그는 민첩하게 몇 마디로 일을 처리했다.

"전화를 걸어 집까지 타고 갈 택시를 불러주겠네. 기다리는 동안 자네와 조던은 부엌에 가서 저녁을 차려달라고 하게. 생각이 있거든 말야."

"아니 사양하겠네. 하지만 택시는 불러주면 고맙겠어. 난 밖에서 기다리지."

조던이 내 팔에 손을 얹었다.

"닉, 정말 들어가지 않을 건가요?"

"사양하겠어요."

나는 속이 약간 메스꺼웠던 터라 혼자 있고 싶었다. 조던은 잠깐 머뭇거렸다.

"아직 9시 반밖에 안 되었어요."

집 안에 들어가다니, 차라리 지옥이 나을 듯했다. 하루 종일 진절머리가 날 만큼 이 사람들을 실컷 보았다. 갑자기 조던도 지겹다는 생각이 들었다. 내 표정에서 그런 눈치를 챘는지 그녀는 휙 돌아서서 집 안으로 들어가 버렸다. 나는 잠시 손으로 머리를 감싸고 앉아 있었다. 곧이어 집 안에서 택시를 부르는 집사의 목소리가 들렸다. 나는 정문에서 기다릴 작정으로 천천히 차도를 따라 내려갔다.

몇 걸음도 채 가지 않았을 때 갑자기 내 이름을 부르는 소리가 들리더니 개츠비가 관목 사이 길에서 모습을 드러냈다. 그때 나는 으스스한 기분을 느꼈던 모양이다. 왜냐하면 달빛 아래서 번쩍거리는 그의 분홍색 양복 외에는 아무것도 생각나지 않으니 말이다.

"여기서 뭘 하고 있는 겁니까?"

"그냥 서 있었어요."

그의 행동이 어딘지 모르게 비열하게 느껴졌다. 그가 금

217

방이라도 도둑질을 하기 위해 집 안으로 뛰어들지도 모른다는 생각이 들었다. 그의 등 뒤에 있는 컴컴한 관목 사이로 '올프심 일당'이 보인다 해도 나는 놀라지 않았을 것이다. 잠시 후 그가 물었다.

"사고 난 것 보셨습니까?"

"네, 봤습니다."

"그 여자는 죽었나요?"

"네, 죽었어요."

"그럴 줄 알았어요. 데이지에게도 그럴 거라고 말했지요. 충격은 한꺼번에 받는 편이 나으니까요. 그래도 데이지는 꽤 잘 견뎌냈어요."

그는 데이지의 반응만이 가장 중요한 문제인 것처럼 말했다.

"나는 옆길로 돌아 웨스트에그로 갔어요. 그러곤 제 차고에 차를 넣어두었지요. 아무도 우리를 보지 못했을 겁니다. 장담할 수는 없지만."

나는 그가 너무 혐오스러워 그의 생각이 틀렸다는 말조차 해줄 필요를 느끼지 못했다. 개츠비가 다시 물었다.

"그 여자는 누굽니까?"

"윌슨이라는 여자예요. 남편이 그 정비소의 주인이죠. 도대체 어쩌다 그런 일이 일어났습니까?"

"저어, 내가 핸들을 돌리려고 했는데…."

그가 말을 잇지 못했다. 나는 갑자기 사건의 진실이 짐작됐다.

"데이지가 운전을 했군요?"

"그래요. 하지만 물론 내가 운전했다고 할 겁니다. 아시다시피 뉴욕에서 출발할 때 그녀가 신경이 너무 날카로워져 운전을 하면 마음이 좀 가라앉을 거라고 생각했어요. 우리가 맞은편에서 오는 차와 엇갈리는 순간 갑자기 그 여자가 뛰어들었어요. 너무 순식간에 벌어진 일이긴 했지만 그 여자는 우리에게 무언가 말을 하려 했던 것 같아요. 우리를 아는 사람이라고 생각한 것 같아요. 처음에는 데이지가 그 여자를 피하려고 핸들을 꺾었는데 맞은편에서 차가 달려오자 겁을 먹고는 다시 돌렸지요. 내가 핸들에 손을 대는 순간 부딪치는 충격이 느껴졌습니다. 분명히 즉사했을 거예요."

"몸이 찢겨서…."

"그만 하세요."

그는 눈을 찡그렸다.

"아무튼, 데이지는 사람을 치고도 그냥 차를 몰았지요. 내가 차를 세우게 하려고 했지만 그럴 수가 없었어요. 결국 내가 핸드 브레이크를 당겼습니다. 그제야 그녀는 내 무릎 위에 쓰러졌어요. 그다음부터는 내가 운전을 했지요."

그가 다시 말을 이었다.

"데이지는 내일이면 괜찮아질 거예요. 난 지금 여기서 기다리면서 혹시 그자가 오늘 있었던 일로 그녀를 괴롭히지나 않을까 지켜보려고 합니다. 그녀는 방에 들어가 문을 잠그고 있어요. 만일 그자가 폭행이라도 하려고 들면 불을 껐다가 켜기로 했지요."

"톰이 손찌검을 하지는 않을 겁니다. 지금 데이지 생각은 안중에도 없어요."

"그를 못 믿겠어요."

"얼마나 오래 기다릴 작정입니까?"

"필요하다면 밤새도록 있을 겁니다. 어쨌든 모두 잠들 때까지는 기다릴 겁니다."

그 순간 내 머릿속에 새로운 생각이 떠올랐다. 데이지가 차를 몰았다는 사실을 톰이 알아낸다면 어떻게 될까? 거기에 무슨 관계가 있다고 생각할지도 모른다. 그가 무슨 생각을 할지는 알 수 없었다.

나는 집 쪽을 쳐다보았다. 아래층에 두어 개의 창문이 환하게 밝혀져 있었고, 2층 데이지의 방에서는 분홍색 불빛이 흘러나오고 있었다.

"여기서 잠깐만 기다리십시오. 무슨 소동이 일어날 낌새가 있는지 보고 오겠습니다."

나는 잔디밭 가장자리를 따라 돌아가 자갈길을 가로질러 베란다 층계를 조심스럽게 올라가 보았다. 거실의 커튼은 걷혀 있었고, 방 안은 텅 비어 있었다. 석 달 전, 그러니까 6월의 그 날 밤 저녁식사를 하던 테라스를 가로질러 식료품 저장실 창문으로 추측되는 곳에서 작은 불빛이 새어나오고 있었다. 차일이 내려져 있었지만 창턱에서 갈라진 틈을 하나 찾아냈다.

　데이지와 톰은 식어버린 프라이드치킨 한 접시와 흑맥주 두 병을 사이에 두고 마주 앉아 있었다. 톰이 데이지를 향해 무언가를 열심히 설명하고 있었고, 한쪽 손으로 그녀의 손을 감싸고 있었다. 그녀는 이따금 그를 올려다보며 알았다는 듯이 고개를 끄덕였다.

　그들은 전혀 행복해 보이지 않았다. 그렇다고 불행해 보이는 것도 아니었다. 두 사람 모두 치킨이든 맥주든 손도 대지 않았다. 그 광경에는 분명 자연스러운 친밀감이 흐르고 있었고, 누가 봐도 그들이 함께 무슨 음모라도 꾸미고 있다고 생각했을 것이다.

　조심스럽게 다시 현관 쪽으로 나가고 있자니 내가 타고 갈 택시가 어두운 길을 따라 천천히 집을 향해 오는 소리가 들렸다. 개츠비는 조금 전 그 자리에서 나를 기다리고 있었다.

"그래, 조용하던가요?"

그가 걱정스러운 눈빛으로 물었다.

"네, 아주 조용하네요. 그러니 집으로 돌아가 주무시는 게 어떨까요?"

나는 머뭇거리며 대답했다. 그러나 그는 고개를 저었다.

"데이지가 잠들 때까지 여기서 기다리고 싶습니다. 먼저 가세요."

그는 외투 주머니에 두 손을 집어넣으며 집 쪽으로 다시 고개를 돌렸다. 마치 내가 옆에 있으면 자신의 신성한 불침 번에 흠이라도 된다는 듯한 자세였다. 나는 천천히 걸어 나왔다. 달빛 아래 서서 아무 일도 일어날 리 없는 집을 지켜 보도록 그를 남겨둔 채 말이다.

8
The Great Gatsby

나는 잠을 이룰 수 없었다. 바다에서는 신음 같은 안개
경보가 끊임없이 들려왔고, 기이한 현실과 잔인하고 무서운
꿈 사이를 오락가락하며 반쯤은 환각 상태에서 이리저리
뒤척였다. 새벽녘에 개츠비 저택의 차도로 택시가 올라가는
소리를 듣고 나는 곧장 침대에서 일어나 옷을 갈아입었다.
그에게 할 말이 있었다. 조심해야 한다고 경고해야 하는데
아침이 되면 너무 늦을지도 모른다는 생각이 들었다.

그 집 잔디를 가로질러 가보니 현관문이 열려 있었다. 개
츠비는 낙심한 것 같기도 하고 졸린 것 같기도 한 표정으로
거실 테이블에 기대어 서 있었다. 그가 기운 없는 목소리로
말했다.

"아무 일도 없었습니다. 줄곧 기다렸지요. 4시쯤 되었을 때 그녀가 창가로 오더니 잠시 서 있다가 불을 끄더군요."

우리는 담배를 찾으려고 커다란 방들을 헤맸는데, 그날만큼 그 집이 그렇게 커 보인 적은 없었다. 우리는 장막 같은 커튼을 걷으면서 전등 스위치를 찾느라 길고 캄캄한 벽을 더듬어야 했다. 집 안은 온통 먼지투성이였고 오랫동안 통풍을 시키지 않았는지 곰팡이 냄새가 났다. 나는 못 보던 탁자 위에서 말라비틀어진 담배 두 개비가 들어 있는 담뱃갑을 찾아냈다. 우리는 거실 창문을 활짝 열어젖히고 앉아서 어둠 속으로 담배 연기를 내뿜었다.

"당분간 이곳을 떠나 계십시오. 사람들이 당신 차를 찾아낼 겁니다."

"지금 당장 떠나란 말입니까?"

"애틀랜틱시티에 가서 일주일 정도 계시거나 몬트리올에 갔다 오십시오."

개츠비는 그럴 생각이 없었다. 데이지가 어떻게 할 작정인지 알기 전에는 도저히 떠날 수 없다는 것이었다. 그는 아직도 마지막 한 가닥 희망에 매달렸고, 나는 차마 그의 희망을 뒤흔들 수가 없었다.

그가 나에게 댄 코디와 함께 보낸 이상한 젊은 시절 얘기를 들려준 것이 바로 그날 밤이었다. 그가 얘기를 들려준 까닭은 '제이 개츠비'가 톰의 격렬한 적대감에 부딪혀 유리 조각처럼 산산이 부서지면서 길고 은밀했던 공연이 모두 끝났기 때문이다. 지금 생각해보면 그는 무슨 얘기라도 다 털어놓을 생각이 있기는 했지만 그보다는 데이지 얘기를 하고 싶었던 것 같다.

그녀는 그가 난생처음 알게 된 '멋진' 여자였다. 그는 발각되지 않게 조작한 다양한 자격을 이용해 상류층 사람들과 만나긴 했지만 그들과의 사이에서 언제나 보이지 않는 철망이 놓여 있었다. 그녀에 대한 관심은 주체할 수 없을 정도였다. 처음에는 캠프 테일러의 다른 장교들과 같이 그녀의 집에 놀러 갔지만 나중에는 혼자서 찾아갔다. 그에게는 놀라운 경험이었다. 그렇게 아름다운 집에 들어가 보기는 처음이었던 것이다. 그러나 그 집에서 숨 막힐 정도의 흥분을 느낀 것은 바로 데이지가 그 집에 살고 있다는 사실 때문이었다. 부대의 텐트가 그에게 자연스러운 것처럼 그녀에게 그 집은 지극히 자연스러웠다. 그 집에는 농익은 신비스러움이 서려 있었다. 위층에는 어떤 침실보다 아름답고 시원한 침실이 있을 것만 같았고, 복도에서는 언제나 즐겁고 눈부신 일들이 일어나고 있을 것 같았고, 최신형 라벤더 향에 간직된, 곰팡내 나는 로맨스가 아닌 화려한 자동차 냄새를 풍기는 신선하고 생기 넘치는 로맨스가 있을 것 같았고, 시들지 않는 꽃이 춤을 추고 있을 것만 같았다. 지금까지 많은 남자가 데이지를 사랑했다는 사실 또한 그를 흥분시켰다. 그럴수록 그의 눈에는 그녀의 가치가 더 크게 보였던 것이다. 그는 그 남자들의 존재가 아직도 떨리는 감정을 지닌 그림자와 메아리가 되어 그 집 주위를 맴돌고 있다는 느낌을 받았다.

그러나 그는 자신이 데이지의 집에 발을 들여놓게 된 것은 엄청난 우연임을 알고 있었다. 제이 개츠비로서의 장래가 아무리 찬란하다 해도 당시에는 아무런 경력이 없는 무일푼의 청년에 불과했으며, 금방이라도 눈에 보이지 않는 제복이 어깨에서 흘러내릴지도 모를 일이었다. 그는 자기에게 주어진 시간을 최대한 이용하기로 마음먹었다. 그는 자신이 얻을 수 있는 것을 얻기 위해 염치를 무릅쓰고 악착스럽게 매달렸다. 고요한 10월 어느 날 밤 마침내 그는 데이지를 차지했다. 사실 그에게는 그녀의 손을 만질 권리조차 없었기 때문에 그럴 수밖에 없었다.

그는 거짓말로 그녀를 차지했기 때문에 스스로를 경멸했을 수도 있다. 있지도 않은 수백만 달러를 가졌다고 거짓말을 했다는 것이 아니라, 데이지에게 고의로 안정감을 불어넣었던 것이다. 그는 자신이 그녀와 같은 계층에 속하는 인물이며, 그녀를 충분히 보살펴줄 능력이 있는 것처럼 믿게

했다. 그러나 그에게는 그럴 만한 능력이 없었다. 풍요로운 집안의 뒷받침도 없었고, 비인간적인 정부가 변덕이라도 부리면 언제든 다른 곳으로 움직여야 했다.

그러나 그는 스스로를 경멸하지 않았고 상황도 그가 상상한 대로 돌아가지 않았다. 어쩌면 그는 얻을 수 있는 것만 취하고 떠나버릴 작정이었는지도 모른다. 하지만 이제 그는 자신이 전력을 다해 성배(聖杯)를 좇았다는 사실을 알게 되었다. 그녀가 특별하다는 것은 알고 있었지만 '우아한' 여자가 도대체 얼마나 특별할 수 있는지는 알지 못했던 것이다. 그녀는 부유한 자기 집 안으로, 화려한 자신의 생활 속으로 사라져버렸다. 개츠비에게는 아무것도 남기지 않은 채. 그는 그녀와 결혼이라도 한 것 같은 느낌이 들었지만 그것이 전부였다.

그래서 이틀 뒤 두 사람이 다시 만났을 때, 어쩐지 배반당한 것 같은 느낌을 받은 쪽은 개츠비였다. 그녀의 집 현관은 별빛을 사다 놓은 것 같은 온갖 사치품으로 눈이 부셨다. 그가 그녀의 아름다운 입술에 키스하는 동안 고리버들로 만든 긴 의자가 멋지게 삐걱거렸다. 감기에 걸린 그녀의 목소리는 더 허스키했고 더욱 매력적이었다. 개츠비는 부(富)가 보호해주는 젊음과 신비, 그 많은 옷이 주는 신선함, 그리고 힘겹게 살아가는 가난한 사람들과는 멀리 떨어진 곳에서 데이지가 안전하고 자랑스럽게 은처럼 빛을 발한다는 것을 뼈저리게 느꼈다.

"내가 그녀를 사랑한다는 사실을 알았을 때 얼마나 놀랐는지는 말로 다 표현할 수가 없습니다. 한동안은 그녀가 나를 차버렸으면 하고 바라기도 했지만 그녀는 그러지 않았어요. 그녀도 나를 사랑하고 있었으니까요. 그녀는 자기가 모르는 것을 내가 알고 있다는 이유로 내가 꽤나 똑똑한 줄 알았습니다. 아무튼 나는 본래의 야망과는 멀어진 채 점점 더 깊이 사랑에 빠져들고 있었지요. 어느 순간부터는 그 야망에 대해서는 신경도 쓰지 않게 되었어요. 그녀에게 앞으로 할 일들을 들려주면서 훨씬 더 즐거운 시간을 보낼 수 있는데, 거창한 계획이 무슨 소용이 있겠습니까?"

그가 외국으로 떠나기 전날 밤 그는 데이지를 껴안고 오래오래 가만히 앉아 있었다. 가을날의 싸늘한 기온에 난로를 피웠고, 그녀의 뺨은 빨갛게 달아올랐다. 이따금 그녀가 뒤척일 때면 그는 팔을 조금씩 움직여 자세를 편하게 해주었고, 그녀의 반짝이는 머리카락에 입을 맞추기도 했다. 마치 예정된 긴 이별을 위해 깊은 추억이라도 만들려는 듯이 두 사람은 그렇게 조용히 앉아 있었다. 그들이 사랑을 나눈 한 달 동안, 데이지의 입술이 그의 어깨를 스칠 때나 그가 그녀의 손끝을 살짝 만지작거릴 때만큼 서로 친밀감을 갖고 마음속 깊은 곳까지 통했던 적은 일찍이 없었다.

개츠비는 군대에서 꽤 성공한 편이었다. 전선에 배치되기 전에 이미 대위로 진급했고, 아르곤 전투 뒤에는 소령으로 진급해 사단 기관총 부대의 지휘관이 되었다. 휴전이 되자 그는 서둘러 귀국하려 했지만 무슨 착오나 오해가 있었는지 옥스퍼드 대학으로 파견되고 말았다. 그는 이제 걱정이 되기 시작했다. 데이지의 편지에 신경질적인 절망 같은 것이 담겨 있었던 것이다. 그가 왜 귀국을 하지 않는지 그녀로서는 이해할 수 없는 일이었다. 주위에서 압력을 받고 있던 데이지는 당장 그를 만나고 싶어 했고, 그가 옆에 있어 주기를 원했으며, 그녀가 옳은 일을 하고 있다는 확신을 얻고 싶어 했다.

데이지는 아직 어렸다. 난초 향기와 쾌활하면서도 명랑한 속물근성을 지니고 있었으며, 슬픔과 암시로 가득 찬 인생을 새로운 곡조로 연주하는 오케스트라의 리듬에 따라 그해의 리듬을 결정했다. 밤새도록 색소폰이 '빌 스트리트 블루스'의 절망적인 가사를 읊조리는 동안 금빛과 은빛으로 빛나던 수백 켤레의 구두는 먼지에 뒤섞이고 있었다. 어두워질 무렵 차를 마실 때면 방마다 나지막하고 달콤한 열기가 고동을 치고 있었고, 슬픈 나팔 소리에 이끌려 흩어지는 장미 꽃잎처럼 여기저기서 새로운 얼굴들이 떠돌아다녔다.

계절이 바뀌면서 데이지는 다시 황혼의 세계에서 돌아다니기 시작했다. 하루에도 몇 번씩 남자들과 데이트를 했고, 새벽녘이 되어서야 침대 머리맡에 놓인 시들어가는 난초 사이에 이브닝드레스를 벗어 던진 채 잠에 곯아떨어졌다. 그러는 동안에도 그녀의 마음속에는 뭔가 결단을 내려야 한다는 절박함이 아우성치고 있었다. 그녀는 당장 자신의 인생이 어떤 형태를 갖추기를 바랐다. 그리고 그 결단은 사랑이나 돈 또는 의심할 여지가 없는 현실적인 이유 같은 어떤 힘을 통해 이루어져야 했다. 그런데 그러한 힘이 바로 그녀 곁에 있었다.

그 힘은 봄이 무르익어 갈 무렵 톰 뷰캐넌이 출현하면서 구체적인 모습을 드러냈다. 그의 외모나 사회적 지위가 주는 무게감에 데이지는 우쭐해졌다. 데이지가 얼마간 갈등을 겪은 것은 의심할 여지가 없지만 그와 동시에 정신적 안도감도 뚜렷하게 느낄 수 있었다. 옥스퍼드에 있는 동안 개츠비는 그런 사연이 담긴 편지를 받았다.

이제 롱아일랜드에 새벽이 찾아들었고 우리는 아래층으로 내려가 나머지 창문을 열어 회색과 금색으로 변하고 있는 빛을 집 안 가득히 채웠다. 한 그루의 나무 그림자가 별

안간 이슬 위에 던져지고 그림자 같은 새들이 푸른 잎 사이에서 지저귀기 시작했다. 공기 속에는 느리고 상쾌한 움직임이 일고 있었는데 그 있을까 말까 한 바람이 서늘하고 화창한 하루의 날씨를 약속해주고 있었다.

"난 데이지가 톰을 사랑한 적은 없었다고 생각해요."

개츠비는 창가에서 빙그르 돌아서더니 덤벼들 것처럼 나를 노려보았다.

"당신도 기억하겠지만 데이지는 어제 오후에 몹시 흥분했죠. 톰이 그런 식으로 이야기를 해서 데이지가 깜짝 놀란 겁니다. 그는 나를 마치 시시한 사기꾼처럼 보이게 했지요. 그 결과 데이지는 자기가 무슨 말을 하고 있는지도 몰랐던 겁니다."

그는 침울하게 의자에 걸터앉았다.

"물론 결혼 초 잠시 동안은 데이지도 그 사람을 사랑했을지도 모르지요. 하지만 그때도 역시 나를 더 사랑했을 겁니다. 아시겠어요?"

그는 별안간 이상한 말을 꺼냈다.

"어쨌거나 그건 한낱 개인적인 문제죠."

알 수 없는 이 연애 사건에 대한 그의 의견이 다소 격렬하지 않나 하는 생각 말고는 그가 그 말을 한 의도를 판단할 길이 없었다.

톰과 데이지가 신혼여행을 떠난 사이 그는 프랑스에서 돌아와 군대에서 받은 마지막 봉급으로 비참하지만 어쩔 수 없이 루이빌을 찾아갔다. 일주일 동안 그곳에 머무르면서 11월 밤에 둘이서 거닐었던 거리를 서성였고 그녀의 흰색 차로 드라이브를 즐겼던 호젓한 장소들을 다시 둘러보았다. 데이지의 집이 다른 집보다 신비롭고 즐거워 보였던 것처럼, 그녀는 가고 없지만 그 도시 자체에 대한 그의 생각은 우울한 아름다움으로 가득 차 있었다.

그는 그곳을 떠나면서 좀 더 애를 쓴다면 그녀를 찾을 수도 있을 것 같은 느낌을 받았다. 어쩐지 그녀를 남겨두고 떠나는 것 같은 느낌이 들었다. 일반 객차는 — 이제 그의 주머니에는 한 푼도 없었다 — 푹푹 쪘다. 그는 객차의 연결 복도로 나가 접는 의자를 펴고 앉았다. 정거장이 미끄러지듯 사라지고 낯선 건물들의 뒷모습이 지나갔다. 그는 마치 바람 한 줌이라도 잡으려는 듯, 그녀로 인해 아름다웠던 그곳의 한 조각이라도 간직하려고 필사적으로 손을 뻗었다. 그러나 눈물로 흐려진 그의 눈에서 도시는 너무 빨리 지나가 버렸고, 그는 그 도시에서 가장 신선하고 아름다웠던 것을 영원히 잃어버렸다는 사실을 깨달았다.

우리가 아침 식사를 마치고 현관으로 나왔을 때는 벌써 9시였다. 밤사이에 날씨가 많이 바뀌어 대기에는 가을 기운이 완연했다. 개츠비의 고용인 중 유일하게 남아 있는 정원사가 계단 밑으로 다가왔다.

"주인 어른, 오늘 수영장의 물을 뺄까 하는데요. 나뭇잎이 떨어지기 시작하면 배수관에 문제가 생기거든요."

"오늘은 하지 말게."

그는 사과하듯 나를 돌아보며 말했다.

"여름 내내 수영장을 한 번도 이용하지 못했거든요."

나는 시계를 들여다보고 자리에서 일어났다.

"기차 시간이 12분밖에 남지 않았군요."

나는 시내에 나가고 싶지 않았다. 점잖게 일이나 하고 있을 상황이 아니기도 했지만 그것만이 이유는 아니었다. 나는 개츠비를 혼자 남겨 두고 싶지 않았다. 나는 그 기차를 놓치고 다음 기차도 보낸 다음에야 마지못해 자리에서 일어섰다.

"전화 드리지요."

"그래 주시겠습니까."

"12시쯤 전화 드리겠습니다."

우리는 천천히 계단을 내려왔다.

"데이지도 전화를 하겠지요."

마치 이 일에 내가 공범자라도 되는 것처럼 그는 걱정스런 얼굴로 나를 쳐다보았다.

"그럴 겁니다."

"그럼… 안녕히 가세요."

악수를 나누고 그 집에서 나와 걷다가 울타리에 이르렀을 때 불현듯 내 머릿속을 때리는 생각 때문에 나는 잠시 돌아섰다. 나는 잔디밭 너머 그를 향해 소리쳤다.

"그 인간들은 저질입니다. 그들을 모두 합쳐놓은 것보다 당신이 훨씬 더 훌륭합니다."

나는 지금도 그때 그 말을 하길 잘했다고 생각한다. 그의 행동에 대해 처음부터 끝까지 찬성해본 적이 없었기 때문에 그것은 내가 그에게 한 유일한 칭찬이었다. 처음에는 점잖게 고개를 끄덕이던 그는 점차 밝은 표정을 짓더니 나중에는 마치 지금까지 범행을 공모한 사이라도 되는 것처럼 미소를 지었다. 하얀 계단을 배경으로 그의 화려한 분홍색 양복이 무늬처럼 보이는 모습을 보자 석 달 전 고색창연한 그의 저택을 처음 방문한 날이 떠올랐다. 잔디밭과 차도에 그가 부정한 짓을 저질렀다고 수군대는 사람들로 붐볐다. 그리고 그는 계단에 서서 퇴색되지 않은 꿈을 감춘 채 그들에게 손을 흔들며 작별 인사를 하고 있었다.

나는 그의 환대에 고맙다는 인사를 했다. 우리는 항상 그에게 감사한다는 말을 하곤 했다. 나도 다른 사람들도.

나는 그를 향해 다시 소리쳤다.

"안녕히 계십시오. 아침 잘 먹었어요, 개츠비 씨."

뉴욕으로 돌아온 나는 그사이 끝없이 쌓인 주식 시세표를 작성하려고 했지만 회전의자에 앉은 채 잠이 들고 말았다. 정오가 되기 직전 전화벨 소리에 고개를 들어보니 이마에 땀방울이 맺혀 있었다. 조던 베이커였다. 그녀는 정확한 일정 없이 호텔이나 클럽, 아니면 지인들의 집을 전전했기 때문에 연락할 방법이 없어 이 시간이면 가끔 전화를 걸어오곤 했다. 평소에는 초록색 골프장의 잔디 조각이 날아 들어오는 것처럼 상쾌하고 시원스럽게 느껴지는 목소리였는데 그날 아침에는 왠지 귀에 거슬리고 메마르게 들렸다.

"데이지의 집에서 나왔어요. 지금 헴스테드에 있는데 오늘 오후에 사우샘프턴으로 내려갈 생각이에요."

조던이 데이지의 집을 나온 것이 잘한 행동일지 모르지만 나는 왠지 모르게 화가 치밀었다. 이어지는 그녀의 말에 나는 몸이 굳는 것 같았다.

"어젯밤 당신은 절 그다지 배려하지 않더군요."

"그런 상황에서 그게 그렇게 중요합니까?"

잠시 침묵이 흘렀다.

"하지만… 당신을 만나고 싶어요."

"나도 만나고 싶습니다."

"그럼 사우샘프턴에 가지 말고 오후에 시내로 나오란 말인가요?"

"아니요…. 아무래도 오늘 오후는 안 될 것 같아요."

한동안 우리는 이런 식으로 대화를 나누었는데, 어느 순간 대화가 끊기고 말았다. 둘 중 누가 먼저 수화기를 내려놓았는지는 기억나지 않지만 나는 그다지 신경 쓰지 않았다. 다시는 그녀를 만나지 못한다 해도 그날만은 서로 마주앉아 한가하게 이야기를 나누고 있을 수 없었다.

몇 분 뒤 나는 개츠비 저택에 전화를 걸었다. 하지만 통화 중이었다. 연달아 네 번이나 걸자 마침내 화가 난 교환수가 그 전화선은 디트로이트의 장거리 전화를 기다리고 있다고 알려주었다. 나는 기차 시간표를 꺼내 3시 50분 기차에 동그라미를 쳤다. 그러고는 의자에 깊숙이 기대어 생각에 집중하기 위해 애를 썼다. 마침 정오였다.

그날 아침 재의 골짜기를 지날 때 나는 일부러 반대편 기차간으로 건너갔다. 그곳에는 하루 종일 호기심 많은 사람들이 서성거릴 것이라고 짐작했기 때문이다. 아이들은 먼지속에서 검은 얼룩을 찾아낼 것이고, 수다쟁이들은 끊임없이 한 가지 사건을 되풀이해서 말할 것이다. 결국 그 사건은 현실감을 잃어 더 이상 할 말도 없어지게 되고 머틀 윌슨의 비극적인 사건도 잊혀질 것이다.

나는 이 이야기를 좀 뒤로 돌려서 그 전날 밤 우리가 정비소를 떠나온 뒤에 그곳에서 일어났던 일을 이야기할까 한다.

그들은 머틀의 동생 캐서린의 소재를 알아내는 데 어려움을 겪었다. 그녀는 그날 밤에는 술을 안 마시는 습관을 깨뜨렸던 모양인지 그곳에 도착했을 때 엉망으로 취해서 앰뷸런스가 이미 플러싱으로 가버렸다는 사실을 이해하지 못했다. 사람들이 그것을 알아듣도록 이야기해주자 마치 그것이 그 사고의 가장 참을 수 없는 부분이라도 한 듯이 그 자리에서 실신하고 말았다. 어떤 사람이 친절에서인지 호기심에서인지 몰라도 그녀를 그의 차에 태워서 언니에게 데리고 가주었다.

한밤중이 훨씬 지난 시간까지 구경꾼들은 새로 몰려들었고, 윌슨은 여전히 정비소 안 소파에 앉아 몸을 앞뒤로 흔들어대고 있었다. 사무실 문이 열려 있었기 때문에 사람들은 자연스럽게 그 안을 볼 수밖에 없었다. 결국 누군가가 윌슨을 위해 문을 닫아주었다. 마이클리스와 다른 몇 사람이 그와 함께 있었다. 처음에는 네댓 명 정도 되었고 나중에는 두어 명으로 줄어들었다. 시간이 늦어지자 마이클리스는 마지막으로 남은 낯선 남자에게 가게에 가서 커피를 사 올테니 15분만 기다려달라고 부탁했다. 그 뒤부터 그는 새벽까지 윌슨과 함께 있어 주었다.

새벽 3시쯤 되자 그전까지 앞뒤가 맞지 않던 윌슨의 중얼거림에 변화가 일기 시작했다. 전보다 차분해진 자세로 노란색 자동차 이야기를 하기 시작했다. 그는 노란색 차가 누구 것인지 알아낼 방법이 있다고 하더니, 두 달 전 아내가 시내에 갔다 왔는데 얼굴에 상처를 입고 코가 부어 있더라는 말을 불쑥 내뱉었다.

그는 자기 입으로 이 말을 하고는 놀라 움찔하더니 "아, 맙소사!" 하고 울부짖기 시작했다. 마이클리스는 그를 달래기 위해 서툴지만 애를 썼다.

"아저씨, 결혼하신 지는 얼마나 됐나요? 자, 보세요. 잠깐만 가만히 앉아서 제가 묻는 말에 대답 좀 해보세요. 결혼하신 지 얼마나 되었나요?"

"12년 됐어."

"아이는 있었나요? 자, 조지, 가만히 좀…. 제가 묻고 있잖아요. 아이는 있었나요?"

딱정벌레들이 전등 불빛에 계속 몸을 부딪쳤고, 자동차 지나가는 소리가 들릴 때마다 마이클리스는 몇 시간 전 멈추지 않고 그냥 달아난 자동차를 떠올렸다.

"아저씨, 가끔이라도 나가는 교회가 있습니까? 오랫동안

다니지 않은 교회라도 말이에요. 제가 전화를 걸어 목사님을 오시게 해서 얘기를 좀 나누어보면 어떨까요?"

"아무 교회에도 안 나가."

"다니는 교회가 있어야 해요. 이런 일을 당했을 때를 대비해서 말입니다. 전에는 분명히 다니셨을 텐데요. 교회에서 결혼식을 하지 않았나요? 보세요, 아저씨, 제 말 좀 들어보세요. 교회에서 결혼하지 않으셨어요?"

"그건 아주 오래전 일이지."

질문에 대답하느라 몸을 흔들어대는 리듬이 깨졌다. 잠시 동안 윌슨은 침묵을 지켰다. 그러다가 반은 아는 것 같기도 하고 반은 어리둥절한 표정으로 책상을 가리키며 말했다.

"거기 서랍 안을 좀 봐."

"어느 쪽 서랍 말입니까?"

"그쪽 서랍, 그거 말이야."

마이클리스는 가장 가까운 서랍을 열었다. 그 안에는 가죽과 은실로 꼰 값비싼 개줄 말고는 아무것도 없었다. 개줄은 새것으로 보였다.

"이것 말입니까?"

윌슨은 고개를 끄덕였다.

"어제 오후에 그걸 발견했지. 머틀은 변명을 하려 했지만 난 그게 심상치 않은 물건이라는 걸 알았어."

"부인이 이걸 사셨다는 말씀인가요?"

"머틀이 그걸 포장지에 싸서 옷장 위에 두었거든."

마이클리스는 그게 어째서 이상한지 도무지 알 수 없었다. 그래서 윌슨에게 부인이 개줄을 살 만한 이유를 몇 가지 설명해주었지만 윌슨은 "오, 맙소사!"라고 중얼거리기 시작했다. 보아하니 이미 머틀에게서 그런 설명을 들은 모양이었다. 그를 위로하려던 마이클리스는 입을 다물 수밖에 없었다. 갑자기 윌슨의 입이 쩍 벌어졌다.

"그자가 죽인 거야."

"누가 죽였다고요?"

"알아낼 방법이 있어."

"아저씨, 아저씨는 지금 제정신이 아니에요. 이번 일로 너무 충격을 받아서 지금 무슨 말을 하고 있는지도 모르는 거예요. 아침까지 조용히 앉아 계시는 게 좋겠어요."

"그놈이 내 마누라를 죽였어."

"조지, 그건 사고였어요."

그러나 윌슨은 머리를 저었다. 모든 것을 알고 있다는 듯이 "흠!" 하는 소리를 내면서 두 눈을 가늘게 뜨고 입을 삐죽거렸다.

"난 다 알고 있어. 난 의리 있는 사람이고, 누굴 해칠 생각은 없어. 하지만 내가 일단 뭘 알게 되면 그건 진짜로 아는 거야. 바로 그 차에 탄 놈이었어. 마누라가 그놈에게 말을 걸려고 쫓아나갔는데 그놈이 차를 멈추지 않았던 거야."

마이클리스도 그 장면을 목격했지만 거기에 무슨 특별한 의미가 있을 것이라고는 생각지 않았다. 그는 윌슨 부인이 어떤 차를 세우려고 했다기보다는 남편에게서 도망치려던 것뿐이라고 생각했던 것이다.

"부인이 왜 그랬을까요?"

"교활한 여자니까."

그는 마치 그것으로 충분한 대답이 되는 것처럼 말했다. 그는 다시 몸을 흔들어대기 시작했고 마이클리스는 개줄을 만지작거리며 서 있었다.

"내가 전화를 걸어줄 만한 친구는 있겠지요?"

이것이 가냘픈 희망이었다. 그는 윌슨에게 친구가 없다는 것을 거의 확신하고 있었다. 아내에게도 그는 남편 구실을 변변히 못 했다.

시간이 흘러 창가에 푸른빛이 들자 새벽이 멀지 않았음을 알게 된 마이클리스는 마음이 놓였다. 5시쯤에는 전등을 꺼도 좋을 만큼 날이 밝았다.

윌슨은 멍한 눈빛으로 창밖을 보고 있었다. 작은 회색 구름들이 새벽의 미풍에 실려 이리저리 떠돌고 있었다. 윌슨이 오랜 침묵을 깨고 중얼거렸다.

"내가 마누라에게 말했지. 나를 속일 순 있어도 하나님을 속이진 못한다고. 나는 마누라를 창문으로 데리고 갔어. 그러고는 이렇게 말했지. '하나님은 당신이 한 짓을 모두 알고 계셔. 당신은 날 속일 순 있어도 하나님은 못 속여!'"

그의 뒤에 서 있던 마이클리스는 윌슨이 T. J. 에클버그 의사의 눈을 바라보고 있는 것을 보고 윌슨의 상태가 생각보다 심각한 것 같아 두려운 생각까지 들었다. 아침이 밝아오면서 에클버그 의사의 창백하고 거대한 두 눈이 이제 막 모습을 드러내고 있었다. 윌슨이 되풀이했다.

"하나님은 못 보는 것이 없으시지."

"저건 광고예요."

마이클리스가 어떻게든 윌슨을 납득시켜 보려 애썼지만 윌슨은 잠시 창에서 눈을 떼 방 안을 둘러보더니 다시 창틀에 얼굴을 들이대고 여명을 향해 고개를 끄덕이며 오랫동안 그 자리에 그대로 서 있었다.

6시쯤 되자 마이클리스는 이미 지칠 대로 지쳐 밖에서 자동차 멈추는 소리가 들리자 반가운 마음이 들었다. 전날 밤에 자리를 지키다 다시 오겠다고 약속한 사람 중 하나였다. 그는 세 사람분의 아침 식사를 만들었지만 윌슨은 먹지 않았다. 그는 아까보다 좀 더 조용해졌고, 마이클리스는 집으로 돌아가 잠을 잤다. 네 시간 뒤에 깨어난 그가 다시 정비소로 돌아와 보니 윌슨은 어디론가 사라지고 없었다.

그의 행적은 나중에 추적되었는데 처음에는 포트 루스벨트로 갔다가 거기서 개즈힐까지 걸었고, 거기에서 샌드위치를 한 개 샀지만 먹지는 않고 커피 한 잔만 마셨다. 점심 시간이 되어서야 개츠힐에 도착한 것을 보면 그는 피곤해서 천천히 걸은 모양이었다. 여기까지는 그가 어떻게 시간을 보냈는지 설명하기가 어렵지 않다. '미친 사람처럼 행동하는' 남자를 보았다는 아이들이 있었고, 이상한 눈초리로 자신들을 훑어보았다는 운전자들도 있었다. 그 후 세 시간 동안 그는 자취를 감췄다. 마이클리스에게 '찾아낼 방법이 있다'고 했던 말을 근거로 경찰은 윌슨이 근처 정비소를 하나하나 찾아다니며 노란색 자동차의 소재를 찾는데 세 시간을 보냈을 것이라고 추측했다. 그런데 그를 보았다는 정비소 사람은 한 명도 없었다. 아마 그에게 자신이 알고 싶은 것을 좀 더 쉽고 확실하게 알아낼 방법이 있었던 것 같다. 2시 30분쯤, 웨스트에그에 도착한 그는 누군가에게 개츠비의 집으로 가는 길을 물었다. 그러니까 그즈음에 윌슨은 이미 개츠비의 이름을 알고 있었던 것이다.

2시에 수영복으로 갈아입은 개츠비는 누구에게든 전화가 걸려오면 수영장으로 알려달라고 집사에게 일러두었다. 그는 여름 동안 손님들을 즐겁게 했던 에어 매트리스를 가지러 창고에 들렀고, 운전기사가 바람 넣는 일을 도와주었다. 그러고 나서 그는 어떤 일이 있더라도 오픈카를 밖으로 꺼내지 말라고 운전기사에게 지시했다. 앞쪽 우측 펜더의 수리가 필요해 보였던 터라 운전기사로서는 의아한 생각이 들었다.

개츠비는 매트리스를 둘러메고 수영장으로 향했다. 운전기사가 도움이 필요한지 물었지만 개츠비는 머리를 내저으며 이제 막 단풍이 들기 시작한 나무 사이로 사라졌다.

전화는 한 통도 오지 않았지만 집사는 낮잠까지 참으면서 4시가 되도록 기다렸다. 비록 전화가 걸려왔더라도 받을 사람이 없어진 지 한참이 지난 뒤였다. 개츠비 자신도 전화가 걸려올 것이라고 믿지 않았고 이미 그런 것에 신경을 쓰지 않았을지도 모른다. 만약 그게 사실이라면 그는 그 옛날의 따뜻한 세계를 이미 잃어버렸으며, 오직 하나의 꿈을 품고 긴 시간을 견뎌온 것에 비하면 너무 비싼 대가를 치렀다고 느꼈을 것이다.

그는 장미꽃이 얼마나 기괴한 것인지, 또 가꾸지 않은 잡초 위에 쏟아지는 햇볕이 얼마나 차가운 것인지 알았을 때,

두려운 마음까지 들게 하는 나뭇잎 사이로 낯선 하늘을 올려다보며 몸서리를 쳤을 것이다. 현실감 없는 세계, 가엾은 허깨비들이 공기처럼 꿈을 들이마시며 방황하는 새로운 세계… 나무를 헤치고 그를 향해 서서히 다가오는 잿빛 환영의 인물처럼.

운전기사가 — 그는 울프심의 부하 중 하나였다 — 총소리를 들었다. 나중에 그는 그 총소리를 그다지 심각하게 생각하지 않았다고 말할 뿐이었다. 나는 기차역에서 개츠비의 집을 향해 곧장 차를 몰았다. 걱정스러운 마음에 저택의 앞쪽 계단을 달려 올라갔고 나의 발소리 때문에 그 집 사람들은 처음으로 깜짝 놀랐다. 지금 생각해보면 그때 이미 저택 사람들은 사실을 알고 있었던 게 틀림없다. 운전기사, 집사, 정원사 그리고 나 이렇게 네 사람은 말없이 수영장을 향해 서둘러 내려갔다.

수영장 한쪽 끝에서 흘러나온 맑은 물은 다른 쪽 배수구로 밀려가기 때문에 물은 보일 듯 말 듯 출렁이고 있었다. 잔잔한 물살 때문에 개츠비를 태운 매트리스는 불규칙하게 수영장 아래로 움직이고 있었다. 수면에 잔물결 하나 만들지 못할 만큼 약한 바람이라도, 예상치 못한 짐을 싣고 예상치 못한 방향으로 흘러가고 있는 매트리스의 흐름을 방해하기에는 충분했다. 매트리스는 수면 위에 떠 있던 나뭇잎 더미에 닿자 천천히 맴돌면서 마치 컴퍼스의 다리처럼 물 위에 붉은 동그라미를 남겼다.

우리가 개츠비의 시체를 들고 집으로 출발한 뒤에야 정원사가 조금 떨어진 잔디밭에서 윌슨의 시체를 발견했다. 그리하여 그 어처구니없는 학살은 막을 내렸다.

9
The Great Gatsby

그로부터 2년이 지났지만 그날의 나머지 시간과 그날 밤, 그리고 이튿날을 떠올리면 경찰과 사진기자, 신문기자들이 끝없이 개츠비의 집을 들락날락했다는 것밖에 기억나지 않는다. 정문을 가로질러 밧줄을 둘러치고 경찰관 한 사람이 구경꾼들을 가로막고 있었지만 아이들은 곧 우리 집을 통해 그 집으로 들어갈 수 있다는 것을 알아냈다. 수영장 주위에는 아이들이 입을 벌린 채 삼삼오오 모여 있었다. 그날 오후 형사인 듯한 사람이 자신감 넘치는 태도로 윌슨의 시체를 들여다보며 '미치광이'라는 단어를 사용했고, 우연히 그의 목소리에 권위가 실리면서 그의 말은 다음 날 신문 기사의 단서가 되었다.

기사들은 대부분 악몽 같았다. 정황에 따라 열을 올리며 쓴 기사의 내용들은 기괴하기만 할 뿐 진실과는 거리가 멀었다. 마이클리스의 증언으로 윌슨이 자기 아내를 의심하고 있었다는 것이 밝혀졌을 때, 나는 이 사건이 선정적인 풍자거리가 되지 않을까 노파심이 들었다. 그러나 뭔가 할 말이 있을 법한 캐서린은 한마디도 하지 않았다. 오히려 그녀는 이 사건과 관련해 놀라운 태도를 보여주었다. 자신의 언니는 개츠비를 본 적이 없으며 남편과 더없이 행복하게 살았다고 증언한 것이다. 그녀는 자신의 말에 스스로도 설득당했는지 불미스러운 소문의 암시만으로도 참을 수 없다는 듯 손수건에 얼굴을 파묻고 울었다. 그래서 윌슨이 '비탄에 빠진 나머지 정신착란을 일으킨' 사람으로 축소된 채 사건은 가장 단순한 형태로 마무리되었고, 지금까지도 많은 사람이 그렇게 알고 있다.

그러나 그런 것들은 중요한 문제가 아니었고, 또한 사건의 중심에서도 거리가 먼 지엽적인 문제에 지나지 않았다. 나는 개츠비의 편을 드는 사람이 나밖에 없다는 사실을 깨달았다. 웨스트에그에 이 비극적인 사건을 알린 순간부터 그를 둘러싼 온갖 억측과 질문이 나에게 떠넘겨졌다. 처음에는 그저 놀랍고 당황스러웠다. 그러나 움직이지도, 숨을 쉬지도 못하고 누워만 있는 그를 위해 내가 그 일을 책임져야 한다는 생각을 하게 됐다. 나 말고는 아무도 그 일에 관심을 보이지 않았기 때문이다. 누구라도 최후의 순간에는 어떤 형태로든 진지하면서도 인간적인 관심을 받을 권리가 있지 않은가.

개츠비를 발견하고 30분 후에 나는 주저 없이 데이지에게 전화를 걸었다. 그러나 그녀와 톰은 그날 오후 집을 떠났고, 게다가 짐까지 꾸려 나갔다고 했다.

"어디로 간다는 주소는 남겼나요?"

"아니요."

"언제 돌아온다는 말은 하던가요?"

"아니요."

"어디로 갔는지 짐작되는 데가 있습니까? 어떻게 하면 연락이 될까요?"

"모릅니다. 말씀드릴 수 없어요."

나는 개츠비를 위해 누군가를 데려오고 싶었다. 그가 누워 있는 방으로 들어가 그를 안심시키고 싶었다.

"개츠비, 당신을 위해 누구든지 데려오겠소. 걱정하지 말아요. 나를 믿어요. 누구든지 데리고 올 테니…."

전화번호부에 마이어 울프심의 이름은 나와 있지 않았다. 집사가 브로드웨이에 있는 그의 사무실 주소를 알려주어 안내에 전화를 걸었지만 이미 오후 5시가 넘은 시각이었던 터라 전화를 받는 사람이 아무도 없었다.

"한 번 더 신호를 보내주겠습니까?"

"세 번이나 했는데요."

"중요한 일이라 그래요."

"안됐군요. 그쪽에 아무도 안 계신가 봅니다."

거실로 돌아온 나는 방을 가득 채운 사람들을 보며 업무상 왔다가 그냥 가버릴 인간들이라는 생각을 했다. 그들이 시트를 걷고 멍한 얼굴로 그를 바라보는 동안에도 개츠비의 목소리가 머릿속을 맴도는 듯했다.

'이봐요, 나를 위해 제발 누군가를 데려와 주시오. 혼자서는 견딜 수가 없어요.'

누군가가 질문을 퍼붓기 시작했지만 나는 뿌리치고 위층으로 올라가 잠기지 않은 그의 서랍들을 뒤졌다. 그의 입으로 자기 부모가 죽었다고 말한 적이 없었던 것이다. 그러나 거기엔 아무것도 없었다. 댄 코디의 사진만이 나를 내려다보고 있었다.

이튿날 아침 나는 울프심에게 편지를 써 집사를 뉴욕으로 보냈다. 개츠비의 신상에 대한 정보를 알려달라는 것과 다음 기차로 빨리 와달라는 내용이었다. 편지를 쓰는 동안 나는 쓸데없는 짓을 하고 있다는 생각을 하기도 했다. 정오가 지나기 전에 데이지에게서 전화가 올 것이라고 확신했던 것처럼, 울프심 역시 신문을 보자마자 달려올 것이라고 확신했기 때문이다. 그러나 전화도 걸려오지 않았고 울프심도 오지 않았다. 대신 경찰관과 사진기자와 신문기자들만 우르르 몰려왔을 뿐이다. 집사가 울프심의 답장을 가져왔을 때 나는 그들 모두에 맞서 개츠비와 내가 한편이라는 냉소적인 유대감을 느끼지 않을 수 없었다.

친애하는 캐러웨이 씨.

이번 일은 내 평생에 가장 끔찍한 충격이어서 그것이 사실이라는 것조차 믿을 수 없습니다. 그자가 저지른 미친 행동은 우리 모두에게 생각할 거리를 던져 주었을 것입니다. 저는 사업상 중요한 일이 있어서 지금은 갈 수 없으며, 이 일에 관계할 수도 없습니다. 만약 내가 할 수 있는 일이 있으면 얼마 뒤에 에드거를 통해 편지로 알려주기 바랍니다. 갑작스러운 비통한 소식에, 나는 지금 내 자신도 어디에 있는지 모를 정도로 충격에 휩싸여 있습니다.

당신의 친구 마이어 울프심

편지 밑에는 휘갈겨 쓴 글씨로 이런 말이 덧붙어 있었다.

장례식 등에 대해서 알려주시고, 그의 가족에 대해선 전혀 아는 바가 없습니다.

251

그날 오후에 전화벨이 울리고 장거리 교환수가 시카고에서 걸려온 전화라고 말했을 때 나는 드디어 데이지에게서 오는 전화라고 생각했다. 그러나 연결된 목소리는 남자 음성으로 아주 가늘고 희미했다.

"슬래그입니다."

"네?"

처음 듣는 이름이었다.

"전화음이 형편없군요, 그렇죠? 내 전보는 받으셨나요?"

"아무 전보도 못 받았습니다."

"파크 녀석이 사고를 냈어요. 카운터 너머로 채권을 건네주고 있던 참에 붙잡혔어요. 경찰이 그보다 5분 전에 번호를 알리는 회장을 뉴욕에서 받았다나요. 거기에 대해 뭐 들으신 것은 없습니까? 여보세요? 여기 시골에서 뭘 알 수가 있어야죠."

"여보세요!"

나는 허둥지둥 그 말을 끊었다.

"이것 보세요. 난 개츠비가 아닙니다. 개츠비 씨는 사망했습니다."

전화 저쪽 끝에서 오랜 침묵이 흐르더니 이윽고 절규 소리가 들려왔다. 그리고 전화가 끊기면서 시끄럽게 꽥꽥 소리가 났다.

미네소타주에 있는 한 작은 마을에서 헨리 C. 개츠라고 서명된 전보 한 장이 날라왔다. 전보의 내용인즉슨 발신인 이 즉각 출발할 테니 자기가 도착할 때까지 장례식을 연기 해달라는 것이었다.

개츠비의 아버지는 인상이 근엄한 노인이었다. 그는 상심 으로 무력해 보였으며, 따뜻한 9월이었는데도 싸구려 외투 로 몸을 감싸고 있었다. 그는 감정이 격해져 끊임없이 눈물 을 흘리고 있었다. 내가 그의 손에서 가방과 우산을 받아 들자 성긴 회색 수염을 쉴 새 없이 쓸어내려 그의 외투를 벗기는 일이 쉽지 않았다. 그는 금방이라도 쓰러질 것 같 았다. 나는 우선 그를 음악실로 데리고 가 쉬게 한 다음 사 람을 시켜 먹을 것을 가져오게 했다. 그러나 그는 아무것도 먹으려 하지 않았고, 손이 떨려 우유마저 엎지르고 말았다.

"시카고 신문에서 보았소. 시카고에서 발행하는 모든 신 문에 기사가 실렸더군요. 신문을 보자마자 달려온 거요."

"연락을 드릴 방법이 없었습니다."

눈에 들어오는 것이 아무것도 없는데도 그는 끊임없이 방을 두리번거렸다.

"그놈은 미치광이야. 틀림없이 미친 거야."

"커피 드시겠습니까?"

"무엇도 싫소. 이제 괜찮아요. 성함이…"

"캐러웨이라고 합니다."

"이젠 괜찮아졌소. 지미는 어디다 두었소?"

나는 그를 그의 아들이 누워 있는 거실로 안내한 뒤 밖으로 나왔다. 아이들 몇이 계단으로 올라와 기웃거리고 있었다. 내가 방금 도착한 사람이 누구라고 알려주자 아이들은 마지못해 자리를 떴다.

얼마 뒤 개츠 씨가 문을 열고 나왔는데 입이 살짝 벌어진 채 얼굴은 상기되어 있고 이따금 눈물을 흘렸다. 그는 이미 죽음을 공포로 느끼지 않는 나이였다. 그는 주위를 둘러보았다. 홀의 높고 화려한 천장과 다른 방과 연결된 커다란 방들을 보고는 슬픈 와중에도 자랑스러운 생각이 드는 모양이었다. 나는 그를 부축해 위층 침실로 올라갔다. 그가 외투와 조끼를 벗는 동안 나는 그에게 모든 일 처리를 그가 올 때까지 연기해두었노라고 말했다.

"어떻게 하고 싶은지 몰라서요, 개츠비 씨…"

"내 성은 개츠요."

"…개츠 씨, 저는 어르신께서 시신을 서부로 옮겨 가실 거라고 생각했습니다."

그는 머리를 내저었다.

"지미는 이곳 동부를 좋아했소. 굳이 동부에 자리를 잡았거든. 당신은 우리 아이의 친구였소?"

"친한 친구였지요."

"알고 있겠지만 내 아들은 앞날이 유망했소. 아직 나이는 어리지만 머리가 상당히 좋았지."

그는 인상적인 몸짓으로 자신의 머리를 만졌고 나는 고개를 끄덕였다.

"만약 살아 있었으면 큰 인물이 되었을 것이오. 제임스 J. 힐(미국 서부에 철도 건설이 이루어질 때 부를 축적한 철도 재벌. 피츠제럴드의 고향인 미네소타주 세인트폴에서 살았다) 같은 인물 말이오. 나라 발전에도 한몫했을 거요."

"아마 그랬을 겁니다."

나는 마지못해 대답했다.

그는 더듬거리는 손길로 침대보를 벗겨 내더니 그대로 누워 이내 곯아떨어졌다.

그날 밤 어떤 사람이 놀란 목소리로 전화를 걸어 자기 이름을 밝히기도 전에 나에게 누구냐고 물었다.

"캐러웨이라고 합니다."

그는 안심이 되는 모양이었다.

"저는 클립스프링거입니다."

나 역시 마음이 놓였다. 개츠비 장례식에 올 수 있는 친구인 것 같았기 때문이다. 나는 신문에 부고를 내 구경꾼들이 몰려오게 하고 싶지는 않아 몇몇 사람에게만 직접 전화를 걸어 연락을 하고 있던 참이었다. 그러나 장례식에 올 만한 사람들을 찾기는 쉽지 않았다.

"장례는 내일입니다. 오후 3시에 이 집에서 진행됩니다. 오실 만한 분이 있으면 연락해주십시오."

"아, 그러지요. 누굴 만나게 될 것 같지는 않지만 만나게 되면 전하지요."

그의 말투에서 어쩐지 신뢰할 수 없겠다는 느낌을 받았다.

"물론 당신은 오시겠지요?"

"글쎄요, 가도록 노력은 해보겠습니다만. 제가 전화한 용건은…."

"잠깐만요."

내가 그의 말을 막았다.

"확실히 오겠다고 말씀해주시지요."

"글쎄요…. 실은 제가 지금 그리니치에 있는데 일행이 있거든요. 이 사람들은 내일 내가 자기들과 같이 있어 주기를 바라고 있어요. 사실은 야유회인가 뭔가가 있거든요. 물론 최선을 다해 빠져나가도록 하겠습니다만."

내 입에서 나도 모르게 "흥!" 하는 소리가 튀어나왔다. 그의 말투가 어색해진 것으로 보아 그 소리를 들은 것이 분명했다.

"내가 전화를 한 건, 거기 두고 온 신발 때문입니다. 그렇게 수고스러운 일이 아니라면 집사가 그걸 보내주었으면 하는데요. 테니스 신발인데, 그게 없으면 플레이를 못 하거든요. 제 주소는 B. F.…"

그 순간 내가 수화기를 내려놓았기 때문에 뒷말은 듣지 못했다.

나는 개츠비에게 부끄러운 생각이 들었다. 내가 통화한 한 신사는 개츠비가 그렇게 된 것은 마땅하다는 식으로 말했다. 하지만 그것은 그에게 전화를 건 내 실수였다. 그는 개츠비가 내는 술을 마시고는 술기운을 빌려 개츠비를 신랄하게 욕하던 사람이었다.

장례식 날 아침에 나는 마이어 울프심을 만나기 위해 뉴욕으로 갔다. 그러지 않으면 그를 만날 방법이 없을 것 같았다. 엘리베이터 안내원이 가르쳐주는 대로 들어간 문에는 '스와티카 지주 회사'라는 명판이 붙어 있었는데 안에는 아무도 없는 것 같았다. 그러나 내가 "누구 없습니까"라고 몇 번 소리쳐 부르자, 칸막이 뒤에서 가벼운 말다툼이 벌어지는 소리가 들리더니 유대인 여자가 안쪽 문에서 나왔다. 그녀는 적의를 품은 눈으로 나를 훑어보았다.

"아무도 없어요. 울프심 씨는 시카고에 가셨어요."

안에서 누군가 음정도 틀리게 '로사리'를 휘파람으로 부르기 시작했다. 아무도 없다는 것은 거짓이었다.

"캐러웨이란 사람이 뵙고 싶어 한다고 전해주시오."

"시카고에서 모셔올 수는 없잖아요."

그 순간 울프심의 것이 분명한 목소리가 문 저쪽에서 "스텔라!"하고 불렀다.

"성함을 남겨주세요. 돌아오시면 전해드릴게요."

"하지만 저 안에 계시잖소."

그녀는 나를 향해 한 걸음 다가서더니 화가 난 듯 두 손으로 엉덩이를 위아래로 쓸어내렸다.

"도대체가 젊은 사람들은 언제나 자기들 마음대로 밀고 들어올 수 있다고 생각한다니까! 그런 태도는 이제 진절머리가 나. 내가 시카고에 있다고 하면 시카고에 있는 거예요!"

나는 개츠비의 이름을 댔다.

"어머나!"

그녀는 다시 한번 나를 훑어보았다.

"잠깐만요. 성함이 뭐라고 하셨지요?"

그녀는 순식간에 안으로 사라졌다. 이윽고 근엄한 표정의 마이어 울프심이 문간에 나타나서는 두 손을 내밀었다. 그는 나를 사무실로 안내하더니 근엄한 목소리로 지금은 우리 모두에게 슬픈 시간이라고 말하면서 시가를 권했다.

"그를 처음 만났을 때가 기억나요. 군대에서 갓 제대한 젊은 소령이었는데 온몸에 전쟁 때 받은 훈장을 달고 있더군요. 형편이 말이 아니어서 줄곧 군복만 입고 다녔소. 내가 그를 처음 본 것은 와인브레너 당구장에 와서 일자리가 없느냐고 물었을 때요. 이틀 동안이나 굶었다기에 '이리 와서 나하고 식사나 합시다' 하고 내가 말했지요. 30분 만에 4달러어치도 넘게 먹어치우더군."

"선생께서 그에서 사업 자리를 주셨습니까?"

"그랬지! 내가 그를 키웠소. 아무것도 없는 데서, 시궁창에서 그를 건져낸 거죠. 그가 옥스퍼드 출신이라고 말했을 때 그를 잘 써먹을 수 있겠구나 하는 생각이 들었소. 나는 그를 미국 재향군인회에 들어가게 했고, 그 친구는 거기서 높은 자리에 앉게 되었소. 그리고 얼마 안 되어 그는 알바니에서 내 의뢰인을 위해 일했소. 우린 모든 일에서 우정이 두터웠지…."

그는 알뿌리같이 생긴 손가락 두 개를 들어 올렸다.

"… 모든 일을 함께했어요."

나는 그런 협력 관계가 1919년 월드 시리즈 때도 계속되었는지 궁금했다.

"이제 그는 죽었습니다. 선생께서 그의 가장 절친한 친구였으니 드리는 말씀인데, 오늘 오후에 있는 그의 장례식에 오실 줄로 알겠습니다."

"나도 가고 싶어요."

"그럼 오십시오."

그의 콧수염이 약간 떨리더니 이내 머리를 좌우로 흔들었다. 눈에는 눈물이 고였다.

"하지만 그럴 수가 없군요… 그 사건에 말려들고 싶지 않아요."

"말려들고 말고 할 것도 없습니다. 이제 다 끝난 일이니까요."

"어쨌든 사람이 피살된 일에 끼어들고 싶지 않소. 물러서 있는 거지요. 젊었을 때는 그렇지 않았어요. 친구가 죽으면 무슨 일이 있어도 끝까지 함께했지요. 당신에겐 감상적으로 보일지도 모르지만 정말 그랬소. 쓰라린 최후까지 말이오."

그가 어떤 이유 때문에 장례식에 참석하지 않겠다고 결심했음을 알아차린 나는 자리에서 일어났다.

"당신 대학 나왔소?"

그가 갑자기 물었다.

나는 그가 혹시 '거래처' 이야기를 꺼내려는 게 아닌가 생각했다. 그러나 그는 고개를 끄덕거리며 악수만 청했다.

"죽은 뒤가 아니라 살아 있을 때 우정을 보여줍시다. 친구가 죽은 뒤의 내 원칙은 모든 걸 흘러가는 대로 내버려두는 것이오."

그의 사무실에서 나왔을 때 하늘이 어두워져 있었다. 나는 가랑비를 맞으며 웨스트에그로 돌아왔다. 옷을 갈아입은 뒤 이웃집으로 갔더니 개츠 씨가 흥분한 모습으로 거실 안을 왔다 갔다 하고 있었다. 자기 아들과 아들의 재산에 대한 자부심이 커져가고 있던 그는 나를 보자마자 무언가를 보여주기 위해 떨리는 손으로 지갑을 꺼냈다.

"지미가 나에게 이 사진을 보냈었소. 이것 좀 봐요."

개츠비의 저택 사진이었는데 가장자리는 꺾여 금이 가고 여러 사람이 만졌는지 손때가 잔뜩 묻어 있었다. 그는 사진 구석구석을 가리키며 열심히 설명했다. 내 눈에서 감탄의 빛을 발견하고 싶어 하는 눈치였다. 그 사진을 보여주며 수없이 많은 자랑을 늘어놓은 덕분에 그에게는 사진이 실제 집보다 더 실감 나는 듯했다.

"지미가 나한테 이걸 보냈지. 참 근사한 사진이야. 아주 잘 나왔어."

"정말 잘 나왔네요. 최근에 그를 만나신 적이 있습니까?"

"두 해 전에 찾아와서 내가 지금 살고 있는 집을 사주었어. 물론 그놈이 집을 나갔을 땐 우리 집 꼴은 말이 아니었지만, 집을 나간 데는 그럴 만한 이유가 있었다는 걸 이제 알겠어. 출세한 뒤로는 나한테 아주 잘했다네."

그는 그 사진을 집어넣는 것이 내키지 않는지 잠시 머뭇거리며 들고 있다가는 마침내 지갑에 다시 넣고는 주머니에서 '호펄롱 캐시디'라고 쓰인 낡은 책을 꺼냈다.

"이건 그 애가 어렸을 때 갖고 있던 책이네. 이걸 보면 뭔가 짐작되는 게 있을 걸세."

그는 내가 볼 수 있도록 책을 뒤표지 쪽으로 뒤집었다. 표지를 넘기자 아무것도 인쇄되지 않은 면지에 '계획표 — 1906년 9월 12일'이라는 글이 적혀 있고 그 밑에는 다음과 같이 쓰여져 있었다.

오늘의 계획

기상	오전 6:00
아침 운동과 벽 타기	오전 6:15~6:30
전기학 및 기타 공부	오전 7:15~8:15
일	오전 8:30~4:30
야구와 스포츠	오후 4:30~5:00
연설 연습, 자세 연습	오후 5:00~6:00
발명에 관한 공부	오후 7:00~9:00

결심

새프터스나 또는 ×××(이름을 읽을 수 없었다)에서 시간을 낭비하지 말 것

컬런과 씹는 담배를 삼갈 것

이틀에 한 번씩 목욕할 것
매주 유익한 책이나 잡지를 한 권씩 읽을 것
매주 5달러, 꽐러씩 저축할 것
부모님 말씀을 잘 들을 것

"이 책을 우연히 발견했다네. 이 정도면 지미가 어떤 녀석
인지 짐작이 될 것이네."

"네, 짐작됩니다."

"지미는 반드시 출세할 애였어. 언제나 이런 결심들을 하
고 있었거든. 그 애가 자기를 계발하기 위해 얼마나 노력했
는지 아나? 언제나 열심이었지. 언젠가는 나더러 짐승처럼
더럽게 먹는다고 하기에 그 애를 때린 적도 있다네."

그는 책을 그냥 덮기 싫은 듯 각각의 항목을 소리 높여
낭독하고는 진지한 눈길로 나를 쳐다보았다. 내가 그 계획
표를 옮겨 적고 그대로 따르기를 바라는 것은 아닐까 하는
생각이 들었다.

3시가 조금 안 되었을 때, 플러싱에서 루터교 목사가 도
착했다. 나는 무심결에 다른 차들이 왔는지 창밖을 내다보
았다. 개츠비의 아버지 역시 창밖을 보았다. 시간이 흘러 하
인들이 들어와 기다리며 서 있자 노인의 눈은 불안하게 깜
박거리기 시작했고, 걱정스럽고 자신 없는 목소리로 비를

탓했다. 목사가 몇 번이고 시계를 보았기 때문에 나는 그를 옆으로 데리고 가 30분만 더 기다려달라고 부탁했다. 그러나 쓸데없는 짓이었다. 아무도 오지 않았던 것이다.

5시쯤 자동차 세 대로 나뉜 장례 행렬이 굵은 가랑비를 맞으며 묘지 입구에 멈췄다. 맨 앞에는 섬뜩할 만큼 검은 영구차, 그다음에는 개츠 씨와 내가 탄 리무진, 그 뒤에는 네댓 명의 하인과 웨스트에그에서 온 우편 배달원이 개츠비의 스테이션왜건을 타고 비에 젖은 채 도착했다. 우리가 묘지 안으로 들어갈 때 차 한 대가 멈추더니 질퍽한 땅에 고인 물을 튀기면서 우리 뒤를 따라오는 소리가 들렸다. 나는 주위를 둘러보았다. 그는 석 달 전 어느 날 밤 개츠비의 서재에 꽂힌 장서를 보고 놀라움을 금치 못했던 올빼미 눈 안경을 낀 사람이었다.

그 후로는 그를 만난 적이 없었다. 나는 그가 장례식이 있다는 것을 어떻게 알았는지 알 수 없었을 뿐만 아니라 그의 이름조차 몰랐다. 그의 두꺼운 안경에도 비가 쏟아졌다. 그는 개츠비의 무덤을 가린 장막이 벗겨지는 것을 보기 위해 안경을 벗어 닦았다.

나는 잠시 개츠비에 대해서 생각해보려고 했다. 하지만 그는 이제 너무 먼 곳에 있었다. 데이지가 조문 전보나 조화나 무엇도 보내지 않았다는 사실을 떠올리기는 했지만 분노는 느껴지지 않았다. 누군가가 "죽은 자에게 비가 내리니 복이 있도다"하고 나지막하게 중얼거리자 올빼미 눈이 "아멘"하고 외쳤다.

우리는 비를 맞으며 각자 자동차가 있는 곳으로 움직였다. 올빼미 눈이 묘지 입구에서 나에게 말을 걸었다.

"집에는 가보질 못했네요."

"아무도 찾아오지 않았습니다."

"저런! 맙소사, 그럴 수가 있나! 몇백 명이나 그 집에 드나들었는데…."

그는 안경을 벗더니 다시 한번 닦으며 말했다.

"불쌍한 사람 같으니."

내가 아직도 생생하게 기억하는 일은 크리스마스 때 대학 예비학교에서, 또 하나는 대학에서 서부로 돌아올 때의 일이다. 시카고보다 더 먼 곳으로 가는 사람들은 12월 어느 날 저녁 6시에 시카고 친구들과 함께 낡고 어두운 유니언 역에 모여 벌써부터 휴가의 즐거움에 들떠 작별 인사를 나누곤 했다. 여러 학교에서 돌아오는 여학생들의 털외투도 기억에 남고, 옛 친구의 모습이 눈에 띄면 입김을 뿜으면서 떠들어대거나 손을 흔들어댄 일도 기억에 남는다. "넌 오드

웨이네 갈 거냐? 허쉬네는? 슐츠네는?" 하고 서로 초대 일정을 맞추던 일 역시 여전히 기억에 남는다. 또한 장갑 낀 손으로 움켜쥐고 있던 기다란 초록색 기차표도 아직 기억하고 있다. 마지막으로 '시카고, 밀워키와 세인트폴' 철도의 먼지를 뒤집어쓴 노란색 기차들의 모습이 마치 크리스마스인 것처럼 흥겹게 느껴졌던 것이 기억난다.

역을 빠져나와 겨울밤의 눈 속으로 들어가면 차창 밖으로 눈이 흩날리며 반짝이기 시작했고, 위스콘신역의 불빛들이 멀어지면 예리하고 거친 기운이 감돌았다. 저녁을 먹고 연결 통로를 걸으면서 우리는 그 공기를 깊이 들이마셨다. 그렇게 기묘한 한 시간이 지나면 우리는 이 지방과 하나가 되어 있는 우리를 발견했다.

그곳이 나의 중서부다. 밀밭이나 대평원 또는 사라져버린 스웨덴풍 동네라는 의미가 아니라 가슴이 벅차오르는 젊은 시절의 귀향 열차, 서리가 내린 밤의 가로등과 썰매의 종소리, 불 켜진 창밖으로 크리스마스 화환 그림자가 눈 위에 비치는 곳 말이다. 그곳의 일부인 나는 긴 겨울을 떠올리면 조금은 엄숙해지고, 몇십 년 동안 가문의 이름이 주소를 대신하는 캐러웨이가에서 자란 것에 자부심을 느낀다. 이제 생각해보면 그것은 결국 서부 이야기였다. 톰과 개츠비, 데이지와 조던과 나는 모두 서부 사람이었고, 어쩌면 우리는 모두 동부에 적응하지 못하는 공통적인 결함이 있었는 지도 모른다.

동부가 나를 가장 흥분하게 했을 때조차도, 이 도시가 오하이오주 너머로 불규칙하게 퍼져 있는 지루한 도시들보 다 우월하다는 것을 깨달았을 때조차도 — 그 도시들에서 는 아이들과 노인을 제외한 모든 사람이 꼬치꼬치 캐묻기 를 좋아한다 — 나에게 동부는 언제나 무언가 뒤틀린 데가 있어 보였다.

특히 웨스트에그는 내가 기이한 꿈을 꿀 때면 아직도 나 타난다. 내게는 그곳이 엘 그레코가 그린 밤 풍경처럼 보인 다. 즉 낡고 기괴한 수백 채의 집이 음울한 하늘과 빛이 없 는 달 아래 웅크리고 있는 것 같은 모습이다. 그림 앞쪽에 는 흰 야회복을 입은 남자 네 명이 술에 취한 흰 이브닝드 레스 차림의 여자를 실은 들것을 들고 인도를 따라 걸어가 고 있다. 들것 바깥으로 늘어진 여자의 손에서 보석들이 싸 늘하게 반짝거린다. 사내들은 엄숙한 태도로 어떤 집에 들 른다. 하지만 엉뚱한 집이다. 그러나 아무도 그 여자의 이름 을 알지 못하고 아무도 개의치 않는다.

개츠비가 죽은 뒤 나에게 동부는 언제나 그런 모습이었 고, 내 눈의 힘으로는 고칠 수 없을 만큼 뒤틀려 있었다. 푸 른 연기 같은 나뭇잎들이 나부끼고, 빨랫줄에 걸린 젖은 옷이 바람에 뻣뻣해질 무렵의 어느 날 나는 고향으로 돌아가기로 결심했다.

떠나기 전에 해야 할 일이 하나 있었다. 그냥 내버려두는 게 더 좋을 것 같기도 하고 불쾌하기도 한 일이었다. 그러나 나는 일을 정리하고 싶었고, 저 친절하고 무심한 바다가 내 쓰레기까지 쓸어가도록 맡겨두기는 싫었다. 나는 조던 베이커를 만나 우리에게 일어났던 일과 그 뒤 내게 벌어졌던 일을 이야기했고, 그녀는 조용히 앉아서 내 말에 귀를 기울였다.

그녀는 골프복을 입고 있었는데, 턱을 살짝 들어올린 자세와 낙엽 빛깔의 머리카락, 그리고 무릎 위에 올려놓은 장갑과 같은 갈색의 그을린 얼굴이 멋진 그림 같다고 생각했던 것이 지금도 기억난다. 내가 이야기를 마쳤을 때, 그녀는 아무 설명도 없이 다른 남자와 약혼했다고 말했다. 물론 그녀가 고개만 까딱해도 결혼하겠다는 남자가 몇 사람 있기는 했지만 의심스러웠다. 그래도 나는 짐짓 놀라는 척했다. 내가 실수를 저지르는 것은 아닌가 하는 생각이 잠시 들기는 했지만 결국 작별 인사를 위해 자리에서 일어섰다.

"당신이 나를 차버렸잖아요. 전화로 말이에요. 지금은 당신한테 조금도 관심이 없지만, 그때는 처음 겪는 일이어서 한동안 좀 멍하더군요."

우리는 악수를 나누었다.

"아 참, 기억나세요? 운전에 관해서 우리가 주고받았던 대화 말이에요."

"그럼요. 정확하지는 않지만."

"부주의한 운전자는 또 다른 부주의한 운전자를 만나기 전까지만 안전하다고 당신이 그랬지요? 그래요, 나는 그런 부주의한 운전자를 만났어요. 아닌가요? 어리석은 착각을 하다니, 나도 참 성급했지요. 난 당신이 정직하고 반듯한 사람이라고 생각했어요. 그것이 당신의 은밀한 매력이라고 생각했어요."

"난 서른 살이오. 다른 사람을 속이고 또 그것을 자랑으로 생각하기에는 당신보다 다섯 살이나 더 많아요."

그녀는 대답하지 않았다. 나는 화가 나기도 하고 어느 정도 미련이 남기도 했지만 후회스러운 마음과 함께 발길을 돌렸다.

10월이 끝나 가던 어느 날 오후에 톰 뷰캐넌을 만났다. 민첩하고 공격적인 걸음걸이로 5번가를 따라 내 앞에서 걸어가고 있었다. 어떤 방해물이라도 물리치겠다는 듯 두 손은 몸에서 약간 떨어져 있고, 머리는 이리저리 움직이며 주위를 살폈다. 그를 따라잡지 않으려고 내가 걸음을 늦추고 있을 때, 그가 걸음을 멈추고는 눈을 찡그리며 보석상의 진열장 안을 들여다보기 시작했다. 그러다가 갑자기 나를 보고 뒤돌아 걸어오더니 내게 손을 내밀었다.

"닉, 왜 그러는 거야? 나와 악수하는 게 싫은가?"

"그래, 자네를 어떻게 생각하는지 알고 있을 텐데."

"닉, 자네 미쳤군. 정말 미쳤어. 자네가 왜 그러는지 모르겠군."

"톰, 그날 오후에 윌슨에게 무슨 말을 했지?"

나는 따지듯 물었다. 그는 아무 말 없이 나를 응시했고 나는 윌슨의 행방이 묘연했던 시간에 대해 내가 추측했던 것이 옳았음을 깨달았다. 내가 돌아서서 걷기 시작하자 그가 따라오면서 내 팔을 붙잡았다.

"사실대로 얘기해줬지. 우리가 막 외출을 하려는데 그가 나타났어. 그래서 난 사람을 시켜 집에 없다고 전했지만 그는 막무가내로 올라오려고 했어. 내가 그 차의 주인이 누군지 말하지 않으면 금방이라도 나를 죽일 것처럼 미쳐 있었다고. 집 안에 있는 동안 그의 손은 줄곧 주머니에 있는 권총을 쥐고 있었단 말이야."

그는 갑자기 도전적인 태도로 말을 이었다.

"내가 말해준 게 어쨌다는 건가? 그 녀석은 그래도 싸. 데이지를 속인 것처럼 자네도 속인 거야. 하지만 대단한 친구라는 건 인정하지. 개를 치듯 머틀을 치고도 차를 멈추지 않았으니 말이야."

나는 아무 말도 할 수 없었다. 아니, 한 가지 해주고 싶은 말이 있기는 했지만 그것은 발설할 수 없는 사실이었다.

"내가 괴로워하지 않았다고 생각한다면… 이봐, 그 아파트를 팔러 갔다가 그 빌어먹을 개 비스킷 상자가 찬장 위에 있는 걸 보고는 주저앉아서 어린애처럼 엉엉 울었다고. 맙소사, 그건 정말 끔찍했어."

그를 용서할 수도 좋아할 수도 없었지만, 그에겐 자기가 한 일이 완벽하게 정당했던 셈이다. 나는 톰과 악수를 나눴다. 악수를 하지 않는 것도 유치한 것 같았다. 왜냐하면 갑자기 어린아이와 이야기하고 있는 것 같은 생각이 들었기 때문이다. 그러고 나서 그는 진주목걸이 아니면 커프스단추를 사기 위해 보석상 안으로 들어갔고, 나의 촌스러운 고지식함에서도 영원히 벗어났다.

내가 떠날 때도 개츠비의 집은 여전히 비어 있었다. 잔디는 우리 집의 잔디만큼이나 자랄 대로 자라 있었다. 마을의 택시 기사 한 사람은 저택의 대문 앞에 잠깐 차를 세우고는 손가락으로 집 쪽을 가리키는 버릇이 생겼다. 어쩌면 그는 사건이 일어난 날 밤 데이지와 개츠비를 태우고 이스트에그에 갔던 운전사여서, 그래서 그 사건을 자기 나름대로 꾸며 냈을지도 모른다.

나는 토요일 밤을 뉴욕에서 보냈다. 개츠비가 열었던 눈 부시고 화려한 파티가 내게는 생생해서 음악 소리, 끊임없 는 웃음소리, 차도를 오르내리던 자동차 소리가 여전히 들 리는 듯했기 때문이다. 어느 날 밤 나는 실제로 자동차 소 리를 들었고, 헤드라이트 불빛이 저택 앞 계단을 비추는 것 을 보았다. 아마도 그는 지구 끝에 가 있다가 파티가 끝난 줄 모르고 찾아온 마지막 손님이었을 것이다.

마지막 날 밤 짐을 꾸린 뒤 자동차를 식료품상에 팔고 나서 나는 개츠비의 저택으로 건너가 다시 한번 그 집의 알 수 없는 엄청난 몰락을 바라보았다. 어떤 아이가 썼는지 하 얀 돌계단에 벽돌 조각으로 갈겨 쓴 음탕한 욕설이 달빛 아래 뚜렷했다. 나는 구두로 문질러 낙서를 지웠다. 그리고 천천히 해변으로 걸어 내려가 모래 위에 벌렁 드러누웠다.

이제 해변에 늘어선 별장들은 대부분 문이 닫혀 있었다. 해협을 가로질러 가는 나룻배 한 척에서 희미하게 움직이 는 불빛을 제외하고는 어떤 불빛도 보이지 않았다. 달이 점 점 높이 떠오르면서 작은 집들의 형체가 녹아 없어지자, 나 는 서서히 옛날 네덜란드 선원들의 눈에 찬란히 빛나던 이 오래된 섬이 어떤 것이었는지 비로소 깨닫게 되었다. 이곳

이야말로 신세계의 싱그러운 초록빛 가슴이었던 것이다.

나는 몸을 일으키고 앉아 오랜 미지의 세계를 곰곰이 생각하다, 개츠비가 부두 끝에 있는 데이지의 초록색 불빛을 처음 찾아냈을 때 느꼈을 경이로움에 대해 생각했다. 그는 이 잔디밭을 향해 먼 길을 달려왔고, 너무 가까운 곳에 그의 꿈이 있어 금방이라도 붙잡을 수 있을 것 같았을 것이다. 그러나 그 꿈이 이미 그의 뒤쪽, 밤하늘 아래 두루마리처럼 펼쳐진 도시 너머 광대하고 아득한 곳으로 사라져버렸다는 사실을 알지 못했던 것이다.

개츠비는 그 초록색 불빛을, 해마다 우리 눈앞에서 뒤쪽으로 물러가고 있는 황홀한 미래를 믿었던 것이다. 그것은 우리를 피해 갔지만 문제 될 것은 없다. 내일 우리는 좀 더 빨리 달릴 것이고 좀 더 멀리 팔을 뻗을 것이다. 그리고 언젠가 맑게 갠 아침에는….

그렇게 우리는 물결을 거스르는 배처럼 끊임없이 과거로 떠밀려 가면서도 앞으로 앞으로 계속 전진하는 것이다.

The Curious Case of
Benjamin Button

벤저민 버튼의
기이한 사건

1

The curious case of Benjamin Button

1860년대에는 오늘날과 달리 병원보다 집에서 출산하는 것이 흔하고 상식적인 일이었다. 그런데 언제부턴가 명망 있는 의학자들이 아기의 첫 울음은 마취제 가득한 병원에서 터져야 옳다고 판결하듯 결정을 내렸고, 더군다나 명성 있는 병원에서 울음이 터져야 한다고 인식된 것은 그리 오래된 일이 아니다. 그래서 젊은 로저 버튼 부부가 1860년 어느 여름날 그들의 첫아이를 병원에서 낳겠다고 결정한 것은 당시로써는 50년이나 앞선 스타일이었다. 그 시대착오적인 결정이 지금부터 내가 쓰려고 하는 놀라운 이야기와 어떤 관련이 있는지는 누구도 알지 못한다.

나는 다만 어떤 일이 있었는지 들려주는 것뿐 판단은 독자들에게 맡기도록 하겠다.

로저 버튼 부부는 남북전쟁 전의 볼티모어에서 사회적으로나 재정적으로 누구나 부러워할 만한 위치에 있었다. 그들은 당대의 명망 있는 이 가문 저 가문과 친척 관계인 덕분에, 남부 사람들이라면 누구나 알고 있듯 그런 연줄은 그들에게 남부연합 지역 여기저기에 거주하고 있던 귀족사회의 일원이 될 수 있는 자격을 부여했다. 아기를 가진다는 식상하지만 황홀한 일이 그들 부부에게는 첫 경험이었으므로 버튼 씨는 당연히 긴장할 수밖에 없었다. 그는 태어날 아이가 아들이기를, 그래서 그 아이를 코네티컷에 있는 예일 대학교에 보낼 수 있기를 바랐다. 그곳은 버튼 씨 자신이 4년 동안 '커프스단추'라는 조금은 뻔한 별명으로 불리던 곳이었다.

그 엄청난 일이 일어난 9월 어느 날 아침, 그는 긴장으로 잠을 설치고 6시에 일어나자마자 옷을 갈아입고 흠잡을 데 없는 옷깃을 다시 한번 매만지고는, 간밤의 어둠이 새로운 생명을 세상에 내보냈는지 확인하기 위해 볼티모어의 거리를 지나 서둘러 병원으로 향했다.

메릴랜드 시립병원으로부터 100야드쯤 떨어진 곳에 다다랐을 때 버튼 가문의 주치의인 키니 박사가 병원 계단을 내려오는 모습이 보였다. 그는 의사라는 직업상 습관이 되어버린, 손을 씻는 듯한 모양새로 두 손을 비비고 있었다.

로저 버튼 철물 도매 회사를 운영하는 대표이기도 한 로저 버튼은 그 시절 남부 신사라면 누구나 갖추고 있는 근엄함도 잊은 채 키니를 향해 달려갔다.

"닥터 키니!"

의사는 소리가 들리는 쪽으로 시선을 돌렸다. 그는 의사답게 근엄한 얼굴에 묘한 표정을 짓고 버튼 씨가 가까이 올 때까지 기다리고 서 있었다.

"어찌 되었나요? 뭐였나요? 집사람은 괜찮은가요? 딸인가요? 아들인가요?"

버튼 씨가 숨을 헐떡이면서 계단으로 올라서며 물었다.

"정신 좀 차리게!"

키니 박사가 타이르듯 말했다. 그는 왠지 화가 난 것 같은 표정이었다.

"아기는 태어났나요?"

버튼 씨의 질문에 키니는 대뜸 얼굴을 찌푸렸다.

"글쎄, 태어나긴 했지. 어떤 의미에서는…."

의사는 말을 끝내지 못한 채 버튼 씨를 향해 다시 한번 묘한 시선을 던졌다.

"아내는 괜찮은가요?"

"그렇다네."

"아들인가요, 딸인가요?"

"이것 보게나!"

키니는 갑자기 짜증스럽다는 듯 목소리를 높여 말했다.

"자네가 직접 가서 확인하게. 이런 괴상한 일이!"

그는 말끝을 흐리더니 돌아서서 중얼거렸다.

"이런 경우가 의사로서의 내 평판에 도움이 될 거라고 생각하나? 이런 일이 한 번만 더 일어난다면 난 파멸할지도 몰라. 아니 그 누구라도 파멸시킬 것이네…."

"무슨 문제라도 생긴 건가요? 세쌍둥이인가요?"

버튼 씨가 걱정스러운 표정으로 물었다.

"아니, 세쌍둥이는 아니야! 그보다 더하지. 자네가 직접 가서 확인해보게나. 그리고 다른 의사를 찾아가 보게. 이봐, 난 자네도 내 손으로 직접 받았고 40년 동안이나 자네 가족의 주치의였지만 이것으로 끝이라네. 이제 자네나 자네 가문의 어떤 사람도 다시는 보고 싶지 않아. 잘 가게나."

키니는 더 이상 아무 말도 하지 않고 발길을 홱 돌리더니 기다리고 있던 마차에 올라타고는 잠시 망설이는 기색도 없이 사라져버렸다.

버튼 씨는 어안이 벙벙해서 머리끝에서 발끝까지 전율이 흐르는 것 같은 느낌에 멍한 표정으로 그 자리에 서 있었다. 무슨 끔찍한 일이라도 생긴 것일까? 그는 갑자기 병원으로 들어가고 싶은 의욕마저 잃고 말았다. 잠시 후 그는 거의 강요에 떠밀리듯 마지못해 계단을 오르기 시작했고 간신히 현관문에 도착했다.

우중충한 홀 한쪽에 책상 하나가 있고 간호사가 앉아 있었다. 버튼 씨는 알 수 없는 수치스러움을 삼키면서 그녀에게 다가갔다.

"안녕하세요."

간호사가 밝은 표정으로 그를 올려다보며 말했다.

"안녕하세요? 저는, 저는 버튼이라고 합니다."

그가 자신을 밝히자 순간 그녀의 얼굴에 극도의 공포가 퍼졌다. 그녀는 당장에라도 자리를 박차고 일어나 뛰쳐나갈 것 같은 표정이었지만 간신히 억제하고 있는 것처럼 보였다.

"아이를 보고 싶은데요."

버튼 씨가 말했다.

"아… 네, 그러셔야죠."

간호사의 입에서 나지막한 탄식이 흘러나왔다.

"위층, 바로 위층이에요. 가시죠!"

그녀의 목소리가 갑자기 쫓기는 듯한 사람처럼 성급하게 바뀌었다.

그녀는 손가락으로 위층을 가리켰고 버튼 씨는 온몸이 땀으로 젖어드는 것을 느끼며 비틀거리는 걸음으로 2층을 향해 올라가기 시작했다. 2층 복도에서 그는 손에 대야를 들고 자신 쪽으로 오고 있는 다른 간호사에게 온 힘을 다해 간신히 물었다.

"저는 버튼이라고 합니다. 아이를 보고 싶은데요."

뎅그렁 하고 대야가 바닥에 떨어져 계단 쪽으로 굴러갔다. 뎅그렁, 뎅그렁, 이 신사가 불러온 공포를 함께 나누겠다는 듯이 대야는 규칙적인 리듬을 내며 굴러떨어지고 있었다.

"아이를 보여 달란 말이오!"

버튼 씨는 비명을 지르다시피 외쳤다. 그는 이제 금방이라도 쓰러질 것만 같은 기분이었다. 뎅그렁, 대야는 이제 아래층 바닥에 이르렀다. 그 사이 어느 정도 자신을 추스른 간호사는 버튼 씨에게 경멸 어린 시선을 던졌다. 그녀는 차분하고 진지한 목소리로 말했다.

"좋아요, 버튼 씨. 좋다고요! 그 아이가 오늘 아침에 우리 모두를 어떤 지경으로 만들었는지 아신다면… 끔찍한 일이에요. 이제 우리 병원은 좋은 평판 같은 건 기대할 수도 없게 될 거예요…"

"빨리! 더 이상은 참을 수 없군!"

그는 쉰 목소리로 다급하게 외쳤다.

"이쪽으로 오시죠, 버튼 씨."

그는 간호사를 뒤따라 힘겨운 발걸음을 옮겼다. 긴 복도 끝에 이르자 두 사람은 다양한 울음소리가 터져 나오는 방 앞에서 걸음을 멈추었다. 이곳은 훗날 '신생아실'이라는 이름으로 불리게 될 병실이었다. 두 사람은 안으로 들어갔다. 흰색 에나멜로 칠한 바퀴 달린 요람 여섯 개가 방의 벽을 따라 빙 둘러 있고 각각의 요람 밑에는 꼬리표가 매달려 있었다.

"어느 아이입니까?"

긴 한숨을 내뱉으며 버튼 씨가 말했다.

"저기요!"

버튼 씨는 간호사가 가리키는 손가락을 따라 시선을 돌렸다. 거기에는 일흔 살 정도 되어 보이는 노인 한 사람이 하얀 담요에 싸여 몸의 일부분만 구겨 넣어진 채 누워 있었다. 듬성듬성한 머리카락은 거의 백발에 가까웠고, 긴 잿빛 수염이 창밖에서 불어오는 미풍에 가볍게 흔들리고 있었다. 노인은 곤혹스러운 질문을 감추고 있는 것 같은 표정에 희미하고 퇴색된 시선으로 버튼 씨를 올려다보고 있었다.

"내가 미친 거요? 아니면 병원에서 저지른다는 으스스한 장난이 바로 이런 거요?"

버튼 씨가 고함을 질렀다. 두려움으로 가득 차 있었던 그의 마음은 이제 분노를 향해 있었다.

"장난하는 것이 아닙니다. 그리고 당신의 정신이 어떤 상태인지는 알 수 없지만 저 아이는 분명히 당신 아이입니다."

간호사가 단호한 목소리로 대답했다.

버튼 씨의 이마에 식은땀이 맺혔다. 그는 두 눈을 감았다가 뜨고 요람 안을 다시 바라보았다. 분명 잘못 본 것은 아니었다. 지금 그의 눈앞에 있는 사람은 일흔 살의 노인, 일흔 살의 아기가 분명했고, 침대 너머로 두 발이 대롱대롱 매달려 있었다.

노인은 차분한 시선으로 두 발을 번갈아 바라보더니 갑자기 나이 든 사람 특유의 갈라진 목소리로 말했다.

"아버지인가요?"

버튼 씨와 간호사는 놀라움에 몸을 움츠렸다.

"만약 그렇다면…."

노인은 못마땅하다는 듯이 말을 이었다.

"나를 이곳에서 데리고 나가 주시오. 아니면 적어도 좀 더 편안한 흔들의자를 가져다주든지."

"당신은 누굽니까? 어디서 온 거요?"

버튼 씨가 분노와 흥분이 뒤섞인 목소리로 물었다.

"나도 내가 누구인지 정확하게 말해줄 수가 없어. 태어난 지 겨우 몇 시간밖에 지나지 않았거든. 그렇지만 내 성이 버튼이라는 건 확실한 것 같군."

노인이 불평 가득한 목소리로 말했다.

"거짓말! 사기꾼!"

버튼 씨가 말했다.

"이제 막 태어난 자식을 환영하는 방법이 아주 훌륭하군. 그가 틀린 거라고 말 좀 해주시겠습니까?"

노인은 쇠잔한 몸을 간호사를 향해 간신히 돌리고는 말했다.

"당신이 틀렸어요. 이 아이는 당신의 아이예요. 그 사실을 받아들여야 합니다. 가능한 한 빨리 이 아이를 집으로 데려가 주세요. 부탁드립니다. 오늘 안으로요."

"집이라고?"

버튼 씨는 믿을 수 없다는 듯한 표정으로 간호사의 말을 되풀이했다.

"네, 더 이상 이곳에서 데리고 있을 수는 없습니다. 그럴 수 없다고요. 무슨 뜻인지 아시겠어요?"

"그 말을 들으니 정말 기쁘군."

노인이 푸념 섞인 목소리로 말했다.

"여기는 말 못 하는 친구들이나 지내기 좋은 장소야. 소리 지르고 우는 소리 때문에 한숨도 못 자겠어. 먹을 것 좀 달라고 했더니 고작 우유 한 병밖에 주지 않았단 말야!"

그는 갑자기 격앙된 목소리로 외쳤다.

버튼 씨는 요람과 가까운 의자에 털썩 주저앉아 몸을 파묻고는 손으로 얼굴을 감쌌다. 그는 두려움에 가득 찬 목소리로 중얼거렸다.

"오, 이런 세상에! 사람들이 뭐라고 하겠어! 뭘 어떻게 해야 하는 거지?"

"아이를 당장 집으로 데려가세요. 당장!"

버튼 씨의 눈앞에 무서우리만큼 뚜렷하게 하나의 기괴한 장면이 떠올랐다. 이 소름 끼치는 망령과 함께 도시의 붐비는 거리를 걸어가는 모습이었다.

"난 못 해. 난 못 해!"

그가 신음하듯 내뱉었다.

길을 걷던 사람들이 물어오면 뭐라고 말할 것인가. 이 노인을 소개해야 한다면? 일흔 살 먹은 노인을 제 아들입니다. 오늘 아침 일찍 태어났답니다, 하고 소개하면 이 노인은 자기를 덮고 있는 담요를 그러모을 것이고, 그들은 함께 걸어갈 것이다. 사람들이 붐비는 상점들과 시장, 주택가에 늘어서 있는 호화로운 주택들을 지나고 양로원을 지나고…

버튼 씨는 잠시나마 아들이 차라리 흑인이었으면 하고 진심으로 바랐다.

"이봐요! 정신 차리세요!"

간호사가 명령하듯 말했다.

"이것 봐!"

노인이 말을 꺼냈다.

"내가 이 담요에 싸인 채 집까지 갈 거라고 생각하면 큰 오산이야."

"아기들은 담요가 필요해요."

"보라고! 이게 이 사람들이 날 위해 준비해놓은 거라고."

노인은 악의에 찬 목소리로 하얀색 포대기 천을 집어 들었다.

"아기들은 그런 것을 덮는 거예요."

간호사가 새침하게 말했다.

"글쎄, 이 아기는 2분이 지나면 어떤 것도 입지 않을 거야. 이 담요는 간지러워. 적어도 시트라도 주었어야지."

"좋아요, 좋아!"

버튼 씨가 황급히 말했다. 그는 간호사를 향해 몸을 돌리고 물었다.

"내가 어떻게 해야 하죠?"

"시내로 가서 아들 옷을 좀 사다 주세요."

버튼 씨가 밖으로 나왔을 때 아들의 목소리가 복도까지 이어졌다.

"지팡이도. 아버지, 지팡이가 필요해요."

버튼 씨는 거칠게 문을 쾅 닫았다.

2

The curious case of Benjamin Button

"안녕하시오. 아이 옷을 좀 사고 싶소."

버튼 씨가 긴장이 어린 목소리로 체서피크 의류점 직원에게 말했다.

"아이가 몇 살인가요?"

"6시간쯤 됐소."

버튼 씨는 별생각 없이 대답했다.

"신생아 용품 매장은 뒤쪽에 있습니다."

"흠, 그게 아니라…. 뭐가 필요한지 잘 모르겠소. 아이가 특별히 커서요. 비정상적으로 커요."

"저희 매장에서는 큰 아이들 옷도 취급하고 있어요."

"아동복 매장은 어디죠?"

버튼 씨는 거의 절망적인 심정이 되어 질문을 바꾸어야 했다. 그는 점원이 자신의 수치스런 비밀을 알아챈 것이 틀림없다고 생각했다.

"저쪽입니다."

그는 망설였다. 이제 막 태어난 아들에게 성인 남자 옷을 입힌다는 것은 불쾌한 일이었다. 아주 큰 아동용 정장을 구해 입히더라도, 그 길고 끔찍한 수염은 잘라내고 백발의 머리카락은 갈색으로 염색해야 한다. 그렇게 해야 그럭저럭 최악의 상황을 숨길 수 있고, 볼티모어 사회에서 그의 지위는 말할 것도 없고 자존심을 조금이나마 유지할 수 있을 것이다.

미친 듯이 아동복 매장을 뒤져보았지만 이제 막 태어난 버튼에게 맞는 옷은 없었다. 그는 가게를 탓했다. 그런 경우에는 가게 탓으로 돌리는 것이 옳았다.

"아이가 몇 살이라고 하셨죠?"

점원이 어리둥절한 표정으로 물었다.

"열여섯이오."

"이런, 죄송합니다. 저는 6시간 되었다고 말씀하신 줄 알았거든요. 청소년 매장은 다음 통로에 있습니다."

버튼 씨는 참담한 기분으로 돌아섰다. 그러다 그는 문득 걸음을 멈추고 환한 표정을 지으며 쇼윈도에 서 있는 마네

킹을 가리켰다.

"저겁니다!"

그는 기쁜 듯이 외쳤다.

"저 양복을 사겠소. 저 마네킹이 입은 것으로 주시오."

점원이 쇼윈도를 향해 시선을 돌리더니 "글쎄요" 하면서 이의를 제기했다.

"저것은 아동복이라고 할 수 없는데요. 더군다나 무도회 복이라 손님에게나 어울리겠는데요."

"포장해주시오. 내가 원하는 건 저겁니다."

버튼 씨는 신경질적으로 대답했다. 점원이 의아한 표정을 짓더니 그가 시키는 대로 따랐다.

병원으로 돌아온 버튼 씨는 신생아실로 들어가 아들에게 내던지다시피 옷 꾸러미를 건넸다.

"네 옷이다!"

노인은 옷 꾸러미를 풀고 미묘한 눈빛으로 내용물을 바라보았다. 그러고는 마뜩잖은 표정을 짓더니 불평하듯 내뱉었다.

"이 옷들은 나한테는 좀 우스워 보이는군요. 놀림감이 되고 싶지는 않은데…."

"넌 나를 놀림감으로 만들었어!"

버튼 씨가 날카롭게 쏘아붙였다.

"네가 다른 사람들에게 얼마나 우스워 보일지 따위는 신경 쓰지 마. 어서 입기나 해. 안 그러면… 안 그러면… 엉덩짝을 때려줄 테니!"

적절한 표현이었지만 그는 불편한 듯 두 번째 말에서 침을 꿀꺽 삼켰다.

"알았어요, 아버지. 저보다 오래 사셨으니 어떤 것이 최선인지 잘 아시겠죠. 시키는 대로 할게요."

자식의 부모에 대한 존경심을 흉내 내듯 노인이 말했다. '아버지'라는 표현에 버튼 씨는 움찔했다.

"그러면 서둘러."

"서두르고 있어요, 아버지."

아들이 옷을 갈아입고 나자 버튼 씨는 우울한 눈빛으로 그를 바라보았다. 물방울무늬 양말과 분홍색 바지, 그리고 널찍한 하얀색 깃과 벨트 달린 와이셔츠 차림이었다. 하얀색 깃 위로 흘러내린 희끄무레한 수염이 물결치며 허리에 이를 지경이었다. 결과는 좋아 보이지 않았다.

"잠깐!"

버튼 씨는 갑자기 병원용 가위를 집어 들더니 재빠르게 세 번 정도 움직여 수염을 싹둑 잘라냈다. 하지만 이런 개선에도 불구하고 완벽함과는 거리가 멀었다. 듬성듬성한 머리카락과 진물 고인 눈, 오래된 치아는 쾌활한 복장과 극명하게 대조되어 어긋나 보였다. 그러나 버튼 씨는 개의치 않았다.

"따라와!"

그는 아들의 손을 잡아채듯 끌어당기더니 엄한 목소리로 말했다. 아버지가 자신의 손을 잡자 아들은 안심하는 듯했다.

"저를 뭐라고 부르실 건가요, 아버지?"

신생아실에서 나오면서 노인이 떨리는 목소리로 물었다.

"당분간은 아기라고 부를 건가요. 더 나은 이름이 생각날 때까지는요?"

버튼 씨는 생각하기도 싫다는 듯 냉담한 목소리로 대답했다.

"나도 모르겠다. 내 생각에는 '무드셀라(구약성경에 나오는 인물로 969세까지 산 것으로 기록돼 있음)'라고 부르게 될 것 같구나."

3

The curious case of Benjamin Button

버튼 가족의 새 식구는 머리를 짧게 자르고, 듬성듬성한 머리카락은 검은색으로 염색하고, 얼굴에 빛이 돌 정도로 깨끗하게 면도를 했다. 어리둥절해 하는 재단사에게 주문해서 만든 아동복을 입히기는 했지만, 자신의 아들이 첫자식으로 인정할 수 없는 표본이라는 사실을 무시한다는 것은 버튼 씨에게 거의 불가능한 일이었다. 나이 때문에 등이 휘기는 했지만 벤저민 버튼 — 적절한 표현이기는 하지만, 불쾌감을 유발하는 무드셀라 대신 이 이름으로 부르기로 했다 — 의 키는 173센티미터나 되었다. 그의 외모는 이러한 사실을 감추지 못했고, 잘 다듬고 염색한 눈썹도 그 아래 흐릿하고 짓무른 채 지친 눈빛을 감출 수는 없었다.

미리 고용해두었던 보모는 아이를 한 번 보더니 분노를 감추지 못한 채 떠나버렸다.

그러나 버튼 씨는 아들에 대한 분명한 결심을 바꾸지 않았다. 벤저민은 아기였다. 그리고 아기로서 아기답게 지내야 했다. 만일 벤저민이 따뜻한 우유를 거절한다면 어떤 음식도 주지 말라고 하녀에게 명했다.

그러나 결국 아들이 빵과 버터를 먹는 것을 허락해야 했고, 오히려 오트밀도 허락하는 타협까지 하게 되었다. 어느 날 그는 딸랑이를 가져와 벤저민에게 주면서 아들이 그것을 '가지고 놀아야 한다'고 고집했다.

하지만 딸랑이는 오히려 벤저민을 무료하게 한 것이 분명했다. 혼자 있는 시간이면 벤저민은 위로가 될 만한 다른 놀잇거리를 찾았던 것이다. 예를 들어 버튼 씨는 어느 날, 지난 한 주 동안 자신이 유난히도 시가를 많이 피웠다고 생각했다. 하지만 그 사건은 며칠 뒤 그가 갑자기 아들의 방에 들어갔을 때, 벤저민이 죄지은 듯한 표정으로 하바나 시가 꽁초를 감추는 장면을 목격했을 때 설명되었다. 이것은 물론 회초리를 들어야 마땅한 심각한 일이었지만 그럴 수 없다는 것을 버튼 씨 자신도 잘 알았다. 그는 그저 아들에게 흡연은 '성장'을 방해한다고 경고하는 것으로 사건을 무마했다.

아버지로서 당연한 기대를 무너뜨리는 몇 가지 사건에도 불구하고 버튼 씨는 자신의 입장을 굽히지 않았다. 그는 틈틈이 장난감 병정과 장난감 기차, 귀엽고 커다란 봉제 인형들을 가져오곤 했다. 그는 또한 자신이 만든 환상을 완벽하게 충족시키기 위해 '분홍색 오리 인형을 아기가 입에 넣어도 색이 빠지거나 하는 일은 없는지' 가게 점원에게 진지하게 물어보았다. 그러나 아버지의 모든 노력에도 불구하고 벤저민은 관심조차도 갖지 않았다. 그는 슬그머니 뒷계단으로 빠져나가서는 '브리태니커 백과사전' 한 권을 가지고 돌아와 오후 내내 열심히 읽곤 했다. 그동안 송아지 인형이나 노아의 방주 같은 장난감은 바닥에 내팽개쳐져 있었다. 벤저민의 고집에 버튼 씨의 노력은 아무런 소용이 없었다.

벤저민 사건이 볼티모어 사회에 던진 충격은 그야말로 경이적이었다. 그 불행한 일로 버튼 부부와 그의 친척들이 어떤 대가를 치르게 될지는 아무도 단정 지어 말할 수 없었다. 때마침 남북전쟁이 터지는 바람에 도시 전체의 관심이 온통 그곳에 쏠렸기 때문이다. 변함없이 예의 바른 사람들은 버튼 부부에게 건넬 인사말을 만들어내느라 머리를 쥐어짰고, 마침내 재치있는 방법을 찾아냈다. 즉, 아기가 할아버지를 닮았다고 말하는 것이었다. 70대 남자에게서 흔히 볼 수 있는 노화의 보편적인 모습을 두고 하는 말이었으므로 이는 부인할 수 없는 사실이기도 했다. 로저 버튼 부부는 당연히 유쾌하지 않았고 벤저민의 할아버지는 심한 모욕감을 감수해야 했다.

병원을 벗어난 이후부터 벤저민은 자신의 삶을 있는 그대로 받아들였다. 몇 명의 소년 친구가 그와 놀아주기 위해 집으로 초대되었고, 그는 오후 내내 뻐근한 관절로 팽이와 구슬에 관심을 갖기 위해 억지스러운 노력을 기울여야 했다. 어느 날 벤저민이 우연히 새총으로 부엌 창문을 깨뜨리게 되었는데, 그 일은 그의 아버지를 은근히 기쁘게 했다.

그 후로 벤저민은 매일 뭔가를 부수기 위해 노력했는데, 그것은 순전히 사람들의 기대 때문이었고, 그가 선천적으로 순종적인 품성을 가졌기 때문이었다.

처음에 적대적이었던 할아버지는 차츰 마음이 누그러지면서 벤저민과 어울려 지낼 수도 있게 되었고 나중에는 그 시간을 아주 즐거워했다. 그들은 나이와 경험에서 차이가 나기는 했지만 마치 오래된 벗처럼 몇 시간이든 앉아서 느리게 흘러가는 일상들에 대해 이야기를 나누곤 했다.

벤저민은 부모님보다 할아버지와 있을 때 훨씬 더 편안했다. 부모님은 항상 그를 낯선 사람 대하듯 했고, 그에게 독재자나 다름없는 권위를 행사하면서도 그를 '미스터'라고 부르기도 했다.

벤저민 자신도 그의 정신과 신체가 나이 든 상태로 태어났다는 사실에 충격을 받았다. 그는 온갖 의학 잡지를 뒤지며 이런 경우에 대해 나름대로 연구도 해보았지만 어디에도 자신의 경우와 비슷한 사례는 없었다. 아버지의 성화에 못이겨 벤저민은 다른 소년들과 어울리기 위해 진심으로 노력했고 가끔은 가벼운 운동에도 참여했다. 하지만 축구 같은 경기는 그의 몸을 너무 격렬하게 뒤흔들었고, 골절이라도 생긴다면 쇠약한 그의 뼈들이 제자리에 붙어 있지 못할 것 같았다.

다섯 살이 되던 해 그는 유치원에 들어갔다. 그곳에서 그는 오렌지색 색종이 위에 녹색 색종이를 붙이거나 여러 가지 색깔의 지도를 만드는 놀이, 기다란 마분지 목걸이를 만드는 놀이를 배웠다. 이런 놀이를 하는 도중에 깜빡 잠이드는 벤저민의 습관은 유치원의 젊은 선생을 짜증 나게 하면서도 깜짝 놀라게 했다. 벤저민에게는 다행스러운 일이었지만, 그녀는 벤저민의 부모님께 불만을 토로했고 벤저민은 더 이상 유치원을 다니지 않게 되었다. 로저 버튼은 지인들에게 유치원을 다니기에는 벤저민이 너무 어리다는 선생의 말을 전했다.

벤저민이 열두 살 되었을 무렵, 그의 부모도 점차 그에게 익숙해졌다. 습관이란 놀라운 힘을 발휘하곤 하는데 몇 가지 기묘하고도 예외적인 사건이 새삼스럽게 진실을 상기시켜 주는 경우를 제외하고는 그들은 더 이상 벤저민이 다른 아이들과 다르다고 생각하지 않았다.

열두 번째 생일이 지나고 몇 주가 지난 어느 날, 거울을 보던 벤저민은 적어도 자신이 보기에는 엄청난 사실을 발견했다. 내 눈이 잘못됐나? 아니면 12년 동안 백발을 감추느라 염색을 많이 해서 머리카락이 아예 회색으로 변하기라도 한 것인가? 그물처럼 퍼져 있던 얼굴 주름도 줄어드는 것일까? 피부가 점점 젊어지고 심지어 겨울철 혈색 좋은 얼굴처럼 바뀌고 있는 것일까? 그는 구별할 수 없었다. 단지 더 이상 등이 구부정하지 않고, 신체 조건이 유년기를 지난 이후 지속적으로 좋아지고 있다는 것을 알 수 있었다.

'이런 일이 가능할까?'

그는 속으로 생각했지만 그건 가능성이 전혀 없는 일이었다. 그는 아버지에게 갔다. 그러고는 단호한 표정으로 말했다.

"제가 좀 자란 것 같아요. 이제 긴 바지를 입고 싶어요."

버튼 씨는 잠시 망설이더니 입을 열었다.

"글쎄, 난 잘 모르겠구나. 긴 바지를 입으려면 열네 살은 되어야 하는데 넌 아직 열두 살이잖니."

"하지만 제가 나이에 비해 덩치가 크다는 것은 인정하시잖아요."

벤저민은 따지듯 물었다. 아버지는 억지를 부린다는 듯한 표정으로 그를 쳐다보았다.

"그건 확실하지 않아. 내가 열두 살 때도 꼭 너만 했거든."

그 말은 사실이 아니었다. 단지 자신의 아들이 정상이라고 믿고 싶은 로저 버튼이 자신과 맺은 암묵적인 합의일 뿐이었다.

결국 두 사람은 타협을 할 수밖에 없었다. 벤저민은 머리카락을 계속 염색해야 했고, 또래의 소년들과 좀 더 적극적으로 놀아야 했다. 돋보기를 끼거나 거리에서 지팡이를 지니고 다니는 일도 금지되었다. 이런 조건들을 양보하는 대신 그는 비로소 긴 바지를 입어도 좋다는 허락을 받았다.

4

The curious case of Benjamin Button

벤저민 버튼의 열두 살에서 스무 살까지의 삶에 대해서
는 별로 할 말이 없다. 다만 정상적으로 늙지 않은 시간이
었다고 말하면 충분한 설명이 될 것이다. 벤저민이 열여덟
살 때, 그는 쉰 살의 남자들에 해당할 정도로 곧게 서 있을
수 있었고, 머리숱도 늘어났으며 색깔은 짙은 회색으로 변
했다. 걸음걸이는 예전보다 안정되었고, 갈라지고 떨림이 있
던 목소리는 활력이 느껴지는 바리톤 음으로 내려갔다. 그
래서 그의 아버지는 예일대 입학시험을 치르도록 그를 코네
티컷주로 보냈고, 벤저민은 시험에 통과해 신입생이 되었다.

입학식이 끝나고 3일 후, 그는 학적 담당 직원인 하트 씨
로부터 사무실에 들러 시간표를 확정하라는 통보를 받았

다. 벤저민은 거울 앞에 섰다. 갈색으로 새롭게 염색을 해야 할 것 같아 침실용 서랍을 뒤져보았지만 간절한 마음에도 불구하고 염색약은 없었다. 그제야 3일 전에 다 쓴 염색약 병을 버렸던 것이 기억났다.

그는 망설였다. 5분 안에 학적과에 가야만 했다. 이 뜻밖의 사태에 도움이 될 만한 것은 없었다. 그 상태로 학적과에 가는 수밖에 달리 방법이 없었고 그는 그렇게 했다.

"어서 오세요. 아드님 때문에 궁금한 것이 있으신 모양이군요."

학적과 직원은 예의 바르게 말했다.

"아, 실은 제가 버튼이라는…"

벤저민이 용건을 꺼내려 했지만, 곧 하트 씨가 말을 가로챘다.

"만나서 반갑습니다, 버튼 씨. 마침 아드님을 기다리고 있습니다. 곧 올 겁니다."

"제가 그 벤저민입니다!"

벤저민이 불쑥 외쳤다.

"제가 신입생 벤저민 버튼입니다."

"뭐라고요!"

"제가 벤저민 버튼이라고요."

"농담이 지나치시군요."

"천만에요."

학적과 직원은 얼굴을 찌푸리더니 그 앞에 놓인 카드를 흘끗 살펴보았다.

"글쎄요, 여기에는 벤저민 버튼의 나이가 열여덟 살이라고 적혀 있는데요."

"그게 바로 제 나이입니다."

벤저민은 자신의 얼굴이 달아오르는 것을 느낄 수 있었다. 학적과 직원은 잠시 어이없다는 듯한 표정으로 그를 노려보았다.

"버튼 씨, 제가 그 말을 믿길 바라시는 겁니까?"

벤저민은 침울한 표정으로 미소를 지었다.

"전 열여덟 살이에요."

"나가시오! 학교에서도 나가고 여기서도 당장 나가시오. 미치광이 같으니라고."

"전 열여덟 살이에요."

"너무하는군! 그 나이에 신입생 행세를 하려 들다니. 열여덟 살이라고? 자, 18분 줄 테니 당장 여기서 나가요."

하트 씨는 문을 열고 외치듯 목소리를 높였다.

벤저민은 품위를 잃지 않으려 애쓰며 그 방에서 걸어 나왔다. 복도에서 다음 순서를 기다리고 있던 대여섯 명의 학생이 호기심 어린 시선으로 그를 쳐다보았다. 몇 걸음 걷다가 그는 몸을 돌려 아직도 화가 풀리지 않은 얼굴로 서 있는 학적과 직원을 향해 단호한 목소리로 말했다.

"저는 열여덟 살이에요."

여기저기서 일제히 터져 나오는 웃음소리를 뒤로하고 벤저민은 복도를 빠져나왔다. 그러나 이 비극적인 운명에서 완전히 빠져나온 것은 아니었다. 그가 침울한 표정으로 기차역을 향해 걸어갈 때 몇몇 학생이 그의 뒤를 따라왔다. 점점 사람이 많아지더니 마침내는 거대한 무리가 되어 벤저민의 뒤를 따라오고 있었다. 한 미치광이가 예일대 입학시험을 통과했는데 자신이 열여덟 살이라고 속이고 다닌다는 소문이 퍼져 나갔다. 흥분의 열기는 금세 캠퍼스 전체로 퍼져 나가기 시작했다. 학생들은 모자도 쓰지 않은 채 교실에서 튀어나왔고, 축구팀은 연습을 내팽개치고 군중에 합류했는가 하면 교수 부인들까지도 보닛과 버슬이 비뚤어진 것도 잊은 채 행진 대열에 참여했다. 군중 틈에서 벤저민의 감수성을 자극하는 말들이 쉴 새 없이 터져 나왔다.

"떠돌이 유대인이 확실해."

"그 나이면 예비학교로 갔어야지!"

"신동이 지나간다!"

"양로원인 줄 착각했나 보군. 하버드에도 가 보시지!"

벤저민은 보폭을 빨리하다가 나중에는 거의 달리다시피

했다. 두고 보자! 하버드에 가 주지. 그래서 나를 비웃은 것을 후회하게 해주겠어!

볼티모어행 기차에 올라 안전해진 것을 확인한 벤저민은 머리를 창문 밖으로 내밀었다.

"너희들 후회할 거야!"

군중은 폭소를 터뜨렸다. 그날의 일은 예일 대학교 최대의 실수였다.

5

The curious case of Benjamin Button

1880년에 벤저민은 스무 살이 되었다. 생일을 기점으로 그는 아버지가 경영하는 로저 버튼 철물 도매 회사에서 일하기 시작했다. 그가 사교적인 성격의 외출을 하기 시작한 것도 같은 해였는데, 물론 그를 사교 무도회장에 데리고 가려고 고집하는 아버지 때문이었다. 로저 버튼은 이제 쉰 살이 되었다. 나이가 들면서 그와 아들은 점점 친구 같아졌다. 여전히 회색빛이긴 했지만 벤저민은 이제 더 이상 머리카락을 염색하지 않았고, 두 사람은 비슷한 나이대로 보였기 때문에 언뜻 보면 형제 같았다.

8월 어느 날 밤, 정장 차림을 한 버튼 부자는 마차에 올라탔다. 볼티모어 외곽에 위치한 셰블린가의 전원주택에서 열리는 무도회에 가기 위해서였다. 보름달이 무광의 백금색을 빛내며 도로를 적시고 있었고, 만개한 꽃들이 나지막한 속삭임처럼 고요한 대기에 생기를 더하고 있었다. 밝은 빛깔의 밀밭으로 뒤덮인 전원 풍경이 대낮처럼 환했다. 아무리 무딘 사람이라도 벅차오르는 감동을 감출 수 없는 완벽한 아름다움이었다.

"직물사업 전망이 좋아."

로저 버튼이 말했다. 그는 영적인 사람이 아니었으므로 미적 감각은 원시적이었다.

"나같이 나이 든 사람들이 새로운 기술을 터득하기는 어려워. 너처럼 에너지와 활기가 넘치는 젊은이들에게는 미래가 다르지."

길 끝에서 셰블린의 별장에서 흘러나온 불빛이 시야에 들어오기 시작했다. 조금 더 가까이 다가가자 탄성 소리 같은 것이 들려왔다. 가냘프고 구슬픈 것이 바이올린 소리이거나 달빛 아래 밀이 이리저리 흔들리며 내는 소리 같기도 했다.

별장 문 앞에 도착한 두 사람은 그들보다 먼저 도착한 마차에서 손님들이 내리기를 기다려야 했다. 숙녀 한 사람이 먼저 나왔고 뒤이어 노신사가 내리더니 한눈에도 미모가 눈에 띄는 젊은 아가씨 한 명이 마지막으로 내렸다. 벤저민

의 몸 안에서 화학변화 같은 것이 일어나더니 온몸을 분해
했다가 다시 한군데로 모이는 것 같았다. 온몸이 오싹해지
고 모든 피가 뺨과 이마로 쏠리는 것 같았다. 끊임없이 두
근거리는 심장 소리가 그의 귀에까지도 들렸다. 첫사랑이
찾아온 것이다.

그녀는 호리호리하고 연약해 보였다. 달빛을 받은 머리카
락은 창백해 보였고, 현관의 램프 불빛 아래서는 황금색으
로 변했다. 연한 노란색에 검정색 나비 무늬가 들어간 스페
인풍의 작은 망토를 두르고 있었다. 바스락거리는 드레스
끄트머리에서 그녀의 발이 단추처럼 반짝였다.

로저 버튼은 그의 아들에게 슬쩍 기대며 말했다.

"저 아가씨가 힐데가르드 몬크리프 양이군. 몬크리프 장
군의 딸이지."

"예쁘군요."

벤저민은 흥미 없다는 듯 냉담하게 말했다. 하지만 흑인
소년이 마차를 끌고 사라지자 그가 덧붙였다.

"저를 소개해 주실 수 있나요?"

두 사람은 몬크리프 양 일행에게 다가갔다. 전통적인 교
육 방식에 따라 그녀는 벤저민 앞에서 고개 숙여 인사했다.
벤저민은 함께 춤을 추겠냐고 물었고 허락을 받았다. 그녀
에게 감사 인사를 하고 돌아서는데 마음이 심하게 동요되

는 것을 느꼈다.

그의 차례가 오기까지 기다려야 하는 시간이 한없이 지루하고 길게만 느껴졌다. 그는 벽 가까이에서 조용히, 볼티모어의 혈기왕성한 젊은이들을 살기 어린 눈으로 바라보았다. 그들은 열정적인 찬사를 담은 얼굴로 힐데가르드 몬크리프 양 주변을 맴돌고 있었다. 벤저민은 불쾌했다. 얼마나 참을 수 없는 광경인가! 그들의 곱슬거리는 갈색빛 구레나룻을 보는 것만으로도 소화불량이 오는 것 같았다.

드디어 그의 차례가 되고, 파리에서 온 최신 유행 왈츠에 맞춰 그녀와 함께 댄스 플로어에 서게 된 순간 그의 질투심과 걱정들은 사라지고 없었다. 황홀감에 젖어 그는 이제야 비로소 인생이 시작된 것 같은 느낌이었다.

"당신과 당신 형도 저희가 도착했을 때쯤 오셨죠?"

밝고 푸른 에나멜 같은 눈으로 그를 올려다보며 힐데가르드가 물었다.

벤저민은 망설였다. 자신이 아버지의 동생이라고 여기고 있는 그녀에게 사실을 알려주는 것이 최선일까? 그 순간 예일 대학교에서의 경험이 떠올랐고 그는 말하지 않기로 결심했다. 숙녀의 말을 부인하는 것은 무례한 일이며, 그의 출생에 얽힌 괴기한 이야기로 이 황홀한 상황을 손상시키는 것은 범죄 행위나 다름없지 않은가. 다음 기회에 말해도 좋을 것이다. 그는 그녀의 말에 고개를 끄덕이며 미소를 지어 보였고 그녀의 말에 귀 기울였고 행복했다.

"저는 당신 또래의 남자가 좋아요. 젊은 남자들은 어리석은 데가 많거든요. 그 사람들이 저에게 하는 얘기는 고작 대학에서 샴페인을 얼마나 많이 마셔댔는지, 카드 게임에서 돈을 얼마나 많이 잃었는지 그런 이야기뿐이죠. 그렇지만 당신 나이대의 남자들은 여자를 이해하는 법을 잘 알거든요."

힐데가르드가 말했다.

벤저민은 갑자기 그녀에게 청혼하고 싶은 충동을 억제하기 위해 애썼다.

"로맨틱한 나이예요. 쉰 살이라는 나이는 그래요. 스물다섯 살은 너무 밝히고, 서른 살은 과로에 지쳐 있고, 마흔 살은 시가 하나를 다 피워야 할 만큼 긴 사연을 가진 나이죠. 예순 살은…, 예순 살은 일흔에 너무 가까운 나이예요. 쉰 살이 가장 로맨틱한 나이인 것 같아요. 저는 쉰 살의 남자가 좋아요."

쉰 살은 영광스러운 나이인 것 같았다. 그는 진심으로 쉰 살이 되고 싶은 마음이었다.

"저는 항상 그렇게 말해왔어요. 서른 살의 남자와 결혼해서 그를 돌보기보다는 쉰 살의 남자와 결혼해서 저를 돌보게 하는 편이 낫다고요."

벤저민에게 그날 저녁의 나머지 시간은 황금빛 안개로 뒤덮여 있었다. 힐데가르드는 그와 두 번 더 춤을 추었고, 그들은 그날의 모든 화제에 대해 서로의 생각이 같다는 것에 함께 놀랐다. 그녀는 다가오는 일요일에 그와 드라이브를 가기로 했고, 오늘 이야기한 문제들에 대해 좀 더 심도 있게 토론을 나누기로 했다.

막 동이 틀 무렵에야 그들은 집으로 향했다. 때 이른 벌들이 윙윙거리고 차츰 자취를 감추고 있는 달이 차가운 이슬 위로 희미한 빛을 던지고 있었다. 벤저민이 문득 정신을 차리고 옆자리의 아버지를 의식했을 때, 아버지는 철물 도매에 관해 열을 올리고 있었다.

"… 그리고 망치하고 못 말고 우리가 뭐에 관심을 가져야 할 것 같지?"

"러브(love)요."

얼이 빠져 멍한 상태로 벤저민이 말했다.

"러그? 얘야, 내가 막 그 문제에 대해 이야기했잖니."

벤저민은 멍한 눈으로 그를 바라보았다. 동쪽 하늘이 갑자기 빛으로 산산이 부서지고, 생기를 되찾은 나무에서 꾀꼬리 한 마리가 지저귀는 소리가 들렸다.

6

The curious case of Benjamin Button

그로부터 6개월 뒤, 미스 힐데가르드 몬크리프가 벤저민 버튼과 약혼했다는 것이 알려지는 데 성공했을 때 — 성공했다는 표현이 옳을 것이다. 왜냐하면 몬크리프 장군이 약혼 발표를 하느니 차라리 자신의 칼 위로 쓰러지는 편이 낫다고 선언했기 때문이다 — 볼티모어는 흥분과 열광으로 가득했다. 거의 잊혀지고 있었던 벤저민의 출생이 다시 상기 되었고, 사악하고 말도 안 되는 형태의 온갖 루머가 도시 여기저기로 퍼져 나갔다. 벤저민이 실제로는 로저 버튼의 아버지라고도 했고, 40년 동안 감옥에 있던 그의 동생이라는 루머도 있었다. 존 월키스 부스(링컨 대통령의 암살자)가 변장을 한 것이라거나 심지어는 그의 머리에 원뿔이 두 개 솟아 있다는 소문이 돌기도 했다.

뉴욕 신문은 일요일 자 부록 페이지에서 시선을 모으는 사진과 함께 이 사건을 집중적으로 다루었다. 그 그림에서 벤저민의 머리는 물고기, 뱀, 마지막에는 놋쇠로 된 몸통에 붙여 놓은 형상이었다. 그는 언론계에서 메릴랜드의 신비로운 남자로 알려졌다. 하지만 언제나 그랬듯이 진실은 거의 알려지지 않았다.

사람들은 볼티모어에서 가장 뛰어난 미남을 선택할 수 있었던 사랑스러운 그녀가 쉰 살은 되어 보이는 남자에게 몸을 던진 일은 범죄행위나 마찬가지라는 몬크리프 장군의 생각에 동의했다. 로저 버튼이 아들의 출생증명서를 볼티모어 블레이즈 신문에 커다랗게 실었지만 헛수고였다. 아무도 믿지 않았다. 그들로서는 그저 벤저민을 한 번 보기만 해도 알 수 있는 일이었던 것이다.

한편 이 사건과 가장 관련이 있는 두 사람은 동요하지 않았다. 자신의 약혼자에 대한 이야기들이 온통 거짓말뿐이라며 그녀는 엄연한 사실조차도 받아들이지 않았다. 몬크리프 장군은 자신이 딸에게 50대, 적어도 50대로 보이는 남자의 높은 사망률에 대해 지적하는가 하면 철물 도매업의 불안정성에 대해서도 강조했지만 헛수고였다. 힐데가르드는 로맨틱한 결혼을 선택했고, 그렇게 결혼했다.

7

The curious case of Benjamin Button

힐데가르드의 지인들은 적어도 한 가지 면에서는 잘못 예상했다. 철물 도매업은 놀라울 정도로 번창했다. 1880년 벤저민 버튼이 결혼하고 1895년 로저 버튼이 은퇴한 15년 동안 그들의 재산은 두 배로 늘었는데, 그것은 순전히 아버지 대신 회사를 운영한 젊은 아들 덕분이었다.

말할 필요도 없이 볼티모어 사회는 두 사람을 인정할 수밖에 없었다. 심지어 이제 연로해진 몬크리프 장군도 그의 사위와 화해를 하게 되었는데, 유명한 출판사 아홉 군데에서 거절당한 20권짜리 《남북전쟁의 역사》라는 책을 출판할 수 있도록 벤저민이 후원금을 지원해주었을 무렵의 일이었다.

벤저민에게도 15년 동안 많은 변화가 일어났다. 그는 자신의 혈관 속으로 새로운 피가 흐르는 것을 느낄 수 있었다. 아침에 일어나 사람들이 붐비는 화창한 거리를 걷는 시간도 즐거웠고, 망치와 못을 쉴 새 없이 선적하는 일에도 즐겁게 매달렸으며 지칠 줄 몰랐다. 그가 사업에서 대성공을 거둔 것은 1890년이었다. 그는 운송을 기다리고 있는 화물 상자들을 박는 데 이용되는 모든 못은 화물주의 재산으로 귀속되어야 한다는 제안을 내놓았다. 그 제안은 포사일 판사의 승인을 받아 마침내 법령화되었으며, 이로써 로저 버튼 철물 도매회사는 매년 6백 개 이상의 못을 절약할 수 있었다.

뿐만 아니라 벤저민은 인생의 즐거운 부분에 점점 더 매료되어 가는 자신을 발견했다. 그가 볼티모어시에서 가장 먼저 자동차를 소유하고 운전한 것은 인생을 즐기기 위한 그의 열정을 잘 보여주는 일이었다. 거리에서 그를 만나면 그의 동년배들은 벤저민에게서 느껴지는 넘치는 건강과 활력을 질투 어린 시선으로 바라보았다. 사람들은 언제나 비슷한 말을 했다.

"저 사람은 해마다 점점 젊어지는 것 같아."

이제 예순다섯 살이 된 늙은 로저 버튼은 한때 아들의 탄생을 제대로 환영하지 못했지만 지금은 아들을 찬미하다시피 하면서 과거를 속죄하듯 지냈다.

이쯤에서 우리는 가능한 빨리 넘어가는 것이 바람직한, 유쾌하지 못한 주제를 짚고 넘어가지 않을 수 없다. 벤저민 버튼의 마음을 우울하게 만드는 유일한 것이 있었는데, 그의 부인이 더 이상 매력적이지 않다는 것이었다.

힐데가르드는 이제 서른다섯 살이었고 아들 로스코는 열네 살이었다. 결혼 초기에 벤저민은 그녀를 숭배했다. 그러나 시간이 흐르면서 그녀의 황금빛 머리카락은 평범한 갈색이 되었고 푸른 에나멜 같은 두 눈은 싸구려 도자기처럼 보였다. 무엇보다도 그녀는 자기 생활에 지나치게 안주하고, 지나치게 평온했으며, 지나치게 만족스러워했고, 어지간한 자극에는 미동도 하지 않았고, 취향은 너무 수수해졌다. 신부 시절의 그녀는 앞장서서 벤저민을 무도회와 만찬에 데리고 다니곤 했지만 이제 더 이상 그녀는 옛날의 그녀가 아니었다. 여전히 그와 함께 사교 모임에 나갔지만 예전의 열정은 더 이상 찾아볼 수 없었다. 어느 날 갑자기 우리에게 다가와 죽을 때까지 함께 머무는 영원한 무력증이 그녀를 삼켜버린 것이다.

시간이 흐를수록 벤저민의 불만은 점점 커져만 갔다. 더이상 가족에게서 삶의 의미를 발견할 수 없었던 그는 1898년 미국-스페인 전쟁이 터지자 입대하기로 결심했다. 그는 사업적인 영향력을 발휘해 대위의 직위를 획득했고, 주어진 임무를 충실히 수행한 덕분에 소령으로 진급한 뒤 결국에는 중령으로 진급해 그 유명한 산후안 언덕 전투에도 참전했다. 그는 가벼운 부상을 입기는 했지만 무공훈장까지 받았다.

벤저민은 군 생활이 주는 활력과 박진감에 많은 애착을 가지고 있던 터라 전역이 다가올 무렵 아쉬움이 컸다. 하지만 사업을 계속 외면할 수는 없었으므로 군 생활을 접고 집으로 돌아가기로 했다. 역에서는 그를 환영하는 브라스 밴드와 군중들이 기다리고 있었고 벤저민은 그들의 호위를 받으며 집으로 돌아왔다.

8

The curious case of Benjamin Button

힐데가르드는 커다란 실크 깃발을 흔들며 현관에서 그를 맞았다. 그는 아내에게 키스를 하기는 했지만 3년간의 변화에 놀라움을 감출 수 없었다. 그녀는 이제 마흔 살에 접어들었고 희끗희끗한 회색 머리카락도 보이기 시작했다. 그녀의 모습을 보자 벤저민은 우울해졌다.

그는 위층 자기 방으로 올라가 거울에 비친 자신의 모습을 바라보았다. 그는 걱정스러운 표정으로 거울 속 자기 모습을 보면서 군복을 입은 사진 속 자신의 모습과 비교해보았다.

"이럴 수가!"

그가 외쳤다. 아직도 진화가 계속되고 있었다. 이제 그의 모습은 의심할 여지 없이 30대 남자의 외모였다. 그는 기쁘기보다는 불안했다. 그는 계속 젊어지고 있었다. 언젠가는 신체 나이가 실제 나이와 맞아떨어질 것이고 태어나면서부터 그를 따라다니던 이 괴이한 현상이 중단될 거라 기대했다. 그는 두려움에 몸을 떨었다. 지독한 운명이라고 생각했다.

아래층으로 내려가자 힐데가르드가 그를 기다리고 있었다. 그녀는 화가 난 듯한 표정이었다. 뭔가 잘못되어 가고 있다는 것을 그녀가 알아차린 것 같아 벤저민은 불안했다. 저녁식사를 하는 동안 그들 사이에 흐르는 미묘한 긴장을 누그러뜨리기 위해 그는 자신에게 일어나고 있는 변화에 대해 조심스럽게 이야기를 꺼냈다.

"사람들이 그러는데 내가 예전보다 더 젊어 보인다는군."

"그게 자랑거리가 된다고 생각해요?"

힐데가르드가 경멸 어린 시선으로 그를 쏘아보았다.

"자랑하는 게 아니야."

그는 불편한 심기를 드러내며 강력하게 말했다. 그녀가 다시 코웃음을 치더니 잠시 후 말을 이었다.

"그런 생각은…, 자존심이 있다면 그런 생각은 그만둬야 한다고 생각해요."

"내가 뭘?"

"당신과 논쟁하고 싶지 않아요. 하지만 어떤 일을 하는 데는 옳은 방법과 나쁜 방법이 있어요. 당신이 다른 사람들과 달라지기로 결심했다면 말릴 생각은 없지만, 그렇게 하는 것은 신중하지 못한 태도라고 생각해요."

"하지만 여보, 나로서는 어쩔 수 없는 일이오."

"그렇지 않아요. 당신은 고집을 부리고 있는 것일 뿐이에요. 당신은 누구와도 같아지고 싶은 생각이 없는 거예요. 항상 그런 식이었고 앞으로도 그럴 거예요. 하지만 만약 모든 사람이 당신처럼 세상을 살아간다면 이 세상은 대체 어떻게 되겠어요?"

무의미하고 대답할 수도 없는 논쟁이 뻔했기 때문에 벤저민은 아무런 대꾸도 하지 않았다. 그날 이후 그들 사이의 균열은 더욱 커져만 갔다. 그는 대체 그녀의 어떤 점에 매력을 느꼈는지 의문스럽기까지 했다.

힐데가르드에 대한 애정은 점점 식었지만, 새로운 세기를 맞이하게 되면서 즐겁게 살고 싶은 욕구는 점점 강해졌다. 볼티모어시에서 열리는 파티라면 종류를 막론하고 벤저민의 모습을 볼 수 있었다. 그는 가장 예쁘고 젊은 유부녀와 춤을 추었고, 이제 막 사교계에 데뷔한 여성 중 가장 인기 있는 여성과 대화를 나누면서 그들과 함께 지내는 시간을 마음껏 즐겼다. 반면 불길한 징조의 귀부인이 된 그의 부인은 보호자들 사이에 앉아 더 이상 아무도 춤을 청해오지 않는 자신의 처지를 도도함으로 감춘 채 엄숙하지만 곤혹스러운 표정, 책망하는 눈빛으로 그를 좇고 있었다. 주변에서 소곤거리는 목소리가 들려왔다.

"저기 좀 봐. 정말 안됐어. 저 나이의 젊은 남자가 마흔다섯 살이나 먹은 여자한테 묶여 있다니. 틀림없이 자기 부인보다 20년은 연하일 거야."

인간이란 망각의 동물이다. 지난 1880년에 그들의 어머니와 아버지들 역시 이 두 사람에 대해 수군댔지만 모두 그 사실을 잊었다.

집에서 충족되지 못한 그의 불만은 수없이 많은 새로운 관심사를 만들어냈다. 그는 골프에 입문해 대단한 성공을 거두었다. 어느 날은 춤에 열중하기 시작했다. 1906년에는 '더 보스턴'의 일인자가 되었다. 1908년에는 '머시셔'에 능통하게 되었고, 1909년에는 '캐슬 위크'로 도시의 모든 젊은이로부터 부러움을 사기도 했다.

물론 이런 사교 활동은 사업을 운영하는 데는 장애가 되었다. 하지만 25년 동안 철물 도매업에 열정을 쏟아 부은 것으로 충분하다고 생각한 그는 아들 로스코에게 사업을 물려주기로 결심했다.

사실 그와 로스코를 두고 사람들은 누가 아버지이고 아

들인지 혼동하기도 했다. 벤저민으로서는 즐거운 상황이었다. 전쟁에서 돌아온 후 그를 괴롭히던 불안감은 어느새 사라졌고, 자신의 젊은 모습을 보면 즐거운 생각도 들었다. 다만 한 가지 불만스러운 것이 있다면 힐데가르드와 함께 사람들 앞에 나가야 한다는 것이었다. 힐데가르드는 이제 쉰 살이었고, 그에게 그녀의 모습은 망측스럽기까지 했다.

9

The curious case of Benjamin Button

젊은 로스코 버튼이 버튼 철물 도매회사를 물려받고 나서 몇 년이 지난 1910년 9월 어느 날, 스무 살쯤 되어 보이는 한 남자가 케임브리지의 하버드 대학에 입학했다. 그는 자신이 다시는 쉰 살로 보이는 일이 없을 거라는 말을 하는 실수를 저지르지도 않았고, 자신의 아들이 10년 전에 같은 학교를 졸업했다는 사실도 비밀에 부쳤다.

그는 입학과 함께 학생들 사이에서 눈에 띄는 존재가 되었다. 평균 열여덟 살이던 다른 신입생들보다 조금 더 나이가 들어 보였기 때문이다.

무엇보다 그는 예일 대학교와의 축구 경기에서 돋보였다. 그는 엄청난 속도로 운동장을 누비고 다녔는데, 냉정하면서도 무자비한 분노를 드러내면서 7번이나 터치다운에 성공하고 14번의 필드골을 안겨주었다. 예일대 학생 열한 명 전원이 한 사람씩 정신을 잃고 경기장에서 실려 나갔다. 그는 대학에서 가장 유명한 인물이 되었다.

그런데 이상하게도 그는 3학년 때 자기 역할을 해내지 못했다. 코치들이 보기에 그는 많이 야위었고, 관찰력이 남다른 코치들이 보면 키도 예전만큼 커 보이지 않았다. 실제로도 그는 더 이상 터치다운을 해내지 못했다. 그는 팀에 남아 있기는 했지만 그것은 순전히 그의 명성이 예일대 팀에 공포와 분열을 줄 거라는 이유 때문이었다.

그럼에도 불구하고 그는 4학년이 되었을 때는 더 이상 팀에 남을 수 없었다. 운동을 하기에 그의 체격은 지나치게 가냘프고 체력도 떨어졌다. 2학년 학생이 그를 신입생으로 착각하는 일도 있었다. 그는 심한 모욕감을 느꼈다. 그는 신동이라고 불리기도 했다. 열여섯 살도 채 안 되어 보이는데 대학교 4학년이었으니 당연한 일이었다. 공부는 점점 어려워졌고 내용이 너무 앞서간다는 생각이 들었다. 그는 함께 수업을 듣는 학생들로부터 유명한 예비학교인 세인트 마이다스 학교에 대한 얘기를 들었다. 그는 대학을 졸업하고 나면 그곳에 들어가기로 결심했다. 자기와 비슷한 체구의 소년들 사이에서 은둔 생활을 하는 것이 좀 더 적절한 선택일 것 같았다.

1914년 졸업과 동시에 그는 볼티모어의 집으로 돌아왔다. 힐데가르드는 이탈리아에서 따로 살고 있었기 때문에 벤저민은 아들 로스코와 남게 되었다. 로스코는 아버지를 환영하기는 했지만 진심 어린 환영은 아니었다. 심지어 아들은 아버지가 10대 소년처럼 집 안을 어슬렁거리고 다니는 것이 눈에 거슬렸다. 로스코는 결혼도 했고 볼티모어 지역에서 저명인사였다. 그는 자신의 가족과 관련된 스캔들이 떠도는 것을 원치 않았다.

벤저민은 이제 막 사교계에 발을 들여놓은 여성들이나 어린 대학생들에게도 더 이상 시선을 끄는 상대가 못 되었다. 그는 이웃에 사는 열다섯 살가량의 소녀들과 어울리는 것 말고는 혼자 있는 시간이 많아졌다. 그의 머릿속에 다시 한번 세인트 마이다스 예비학교가 떠올랐다.

"저기, 내가 예비학교에 가고 싶다고 여러 번 말한 것 같은데."

"그럼 가세요"

로스코가 짤막하게 대답했다. 그로서는 그런 문제를 논의하는 것조차 불쾌한 일이었다.

"나 혼자서 갈 수는 없어. 네가 나를 입학시켜야 하고 그곳까지 데려다 줘야 해."

벤저민은 난감한 표정으로 말했다.

"시간이 없어요."

그는 눈을 가늘게 뜨고는 불편한 심기를 감추지 못한 채 그의 아버지를 바라보았다. 그가 말을 이었다.

"실은 아버지가 더 이상 이러지 않았으면 좋겠어요. 당장 그만두는 게 좋아요. 그러는 편이…."

그는 적절한 표현을 생각하느라 잠시 머뭇거렸고 얼굴이 벌겋게 달아올랐다.

"당장 그만두는 게 좋아요. 농담이라고 하기에는 너무 지나쳐요. 더 이상 웃기지도 않아요. 아버지는…, 아버지는 처신 좀 잘하세요!"

벤저민의 눈에 눈물이 글썽였다.

"또 한 가지, 집에 손님들이 있을 때는 나를 삼촌이라고 부르도록 하세요. 삼촌, 이해하시겠죠? 열다섯 살짜리 소년이 내 이름을 부르는 건 옳은 일이 아니거든요. 아니면 늘 삼촌이라고 부르세요. 그래야 익숙해질 테니까!"

그는 아버지를 사나운 표정으로 내려다보고는 뒤로 돌아섰다.

10

The curious case of Benjamin Button

벤저민은 참담한 심정으로 위층으로 올라와 이리저리 서성거리다가 거울을 보았다. 석 달 동안이나 면도를 하지 않았지만 하얀 솜털 외에는 아무것도 보이지 않았기 때문에 건드릴 필요도 없었다. 하버드에서 집으로 돌아왔을 때 로스코는 안경을 쓰고 가짜 수염이라도 붙여야 한다고 설득했다. 그의 인생이 시작될 때 벌어졌던 우스운 소동이 다시 재현되는 듯했지만, 수염은 가려웠고 그를 수치스럽게 만들었다. 그는 훌쩍거렸고 로스코는 마지못해 자신의 제안을 철회해야 했다.

벤저민은 아동용 서적인 《비미니 섬의 보이스카우트》를 읽기 시작했다. 그 책은 그에게 전쟁에 대한 미련을 불러일으켰다. 전 달에 미국은 연합군에 참전했다. 벤저민은 입대하고 싶었다. 하지만 군인이 되기 위해서는 최소 열여섯 살이상은 되어야 했다. 물론 그는 그 정도로 나이 들어 보이지도 않았다. 실제 나이인 쉰일곱 살이라도 군인이 되기에는 부적합했다.

노크 소리와 함께 집사가 편지를 가져왔다. 한 귀퉁이에 커다란 공식 인장이 찍혀 있었는데 벤저민 앞으로 온 것이었다. 그는 즐거운 마음으로 봉투를 열고 내용을 읽었다. 편지의 내용은 미국-스페인 전쟁에 참전했던 예비역들이 더 높은 계급으로 징집되었으며, 그 역시 미 육군 준장으로서 당장 복귀하라는 내용의 명령문이었다.

벤저민은 흥분으로 몸이 떨리는 것을 느낄 수 있었다. 이것이야말로 바로 그가 원하던 것이었다. 그는 모자를 집어 들고 집을 나섰고 10분 뒤 찰스가에 있는 커다란 양복점에 도착했다. 그는 좀처럼 억제할 수 없는 들뜬 마음을 다스리며 군복을 위한 치수를 재달라고 요청했다.

"얘야, 병정놀이를 하려는 거니?"

점원은 별 뜻 없이 질문을 던졌다. 하지만 벤저민의 얼굴은 벌겋게 달아올랐다. 그는 화가 난 표정을 짓더니 쏘아붙였다.

"이봐! 내가 뭘 하고 싶은지는 신경 쓰지 말라고. 내 이름은 버튼이고 마운트버논 저택에 살고 있소. 그러니 내가 그럴 만하다는 것 정도는 알겠지?"

"글쎄, 네가 아니라면 네 아버지겠지. 알겠다."

벤저민은 치수를 쟀고 일주일 후 그의 군복이 완성되었다. 하지만 군복에 달 준장 계급장을 얻는 데는 많은 어려움을 겪어야 했다. 양복점 주인이 YWCA 배지도 병정놀이를 하는 데는 지장이 없을 뿐만 아니라 준장 계급장이나 다름없다고 주장했기 때문이다.

어느 날 밤 로스코에게 알리지 않은 채 집을 나온 벤저민은 기차를 타고 사우스캐롤라이나에 있는 모스비 기지로 향했다. 그에게 보병 여단의 지휘 임무가 주어진 곳이었다. 후텁지근한 4월 어느 날, 그는 기지 입구에 도착했다. 그는 자신을 실어다 준 택시 기사에게 비용을 지불하고는 입구를 지키고 있는 보초병에게 갔다.

"내 짐을 옮길 사람을 불러주게."

그는 힘을 주어 말했다.

보초병은 나무라는 듯한 눈길로 그를 쳐다보았다.

"얘야, 가짜 준장 옷을 입고 어딜 가겠다는 거지?"

미국-스페인 전쟁 퇴역 군인 벤저민은 이글거리는 눈으로 그의 주위를 돌았다. 하지만 가엾게도 그의 목소리는 변성기도 지나지 않은 어린 소년의 것으로 변해 있었다.

"차렷!"

그는 최대한 우렁찬 목소리를 내려고 노력했지만 숨이 차서 잠시 멈추었다. 그런데 갑자기 보초병이 재빨리 뒤꿈치를 모으고는 받들어총 자세를 취하자 벤저민은 비로소 만족스러웠다. 하지만 잠시 주위를 둘러본 순간 그의 미소는 사라졌다. 그의 자세는 저쪽에서 당당한 모습으로 말을 타고 오는 포병 대령 때문이었다.

"대령!"

벤저민이 외쳤다.

대령은 말고삐를 늦추고는 호기심 어린 눈으로 벤저민을 내려다보았다. 그가 친절한 목소리로 질문을 던졌다.

"누구 아들인고?"

"내가 어느 집 자식인지 곧 알게 해주지. 당장 말에서 내려와!"

벤저민은 흥분으로 격해진 목소리로 쏘아붙였다. 대령이 호탕하게 웃었다.

"말이 필요하신가요, 장군?"

"여기, 이걸 읽어보게."

벤저민은 대령을 향해 자신에게 배달된 공문을 거칠게 내밀었다. 편지를 읽은 대령의 눈이 휘둥그레졌다. 그는 공문을 자신의 주머니에 집어넣으면서 물었다.

"이걸 어디서 났지?"

"정부에서 보낸 거지. 곧 알게 되겠지만."

"따라오너라. 본부에 가서 이 문제에 대해 좀 더 자세히 얘기해보자꾸나."

묘한 표정을 지으며 대령이 말했다.

대령은 방향을 돌려 본부를 향해 말을 몰기 시작했다. 벤저민이 할 수 있는 일이라고는 최대한 위엄을 잃지 않기 위해 애쓰며 그를 따라가는 것뿐이었다. 그는 언젠가는 반드시 복수하고 말겠다고 거듭 다짐했다.

그러나 이번 복수는 실현되지 못했다. 이틀 뒤 예기치 못한 여행으로 기분이 몹시 나빠진 그의 아들 로스코가 찾아와 군복을 빼앗기고 훌쩍거리고 있는 어린 장군을 집으로 데려갔다.

11

The curious case of Benjamin Button

1920년 어느 날 로스코 버튼의 첫 아이가 태어났다. 경사스러운 이 시기에, 납으로 만든 병정 인형과 서커스 장난감을 가지고 놀고 있는 열 살쯤 되어 보이는 작고 단정치 못한 소년이 이 갓난아기의 친할아버지라고 생각하는 사람은 아무도 없었다.

생기 넘치고 쾌활해 보이는 얼굴이지만 슬픔이 어려 있는 어린 소년을 싫어하는 사람은 아무도 없었다. 그러나 로스코 버튼에게 그의 존재는 고통이었다. 그의 세대에서 흔히 하는 말로 로스코에게 이 비극은 '효율적이지 않다'고 여겨졌다. 예순 살처럼 보이기를 거부하는 그의 아버지는 붉은 피가 흐르는 사나이답다고도 할 수 없는 모습이었다. 남자답다는 말은 로스코가 가장 좋아하는 표현이었으므로 지금의 상황은 너무나도 기괴하고 적절하지 못한 상황이었다. 그 문제에 대해 반 시간만 생각해도 그는 머리가 터질 것만 같았다. '정력가'는 계속 젊음을 유지해야 한다고 믿었지만, 그러한 잣대로 그 문제를 설명하기에는 비효율적이었다. 로스코는 더 이상 생각하지 않기로 했다.

5년 뒤 로스코의 어린 아들은 유모의 보호 아래 어린 벤저민과 유치원 놀이를 할 수 있을 만큼 자랐다. 로스코는 그들 두 사람을 같은 날 같은 유치원에 입학시켰다. 벤저민은 색종이 조각들을 가지고 매트나 사슬, 그 밖의 이상하고 아름다운 모형들을 만드는 것이 세상에서 가장 신나는 놀이라고 생각했다. 심술을 부려 구석에 있어야 하는 벌을 받은 적도 있지만 그는 창문을 통해 들어오는 따스한 햇살과 그의 머리를 친절하게 쓰다듬어주곤 하는 베일리 양의 방에서 즐거운 시간을 보냈다.

1년 후 로스코의 아들은 상급 학년으로 진학했지만 벤저민은 여전히 유치원에 남았다. 이따금 다른 꼬마들이 나중에 크면 뭐가 되고 싶은지 이야기할 때면 그의 작은 얼굴에 그림자가 지는 것을 볼 수 있었다. 어리지만 자신이 그러한 미래를 갖지 못하리라는 것을 알고 있는 것 같은 표정이었다.

단조로운 시간들이 흘러갔다. 그는 유치원을 3년이나 다녔고 이제 너무 작고 어려 반짝이는 종잇조각들이 무엇에 쓰이는 것인지도 알지 못했다. 그는 툭하면 울음을 터뜨리곤 했다. 자기보다 덩치가 큰 다른 소년들이 무섭다는 것이었다. 선생님이 그에게 설명을 해주긴 했지만 어린 벤저민은 무슨 말인지 도무지 이해할 수 없다는 듯한 표정이었다.

그는 유치원을 떠나야 했다. 깅엄 드레스를 입은 유모 나나가 그의 작은 세상의 중심이 되었다. 날씨가 화창할 때면 그들은 함께 공원을 걸었다. 나나가 커다란 회색빛의 괴상한 물체를 가리키며 '코끼리'라고 말하면, 벤저민은 그녀를 따라 말하곤 했다. 그날 밤 잠자리에 들기 위해 옷을 갈아입을 때면 그는 유모를 향해 '코끼리, 코끼리, 코끼리' 하고 반복해서 말을 했다.

나나는 침대에서 뛰어도 좋다고 허락했고 그것은 무척 재미나는 일이었다. 침대에 앉았다가 몸이 튕겨지면서 다시 두 발로 서는 놀이는 재미있었다. 뛰는 동안 '아' 하고 길게 소리를 지르면 목소리가 덜덜 떨리는 것도 재미있었다.

그는 모자걸이에서 커다란 지팡이를 가져다 의자나 탁자들을 때리며 "덤벼, 덤벼, 덤벼"라고 외치며 돌아다니는 것을 좋아했다. 나이 든 숙녀들은 이런 그의 모습을 보며 혀를 차곤 했는데 그런 반응이 그에게는 재미있는 일이었다.

젊은 숙녀들이 그에게 입을 맞추려고 하면 그는 지루하다는 듯한 표정으로 받아주곤 했다. 긴 하루가 끝나는 5시쯤 되면 그는 위층으로 올라가 나나가 먹여주는 오트밀이나 부드러운 수프를 받아먹었다.

어린아이다운 그의 꿈속에 우울한 추억은 없었다. 용감했던 대학 시절이나 소녀들의 마음을 설레게 했던 시절들에 대한 징표도 없었다. 그저 요람의 하얗고 안전한 기둥과 가끔 그를 보러 오는 한 남자, 그리고 잠자리에 들기 전 나나가 손으로 가리키며 보여주는 해 질 무렵의 커다란 오렌지색 공이 전부였다. 해가 지면 그의 눈에는 졸음이 가득했고 어떤 꿈도 그를 괴롭히지 못했다.

지난 일들 — 부하들을 이끌고 용감하게 싸웠던 산후안 언덕의 치열한 싸움, 힐데가르드를 위해 해가 질 때까지 정신없이 일했던 신혼 시절, 그보다 더 오래전 먼로 거리에 있던 버튼가의 오래된 집에서 그의 할아버지와 밤늦도록 담배를 피우며 앉아 있었던 일 — 따위는 마치 존재하지도 않았던 것처럼 점차 희미해져 갔다.

그는 기억하지 못했다. 마지막으로 먹었던 우유가 따뜻했는지 차가웠는지, 하루를 어떻게 보냈는지 잘 기억하지 못했다. 오직 자신이 누워 있는 요람과 나나의 존재만이 뚜렷했다. 그러다 결국 그는 그것조차도 기억하지 못했다. 배가

고프면 울고 하루 종일 숨 쉬는 일이 전부였다. 그 위로 알아듣기 힘든 중얼거림과 희미하게 다른 냄새들, 그리고 밝음과 어둠만이 있었다.

그러다 온통 어둠뿐이었다. 그가 누워 있는 하얀 요람과 그 위에서 움직이는 희미한 얼굴들, 따뜻하고 달콤한 우유의 향도 사라져 갔다.

—

해설

—

작가연보

—

해설

    스콧 피츠제럴드의 《위대한 개츠비》는 1925년에 출간되었다. 당시 미국은 1차 세계대전이라는 비극적인 참사가 끝난 후 경제 부흥에 휩쓸려 나라 전체가 흥청대던 시기였다. 사람들은 급속도로 상승하는 경제 수준의 달콤함을 만끽하면서도 그에 걸맞는 의식 수준은 갖추지 못한 상태였다. 자본주의의 물질풍조, 퇴폐풍조와 함께 언제든 이 불안한 행복이 사라질지 모른다는 두려움에 떨었다. 그와 더불어 성공에 대한 과도한 집착과 물질 제일주의의 욕망에 사로잡혀 있었다.

    《위대한 개츠비》는 이런 정치적, 사회적 불안과 욕망을 모두 담은 소설이다. 전후 경제 발달로 인한 빈부 차이로 생긴 계층 간의 갈등과 자본주의의 고질적인 병폐, 그리고 향락주의에 안주하는 이기적인 사람들의 모습이 함축적으로, 그리고 낭만적으로 담은 것이다.

이 소설은 1920년대 뉴욕을 배경으로 그곳의 동부와 서부 지역의 지역적, 사회적 특성을 잘 나타내고 있다. 동부는 톰과 데이지 부부 같은 상류층이 거주하며 세련되고 화려하고, 서부는 닉 같은 중산층이나 개츠비 같은 신흥부자들이 산다. 그리고 그 사이에 놓인 재의 골짜기는 하류계층인 윌슨 부부가 거주하며 윌슨 부인은 톰의 정부 역할을 한다. 이런 공간적 배경과 인물 설정, 그리고 대립적 장소 등은 연극적인 삶을 사는 신흥부자 개츠비와 쾌락을 추구하는 상류계층 톰 부부를 극명하게 대조시키며 계층 문제를 예리하게 보여주고 있다.

주인공 개츠비는 가난한 환경에서 태어나 부유층에 합류하려는 강한 욕망을 가지고 자란 남자이다. 개츠비는 소년 시절부터 성공을 꿈꾸며 자신을 재창조했다. 그는 자신의 태생과 가족을 부인하고 신화적인 인물을 꿈꾸며 한계를 극복하려 했다. 또 자신이 사랑하는 여자와 맺어지지 못한 것이 재산이 부족해서라고 여기고 물질에 집착하여 불법적인 방법을 통해 부를 획득한다. 그리고 그때부터 오로지 사랑하는 데이지를 얻기 위해 집을 꾸미고 허황된 파티를 열며 자신의 모든 것을 숨긴다. 태생부터 가난뱅이였던 자신을 벗고 전혀 다른 존재가 된 것이다. 이는 미국 상류계층이 갖고 있는 '귀족의식'을 가져야 비로소 그들의 세계에 진입할 수 있다는 것을 꼬집은 것과도 같다. 개츠비는 자신의 정체성을 철저히 부정하면서 데이지를 얻으려 하지만 결국엔 이질감만 자아내고 비극적 죽음을 맞게 된다. 개츠비의 비극은 그가 '부'를 좇고 불법적인 방법으로 부를 형성한 것에 있지만은 않다. 누구나 성공할 수 있다는 '아메리칸 드림'을 잘못 이해한 것이 그의 잘못이었다. 그가 아메리칸 드림을 부정적으로 이해한 것은 개츠비의 잘못도 있지만 사회적 영향도 없지 않다. 그의 꿈이 변질된 것은 과정은 무시하고 오로지 결과만을 중시만 물질만능주의 사회 분위기도 한몫을 한 것이다.

개츠비가 목숨을 걸고 사랑한 데이지는 상류계층의 구성원으로 부가 보호하는 청춘과 아름다움, 그리고 신비 속에서 사랑스러움을 유지하고 있다. 그의 눈에는 데이지가 아름답고 유혹적이지만 더불어 다가갈 수 없는 덧없는 세계이기도 하다. 그녀는 결코 개츠비가 인생을 걸고 사랑할 만한 가치가 있는 사람은 아니었다. 그녀는 쉽게 사랑에 빠지고 허영에 가득 차 있으며 무책임하다. 또한 메마른 감정을 지니고 있으며 편협한 사고를 가지고 있다. 또한 그녀의 남편 톰은 고상한 것처럼 보이지만 불안정하고 부유하듯 이곳저곳을 떠돌며 살아가며 폭력적인 면모를 보인다. 그리고 신흥부자의 대표격인 울프심은 개츠비의 죽음을 더욱 비참하게 만들었다. 그는 1919년 월드시리즈를 조작하고 밀수를 통해 돈을 벌었다. 그리고 무일푼인 개츠비를 신흥부자로 만들어준 결정적인 인물이었다. 하지만 그는 개츠비가 죽임을 당했음에도 불구하고 방문하는 것조차 거절한 비인간적인 인물이다. 피츠제럴드는 이런 톰 부부와 울프심을 통해 상류계층과 신흥부자의 비인격적인 면모를 보여주고 있다. 인간성이 결여되고 오로지 자신의 안위만을 좇는 편협한 인물들의 모습을 보여주고 있는 것이다.

미국 문학사에서 가장 미국적인 소설가로 평가받는 스콧 피츠제럴드는 이 소설에서 현실과 이상의 괴리된 모습과 상실된 가치관 속에서 허우적거리는 사람들의 모습을 낭만적인 시각을 통해 재창조했다. 개츠비와 톰 부부를 비롯하여 이 소설 속에 등장하는 대부분의 인물은 자본 외에는 다른 것들을 사랑하고 소중하게 여길 능력이 부재된 사람들이었다. 그리고 그들의 모습은 당시 미국인들이 외면하고 있던 자신들의 모습이었다.

피츠제럴드는 동시대인들의 의식과 정서에 민감했기 때문에 다른 어느 작가들보다 시대상황을 사실적으로 담아낼 수 있었다. 그는 탁월한 감각으로 당시의 풍속과 분위기를 묘사하였고 전후 양산된 여러 사회계층에 관심을 가지며 그들의 다양한 욕구를 작품에 표현했다. 그리고 피츠제럴드는 개츠비를 통해서 타락해버린 '아메리칸 드림'을 보여주었다. 개츠비는 이상주의적인 미와 물질적인 부를 동시에 추구하며 그 꿈의 실현을 희망했지만, 비현실적인 환상에 의해 파멸되고 만다. 피츠제럴드는 물질주의 시대에서 개츠비로 대표되는 이상주의가 패배하는 것을 상징적으로 그렸다. 타락한 아메리칸 드림에 모든 것을 바쳤지만 결국엔 불행하게 끝난 것을 보여준 것이다.

사실 미국 발전의 원동력인 아메리칸 드림은 누구나 근면하게 일하면 성공을 보장받을 수 있다는 희망이었다. 그런데 이 안에는 이상주의와 물질주의를 동시에 지향하는 인간의 심리가 내포되어 있고 물질을 지나치게 추구할 때 나타나는 인간성의 상실과 패배를 이 소설 안에서 리얼하게 보여준다. 개츠비가 가진 사랑과 성공이 아무리 순수하다 할지라도 부패된 사회와 잘못된 가치관 속에서는 아무런 힘도 발휘될 수 없는 것이다.

하지만 피츠제럴드는 화자인 닉을 통해서 다시금 꿈꾸는

아메리칸 드림을 보여주고 있다. 닉은 해설자, 관찰자의 입장에서 등장인물들의 모든 것을 살펴보는데 이상과 현실, 그리고 도덕성을 갖춘 인물이다. 이 닉이라는 인물로서 피츠제럴드는 인간이 가져야 할 이상과 물질의 조화로운 모습을 제시하고 있는 것이다. 그리하여 미국이 지녀야 할 새로운 가치관과 인간형을 보여주고 있다.

이 소설은 피츠제럴드의 세 번째 장편소설로 3년간 집필하고 퇴고를 거듭한 것이다. 하지만 생전에는 그다지 큰 반응을 얻지 못했다. 평론가들의 반응은 좋았지만 책이 세상에 나오고 난 후 만난 경제대공황과 2차 세계대전이라는 풍랑을 겪으며 독자들의 선택은 받지 못했다. 하지만 작가가 세상을 떠나고 나서 새롭게 평가를 받으며 현재까지 '가장 미국적인 소설'로 꼽히고 있다.

작가연보

1922년 3월 <메트로폴리탄>에 연재했던 두 번째 장편소설 <저주받은 아름다운 사람들> 출간. 9월 두 번째 단편집 <재즈 시대의 이야기> 출간.

1924년 <위대한 개츠비> 집필. 유럽 각지를 다니며 여러 문인과 교류.

1925년 4월 세 번째 장편소설 <위대한 개츠비> 출간. 5월 프랑스에서 어니스트 헤밍웨이와 만남.

1926년 2월 세 번째 단편집 <모든 슬픈 젊은이들> 출간.

1927년 할리우드 영화사에서 시나리오 작가로 일함.

1930년 4월 아내 젤다가 신경쇠약 증세로 병원에 입원.

1931년 1월 아버지 에드워드 피츠제럴드 사망.

1932년 2월 젤다가 또다시 신경쇠약으로 입원.

1934년 4월 <스크리브너스>에 연재했던 <밤은 부드러워> 출간.

1935년 3월 세 번째 단편집 <기상나팔 소리> 출간.

1936년 9월 어머니 몰리 피츠제럴드 사망.

1937년 감당할 수 없는 부채를 해결하기 위해 할리우드로 건너가 주당 1천 달러의 조건으로 MGM 영화사와 계약.

1939년 <마지막 거물의 사랑> 집필 시작.

1940년 12월 할리우드에 있는 애인 그레이엄의 아파트에서 심장마비로 사망.

1948년 3월 정신 병원 화재로 젤다 피츠제럴드 사망.